PÁSSARO LOUCO

Rosiska Darcy de Oliveira

PÁSSARO LOUCO

Rocco

Copyright © 2016 by Rosiska Darcy de Oliveira

Direitos para a língua portuguesa reservados
com exclusividade para o Brasil à
EDITORA ROCCO LTDA.
Av. Presidente Wilson, 231 – 8º andar
20030-021 – Rio de Janeiro – RJ
Tel.: (21) 3525-2000 – Fax: (21) 3525-2001
rocco@rocco.com.br
www.rocco.com.br

Printed in Brazil/Impresso no Brasil

preparação de originais
PEDRO KARP VASQUEZ

CIP-Brasil. Catalogação na fonte.
Sindicato Nacional dos Editores de Livros, RJ.

O51p
    Oliveira, Rosiska Darcy de
        Pássaro louco / Rosiska Darcy de Oliveira. – 1. ed. – Rio de Janeiro : Rocco, 2016.

        ISBN 978-85-325-3030-1

        1. Crônica brasileira. I. Título.

16-32500   CDD–869.98
                               CDU–821.134.3(81)-3

O texto deste livro obedece às normas do
Acordo Ortográfico da Língua Portuguesa.

Sumário

Prefácio de Eduardo Portella 11

INFÂNCIA NÃO TEM CURA

Ter mãe 14
Infância não tem cura 17
Terreno baldio 19
As turcas 22
Matriz 25
Pensão 28
Armário azul 31
Pharmacia 34
O nome do pai 36
Adoração 38
Chão de terra 41
Castelos 44
Comprovação de paternidade 47
As cigarras 50
A dama-da-noite 52

ARLEQUINS E PURPURINA

Carnavalescas 56
Arlequins e purpurina 58
Máscaras 61
O carnaval é uma festa virtuosa 64
Fantasia de mulher 67
Porta-estandarte 69
Fantasias masculinas 72
A águia redentora 75

PÁSSARO LOUCO

Carta de amor 80
Elogio da paixão 82
Pelos olhos do amor 85
Todo amor é imortal 88
Museu do ciúme 91
O amor que nunca existiu 94
Devora-me 97
Delícias do casamento 101
Neve 104
Fidelidades 107
Pássaro louco 110
Fim de tarde 113

UMA ROUPA DE SILÊNCIO

Anjo da guarda 118
Insônia 121
Uma roupa de silêncio 124
O medo 126
Uma boa notícia 129
Por acaso 132
Finados 135

O INTERLOCUTOR MUDO

O interlocutor mudo 138
Sobre deuses e homens 142
O homem livre 145
A travessia 147
A Medina de Fez 149
Foi ele 152

INVENTÁRIO DAS PERDAS

Um lenço branco 156
Inventário das perdas 158
Réquiem pelo Capitão Marvel 161
O que encobre um véu 164

A nostalgia do bem 167
As areias se movem 170
Indignai-vos! 173
Briga de vizinhos 176
Senhor Deus dos desgraçados 179
Souvenirs 182

FAMÍLIA SECRETA

As coisas que não existem 188
A divina Marquesa 190
A verdade das mentiras 193
Tudo sobre os sentimentos 196
Perto de Clarice 199
Pequena alma, terna e flutuante 204
Órfãos de Gabo 209
Fênix 212
Inquietações a propósito de galinhas 215
Calder, Mário Pedrosa e os exus 221
Museu 226
Simone e Fernanda 230
Vestida de Armani 233

PANDORA À SOLTA

Terra cheia, terra nova 236
Utopia virtual 239
Incorpórea população 242
Digite sua senha 245
O memorioso 248
O tempo dos selfies 251
Grifes 254
Um trilhão de nada 258
Pecados capitais 261
Pandora à solta 264
O destino não é mais o que era antes 267
De Hipócrates à hipocrisia 271

Fatores de risco 274
Liberdade moral 277
Paradoxos da igualdade 280
A liberdade comanda 283
Um tempo sem nome 286

PINDORAMA
Cafés 290
Morrer na praia 294
Desmaia na rua a jovem faminta 296
Um crime de lesa-cidade 301
O medo e os muros 304
Pindorama, adeus 307

AS CAVALARIÇAS DA POLÍTICA
As cavalariças da política 312
As vítimas falam por si 315
Uma renda tão fina 318
Baile de máscaras 321
Lata d'água na cabeça 324
Pena de nós, não precisava 327
Louvando o que bem merece 330
Reconstrução 333

CALENDÁRIO FESTIVO
Ela podia tudo 338
O condenado à vida 340
A roda da vida 343
A dama e o unicórnio 345
Criando laços 347
Ano-Novo 348

*L'amour est un oiseau rebelle
Il n'a jamais, jamais connu de loi.*

Da ópera *Carmen*, de Bizet

Para Miguel

O ARRISCADO VOO DA RAZÃO
Eduardo Portella

Mais de uma vez me fiz a pergunta: até onde a crônica é literatura? A resposta que vinha à cabeça era sempre afirmativa. Agora ela foi reforçada pela leitura do livro de Rosiska Darcy de Oliveira, *Pássaro louco*.

O livro da escritora Rosiska Darcy de Oliveira habita uma zona de fronteira onde se encontram e se entendem a narrativa ficcional, o poema em prosa e a astúcia ensaística. Todos esses níveis perpassados por um fio afetivo, discretamente caloroso, no qual se pode perceber, desde as primeiras páginas, a "única e irrepetível experiência fundadora de aprendizado do amor, da capacidade mesma de amar". Pensar e amar não são entidades incompatíveis, como haviam prescritas as dicotomias renitentes. Ao ignorar traços culturais perdidos e achados.

Embora ou porque sabendo que "a infância não tem cura", o pássaro levanta o seu voo para além dos limites territoriais previamente demarcados, ou dos rígidos manuais de viagem do conceito imóvel. Para essa travessia, adverte a autora, é preciso ter "coragem de viver".

Até porque "o amor é um pássaro louco que ninguém sabe onde vai pousar". O itinerário do pássaro é traçado em pleno voo, com os pedaços de vida recolhidos ao longo da rota.

A crônica é assim uma construção pluriunívoca. Como a literatura. Daí o seu perfil transdisciplinar. Ela é o enredo cotidiano, as sucessivas e simultâneas ocorrências do dia a dia, o retrato sem retoque, o impulso imaginário, a vida como ela é e como não é, as fantasias, as "vidas possíveis ou desejadas". O medo, a morte, a resistência da verdade.

A crônica bem-humorada alcança o poema em prosa pela alta temperatura subjetiva, pela circunstância de se sentir bem-vestida com "a roupa do silêncio", pela capacidade de absorver a sobrecarga simbólica do "fim de tarde na varanda", pela densa verticalidade, ou pela existencialidade cortada pela navalha na carne, porém sem temor e sem renúncia. Isto é poesia.

A poesia não é propriedade privada dos dedicados candidatos a poeta. Ela pode estar na prosa. De um Michel de Montaigne, de um Ortega y Gasset, de um Gilberto Freyre, de um Rubem Braga. Ela está aqui. Aqueles que não atendem a esses pré-requisitos, ditados pelas decisões da linguagem, são apenas fazedores de versos.

O ensaio já é em si uma espécie polivalente, independentemente de sua extensão. O olhar sempre atento, portas e janelas abertas para "a medida da felicidade". Crítico diante de "uma engrenagem social supostamente azeitada e permanente", mas na verdade manipulada por desvios flagrantes, que transformaram mulheres e homens em dissidentes, ou "desviantes", ou marginais proscritos pelo sistema hegemônico. No polo oposto ao tenaz hino ao Rio, a cidade maravilhosa "que inventa, não copia", o texto de Rosiska Darcy de Oliveira, em *Pássaro louco*, reúne e tensiona essas virtudes superiores, em meio a ausências, disfunções, vazios, de uma ordem exaurida. A crônica aguda, o poema em prosa sensível, o ensaio carregado de densidade reflexiva, de crítica inegociável, testemunham a hora e a vez de um país até aqui adiado. Mas que, em meio ao "inventário de perdas", segue adiante.

INFÂNCIA NÃO TEM CURA

Ter mãe

Nasci nos braços de uma mulher. Ela morreu nos meus, cumprindo-se um ciclo perfeito, apesar da dor indizível de fechar para sempre aqueles olhos onde, primeiro, se conheceu a doçura. Apesar de saber que a qualidade desse olhar, que pousa na filha amada, é única e irrepetível, experiência fundadora de aprendizado do amor. Bem mais que isso, da capacidade mesma de amar.

Ter mãe é a primeira chance que a vida nos oferece e, por isso mesmo, a única real e trágica orfandade é a das crianças abandonadas, aquelas que abrem os olhos nas portas da incerteza, nas portas de alguém que as acolherá ou não, aquelas a quem se recusa a entrada na vida pela via real do seio materno.

Nascer é uma dor surda, um espanto tamanho – e quanto tempo dura um espanto, perguntou um poeta –, uma sufocação do mundo que nos entra pelos pulmões, rarefeito, um medo tão grande, uma solidão infinita face a essa luz súbita que inaugura o primeiro dia.

Nascer é tão difícil que, não fora o calor de um corpo que não será nunca esquecido, morreríamos ali mesmo, desistiríamos ao primeiro grito, esse grito que é sempre tão desesperado, um pedido de socorro que vara a opacidade das coisas.

Nascer é um susto terrível. Maior, só viver. O risco de pôr-se de pé, de atravessar essas imensas distâncias que levam de um lado a outro da sala, pisando os nós da madeira como um roteiro incerto, buscando o frágil equilíbrio de músculos e ossos imaturos, esse percurso impossível, mais arriscado que um salto mortal sem rede, termina em braços abertos. Esse é o final feliz, que abre as portas de tantos possíveis. Se aceitamos correr tantos riscos na tentativa de aprender caminhos é porque, em algum lugar na memória mais longínqua, esperamos ainda que o mundo nos acolha de braços abertos.

Nem sempre é assim, bem sei. Quase nunca é assim. E, por isso, talvez a decepção tamanha com nossos projetos falhados, com os inevitáveis fracassos em que descobrimos que o preço do risco nem sempre é o abraço, mas o implacável tombo. Ainda assim recomeçamos tantas vezes, como se a memória do abraço encobrisse todas as quedas.

Vida afora, e viver é perigoso como sabemos todos que atravessamos as veredas deste grande sertão, vida afora, a confiança e a incondicionalidade provêm dessa relação primeira que, não importa como evolua, terá sido fundamental, determinante.

Os torturados, muitos chamavam Deus, mas outros tantos, descrentes desse amor abstrato, gemiam "mamãe". Esse, o depoimento pungente dos que viram a noite cair e por isso não negam o medo do escuro.

Daí o mistério. Se tanto amor emana das mães, por que, em troca, a agressividade, o desprezo pelas mulheres?

Onde se dá a fratura moral, que separa homens e mulheres adultos? Embora não separe no íntimo um homem de uma mulher? Que estranha passagem do carinho privado ao desprezo coletivo!

Ter mãe terá sido um tal privilégio que só por isso mereceriam as mulheres a gratidão universal. Mereceriam bem mais do que um almoço no Dia das Mães, um presentinho comprado, às pressas, pela nora ou por outra mulher, já que "as mulheres é que sabem comprar presentes e sabem do que elas gostam".

Ainda assim, que seja alegre e festivo o Dia das Mães. Celebrem-se muito a vida e a proximidade dessa mulher que, na verdade, preserva, ainda hoje, seus filhos e filhas de um grande risco. Porque ninguém se engane: pouco importa que idade se tenha, no dia em que a perdemos começamos a envelhecer. Com sua vida, apenas por estar viva, livra-nos de um grande mal. Porque não é na pele que se envelhece, é na alma. É na descoberta de que já não se tem para quem comprar um talco que, pela primeira vez, se acredita de fato que se vai morrer.

Infância não tem cura

Infância não tem cura. Você disfarça, faz de conta que passou, mas ela volta. E a cada reencontro com a criança volta a sensação de perplexidade diante do mundo. Porque, pense bem, como é possível descobrir-se de repente vivo, dar nome a todas as coisas desconhecidas, decorar quem é quem nesse lugar que supostamente é a sua casa?

E o medo de ser expulso, como já se foi um dia, do conforto e do quentinho? Dizem que Adão e Eva foram expulsos do Paraíso porque quiseram saber demais, mas a criança é expulsa do seu paraíso sem culpa aparente, cai aqui fora sem ter pedido para nascer, assustadíssima, com medo de morrer à míngua, incapaz de ir em busca de alimentos, condenada a berrar muito para que lhe tragam algo para sugar. Daí pra frente, os filhos de Eva ficam curiosíssimos e, os anos passando, não fazem senão perguntar o que é isso, pra que serve, de onde eu vim, quem morre pra onde vai, por que a fumaça sobe, por que o mar não escorre no mapa.

Viver é um susto que começa na infância, por isso há que perdoar as crianças, mesmo quando deletam teses de doutoramento ou soltam o freio de mão na ladeira. Mesmo quando tomam a cartela de pílulas da mãe ou tentam sufocar o irmãozinho com o travesseiro. Mesmo quando crescem – esse sim, é um pecado mortal – e saem por aí batendo cabeça, batendo com o carro e deixando nos pais uma saudade intensa do dia em que, num gesto universal, enfiaram o dedinho na tomada.

É dura a vida da criança, mesmo se para o adulto, para quem a vida ficou ainda mais dura, esse tempo é lembrado como pura felicidade. Até que ponto foi realmente feliz, quem vai saber? Registro só temos da memória e nada é mais traiçoeiro que a lembrança. E as crianças são pouco loquazes, não conhecem teorias sobre ser ou não feliz, assim como um bicho que sabe o que lhe dá bem-estar e o que lhe mete medo. Ah, o medo, esse companheiro da escuridão do quarto, o sempre presente nas multidões, quando a mão do pai é o único lugar seguro, que a gente aperta com força pra não se perder.

De onde vem então o mito dourado da infância? Vem do ouro que reveste o mundo que nos aparece com um brilho inédito. Esse brilho da vida nova em folha que só as crianças conhecem. Desse tempo infinito, sem passado e sem futuro, esse presente perpétuo, pronto para ser vivido, a cada minuto, quando quem morria eram os velhos, viravam estrelinhas e eram logo esquecidos.

Vem da aventura de descrever as nuvens que avançam porque vão buscar a noite, essa grande nuvem negra que enche o céu quando chega a hora de dormir. E o lago, como um buraco grande que um homem cavou. Vem da calma no conviver com os sonhos, aquelas imagens que de dia ficam guardadas na cabeça e de noite saem e pousam na beira da cama. Vem do tempo em que o pensamento era uma vozinha que ficava lá atrás...

E se nenhuma razão a mais houvesse para festejar as crianças e consagrar-lhes um dia, haveria pelo menos essas duas: sua heroica travessia do desconhecido e a simplicidade com que traduzem os mistérios.

Terreno baldio

É uma das poucas cicatrizes que tenho no corpo. Atravessa a palma de meu indicador da mão direita e resulta da má ideia de segurar um canivete pela lâmina. Sangrou muito e o que mais doeu foi ter manchado o papel com que cortava os gomos de um esplêndido balão que, mesmo manchado de sangue, ganhou o concurso que entre irmãos fazíamos. O meu, um enorme pião multicor, custou-me, literalmente, sangue do dedo cortado, suor de muita corrida, o nariz empinado seguindo sua trajetória e as lágrimas quando fui levada pela orelha para dentro de casa.

Balão era palavra proibida naquele casarão do século dezenove, todo estruturado em madeira. Papai passava os dias perseguindo os fios desencapados porque ameaçavam com curto-circuito a obra de arte que ele dizia serem as guirlandas que adornavam o teto em forma de chalé, uma herança arquitetônica da invasão holandesa.

O mês de junho era um tormento para esse homem, baloeiro exímio, obrigado a proibir a nós todos uma arte em que ele mesmo nos iniciara. Papai era um homem dividido entre os balões dos seus sonhos dourados e o medo dos incêndios que ameaçavam a beleza nobre e ancestral do seu lar. Fiquei com os sonhos e deixei pra lá os incêndios. Fazer um balão às escondidas não era tarefa para qualquer um. Cola era fácil, Ana gorda, a cozinheira, fazia potes com farinha de trigo. Mas quem vendia breu e parafina pra crianças? Bucha sem parafina não prestava, certeza de balão que não subia.

Um menino do morro que varria o jardim arranjava tudo no armazém e ficava com o troco. O dinheiro vinha mesmo de papai, enviesado, supostamente para comprar estrelinhas, uns foguinhos sem graça que ninguém queria. Gastávamos no material que dividíamos honestamente entre nós e, a partir daí, cada um no seu esconderijo recortava seu sonho iluminado. Data marcada, 24 de junho, a noite de São João, vinha sempre, como por milagre, gélida e estrelada. Nesse dia, tínhamos a permissão de, muito excepcionalmente, pisar no terreno baldio que havia nos fundos da casa.

O terreno baldio era minha fronteira e aventura. Durante o ano passava ao longe, controlada pelas babás, a quem se advertia que ali se juntavam desocupados que fumavam qualquer coisa. Melhor mesmo era nem olhar, o que nós todos fazíamos com o rabo do olho. O terreno baldio era expressamente proibido, ali aconteciam coisas que, sem saber, eu adivinhava. Ali, desde que escurecia, se escondia uma mulher.

A gente fina do bairro usava o terreno baldio para uma festa de São João em que todos colaboravam. Bandeirinhas e lanternas saíam não sei de onde e uma fogueira magnífica incandescia o chão de terra batida. Rostos transfigurados à luz do fogo ganhavam uma beleza de inferno enquanto uma sanfona inocente desafinava um xote nordestino. Não me enganava, sabia que aquela fogueira, invisível, queimava ali o ano inteiro, junto com os pecados e pecadores. Meu pecado era um balão. Ali era o lugar de soltá-lo.

Subiu lentamente, o meu balão. Um pouco acima da altura das casas, parou e imóvel ficou, recortado contra o céu estrelado, as cores ganhando a cada instante o seu destaque, à guisa da dança das chamas. A gente festeira que dançava quadrilha parou como que hipnotizada por aquele monstro iluminado que não se decidia a partir e foi nesse momento que aprendi a captar quando um medo coletivo se instala, em silêncio. Alto demais para ser tocado, incapaz de alçar voo, o balão ali, parado no ar, exibia-se soberano e ameaçador.

Veio o momento de esperança. Uma brisa empurrou-o de leve, mexeu-se, mas na horizontal, inclinado, perigo maior conhecido de qualquer baloeiro. Foi assim, deslizando de lado, até parar de novo, agora exatamente em cima do velho chalé, a nossa casa, o reino de meus avós... Lá de casa já vinham os gritos de chama os bombeiros que esse monstro vai cair aqui. Imóvel, meu balão pingava lágrimas de fogo sobre o teto da casa. Era o breu que pingava e eu sabia o tamanho da bucha que tinha feito.

Ensaiei uma Salve Rainha, a mais poderosa das orações. Antevia um vale de lágrimas, a casa em chamas, a família ao relento e tudo por minha culpa, mas em nenhum momento deixei de mirá-lo, de amá-lo, o meu balão, em sua beleza incandescente.

Não me lembro quanto tempo habitei o inferno, sei que a música parou e que as pessoas se entreolhavam. De repente, lentamente, ele começou a subir e lá se foi até não ser senão um ponto avermelhado entre as estrelas. O terreno baldio, assim como os meus pecados, me ensinaram que glória, gênio e inferno são feitos do mesmo fogo.

As turcas

De quem era o muro era uma discussão eterna. As turcas tinham seus hábitos e pintaram com piche um pedaço que dava para o jardim do chalé. Impossível para a família sentar-se sob as mangueiras, em suas poltronas de vime e almofadões forrados de gorgorão estampado, e ter que olhar para aquela mancha negra que lembrava os muros que continham o morro. A mãe decretou que as turcas eram gente de morro e pior ofensa não havia naquela casa assombrada pelo crescimento do número de casebres que cresciam na encosta.

As turcas eram uma família libanesa, de imigração recente e pouco dinheiro, mas uma cultura ancestral resistente como os cedros, em cuja sombra tinham crescido. De lá vinha a música de Beethoven competindo com a *Traviata* que meu avô ouvia aos berros. Eram quatro mulheres de nome estranho, todas de preto e saias longas demais, deixando à mostra apenas os tornozelos muito brancos e um pouco das pernas, sem pelos, mas sombreadas pelo que, não fosse o mel com que se depilavam, teria sido uma cabeleira negra.

Eram todas iguais, pouco saíam à rua, despachando sempre um menino de recados para as compras do armazém ou na farmácia. Nunca foram à matriz mas frequentavam uma igreja maronita, que ficava um pouco abaixo, onde rezavam missa com tristíssimos cânticos mas que não era lá muito cristã. Era o que dizia o padre que se divertia caçoando das gordas senhoras de negro que, segundo ele, não tinham homem porque não havia nenhum capaz de aguentar as quatro ao mesmo tempo.

As turcas eram inseparáveis, brigavam muito numa língua que ninguém entendia, mas viviam juntas como quatro damas de baralho. Delas não se sabia quase nada, não porque não quisessem contar, eram afáveis e sorridentes conosco, mas porque ninguém queria ouvir histórias contadas com aquele sotaque horroroso, que chocava os ouvidos de meu pai. Nosso contato com elas limitava-se aos cumprimentos formais e, de vez em quando, um destempero por causa da mancha de piche que elas prometiam pintar e ficava para as calendas.

Eu não sabia o que pensar das turcas, malditas na minha família, mas que ouviam músicas que me exaltavam e que aprendi a cantarolar. Por causa delas, pedi só para mim, quando fiz dez anos, uma vitrola onde tocaria os discos que elas ouviam. Foi para ouvir melhor que, desafiando todos os interditos, subi no muro. Olhando a casa das turcas, sabendo como elas viviam, ouvia melhor a música do meu encanto e procurava entender por que minha mãe não gostava daquelas senhoras gentis que me ofereciam doces dulcíssimos ali mesmo no muro.

Peguei o hábito de me encarapitar numa parte que era mais baixinha e contei a uma delas que ficava ali por causa da música. A "turca", uma senhora educadíssima, tomou coragem e bateu no portão para oferecer a minha mãe aulas de piano que me daria com muito prazer e que não custariam nada. Garantia que eu tinha bom ouvido e era muito musical. Minha mãe agradeceu mas recusou, pensou no piche, no sotaque e decidiu que a turca não devia saber tocar piano e que não me queria na casa delas. E foi assim que não toquei piano mas desconfiei de que minha família não gostava de gente, mesmo afável, que falava esquisito. O que redundou numa aprendizagem que me foi muito útil já que, na vida, com o passar do tempo, sempre nos transformamos nas turcas de alguém e, portanto, não me surpreendi quando, mesmo sendo afável, encontrei quem não gostasse de mim porque eu falava esquisito.

Não me ofendi nem achei que fosse gente malvada, porque na minha família, em que só se falava em Deus, caridade e amor ao próximo, aquela família que não saía da missa e que dava esmolas na rua não suportava o cheiro de azeite da cozinha das "turcas".

Continuei no muro, mas senti que elas tomavam distância de mim e já não ofereciam doces, o que me feria fundo. Um dia, de propósito, caí do muro na casa delas. Trouxeram mercuriocromo e água oxigenada para o meu cotovelo ralado, falando todas ao mesmo tempo na língua ininteligível. Depois me ajudaram a voltar para casa, subindo de novo no muro. No dia seguinte, escondi goiabas num cestinho e, com um "muito obrigada por ontem", passei pelo muro para a professora de piano que eu não tinha tido. À minha mãe contei que tinha caído da bicicleta. Tinha aprendido os amores clandestinos.

Matriz

A escola da matriz só tinha seis alunos. O padre chamou a professora e entregou as crianças com uma recomendação: catecismo, todo dia. A moça concordou sem palavras, o padre não gostava de conversa fiada. Um homenzarrão abrutalhado, enfiado em uma batina surrada, arrastando nas sandálias rotas uns pés de camponês, aterrorizava as moças da sacristia, meninas que desciam do morro para ajudar na limpeza e cuidar dos panos do altar. Começavam assim e acabavam, dizia um tio meu, na cama do padre.

Mas meu tio era comunista, logo não valia, e o máximo que se permitia lá em casa era deixar as crianças brincarem de último lá é mulher do padre. O padre tinha mulher que ninguém queria ser, mas só o comunista ousava dizer.

Os alunos da escola eram uma escadinha, ninguém da mesma idade, mas como a diferença era pequena a professora ia tocando, um pouco do alfabeto, uma conta de somar e muito de catecismo. O padre passava de vez em quando, dava uma olhadela e lá ia pro confessionário, passando a mão na careca, um gesto entre o desespero e a conformação. Ficava lá muitas horas, a fila das beatas, viúvas de preto, parecia infindável.

De vez em quando, ele afastava a cortina roxa e olhava de esguelha alguém que saía chorando, coberta de penitências pelos seus pecados e era sempre uma menina jovenzinha, que o padre sabia bem o pecado que tinha autoria, e aí não valia mais o pano garantindo o anonimato. Horas depois, saía bufando daquele caixão de madeira em que escaldava na batina quente demais para o verão.

Foi num momento assim que a professora pediu licença para falar com ele. O padre olhava o mundo de cima e mais ainda essa magrela que ele pensava que ia engordar, mas que não deu pra nada. Queria o quê? O homem não era de gentilezas.

É que as crianças, sobretudo uma delas, a maior, uma grandalhona, eram meio tristes, meio sem rumo e a professora queria então falar com as mães pra saber como eram as coisas em casa, se tinham algum desgosto, se podia ajudar, porque desse jeito não iam aprender nada.

As mães? As mães? Que história é essa de mães, lugar de mãe é em casa e essas mulheres estão proibidas de pisar aqui na igreja. Você é paga pra que, para dar trabalho às mães, para levar problema e aflição para elas? Estão tristes porque você não sabe ensinar, sua burra, sua ignorante, descrente de Deus, sem piedade pelas criancinhas.

A professora baixou os olhos, não disse nada, voltou pra sala, deu um beijo nas crianças que sabia de despedida e desceu a rua, rosnando contra o padre, que um diabo desses não podia falar em nome de Deus. Espalhou na rua que o homem era fera bruta e no disse me disse se soube que a turma só tinha seis crianças e que a maior era seis anos mais velha que a menorzinha.

O primeiro a desconfiar foi meu tio comunista. Essa escolinha era de filhos do padre. Na escola pública perguntavam quem era o pai, pediam certidão de nascimento e tudo mais. Mães não tinham porque eram seis infelizes que largavam na porta da igreja o fruto da "piedade" do homenzarrão.

Como um detetive obcecado pelo criminoso, meu tio foi descobrindo tudo, perguntando a uns e outros, duas ou três mães eram dali mesmo, das redondezas. Trabalhavam em casas de família. Falou com uma delas, arrancou a confissão e ficou sabendo que a mulher pagava a escolinha com esmolas para os pobres e cigarros para o padre.

Nunca ninguém na rua entendeu por que um homem fino como meu tio que, é verdade, não era de missa, um homem franzino, mais chegado a livros que a briga de rua, tinha cometido um sacrilégio, em pleno altar quebrando a cara do padre. Fez-se silêncio na rua porque o homem franzino que virou bicho saiu da igreja ameaçando voltar e, dessa vez, quebrar os santos, se aquele devasso, explorador de mulheres, não sumisse dali.

A escolinha fechou e a igreja também, as beatas disseram que o padre Bento viajou. Em vez de Bento, voltou o padre Lino, setemesinho, pálido e suando nas mãos. Esse nunca olhou pra uma mulher. Melhor assim, resmungava meu tio, pelo menos não desgraça ninguém. Desgraçou a família de um vizinho quando fez retiro com o rapaz da casa e nunca mais voltaram.

Pensão

Na pensão, morava o velho Barroso. Tão velho que já tinha brancas as sobrancelhas, tão espessas que só podiam ser falsas. Bastava ser um pouco mais esperto, como já era meu primo, para não se deixar enganar pelos gestos elegantes e palavras doces do suposto aposentado.

Aquelas saídas e chegadas em horas regulares, sempre com o mesmo passo, como se inocentemente fosse comprar um jornal que trazia sob o braço, o hábito de se sentar no banco do jardim da pensão e fazer de conta que o lia e, sobretudo, aquele falso cochilo, todo dia depois do almoço, a cabeça caindo e a boca aberta, nunca nos enganaram. Barroso na certa era um espião. Sua tez avermelhada e os cabelos muito brancos, os olhos de bola de gude, não eram de um brasileiro.

Onde teria aprendido tão perfeitamente o português era o que mais intrigava meu primo. Teriam sido anos de treinamento para que ninguém desconfiasse? Quem o treinara? Havia que investigar. Por sorte, meu tio tinha um binóculo, de boa potência, que chegava bem nas janelas da pensão. Um galho mais alto da mangueira do nosso jardim nos elevava à justa altura das janelas, sem falar nas folhas tão densas que cobriam a investigação. Ali passávamos os dias, meu primo contando tudo que via e eu implorando por um segundo de direito ao binóculo. Nesse segundo, vi um homem nu. O primeiro.

No tempo que me cabia, desviava da janela do quarto do velho e entrava em cada quarto onde as camas vazias e desfeitas, os pobres armários desengonçados me contavam vidas que eu não conhecia. Meu primo, não, queria a verdade.

Passei a me roer de remorsos. Não contribuíra em nada para a investigação e, enquanto o tempo passava, Barroso tinha tido tempo de sobra para cumprir sua missão. Provavelmente já seria tarde, ele já sabia de tudo, em breve desapareceria sem que o tivéssemos desmascarado. Meu primo deixava entender que precisava de outro parceiro, que meninas não sabem ser detetives, ia convidar meu irmão para entrar no negócio e, subentendido, barrar minha subida na mangueira, onde só cabiam dois. Pior destino eu não podia imaginar do que rodar lá embaixo, chupando caroço enquanto lá em cima tudo acontecia.

Foi a esta altura que percebi que precisava dar uma prova de excepcional competência para voltar às boas graças do chefe. Uma ação decisiva se impunha. Provar o impostor que ele era, isto tinha que ser obra minha. Pus pra funcionar a cachola, à mesa já nem falava, comia sem prestar atenção, confundia açúcar com sal. Mas nada me ocorria, presa nas grades do jardim. Foi então que o destino virou a meu favor.

Sempre tive o hábito de me agarrar às grades como qualquer bicho preso. Ficava ali olhando a rua e as pessoas, só pra depois poder contar. Nem percebi quando o velho Barroso parou na minha frente. Quando me dei conta, estava com as pernas bambas, vermelha, entre mim e ele apenas as grades do jardim. Ele encostou o corpo todo na grade, se abaixou um pouco, e disse: Ô menininha linda. Como é seu nome?

Meu nome! Ele buscava informação! Não respondi nada, só fixava as sobrancelhas, não vi a mão dele na calça, só fixava as sobrancelhas, as sobrancelhas falsas, era minha chance, agarrei-as com toda força e comecei a puxar. Não saíram na minha mão como eu esperava, só ouvi os gritos do velho, que saiu esbaforido e atravessou a rua sem olhar pros lados.

Nem eu nem mamãe entendemos quando a dona da pensão veio pedir desculpas, dizer que o velho jurava que não tinha feito nada, só brincado comigo, me chamado de bonitinha, essa fera. A história das sobrancelhas ninguém mais falou, só eu guardei na memória como um retumbante fracasso.

De livre e espontânea vontade, abandonei a investigação, não quis mais subir na árvore e tinha pesadelos horríveis com o velho Barroso.

Meu primo, sozinho, insistiu. Um dia me chamou aflito, sobe aqui, o que é que é isso? Olhei pela janela, vi o padre chegando, o velho Barroso na cama, a dona da pensão e os outros hóspedes em volta, chorando. Eu vira o que não pode ser visto.

No jantar, entre duas notícias da cidade, papai comentou, distraído: seu Barroso morreu.

Armário azul

A madrinha era a pobre de uma família rica. Solteira, ninguém sabia por quê, já que feia não era, andava pendurada no braço da mãe de quem cuidava com extremo zelo, penteando seus cabelos e caprichando nos coques bem desenhados. Era uma mulher muito triste, professora severa que, além da mãe, nutria um só amor, e era ela. Quando a velha morreu, sobraram as duas, de mãos dadas, voltando da escola, onde ensinou-a a ler, a escrever e a não sentar na tábua dos banheiros.

Esses passeios de fim de tarde, que desembocavam em café com leite, pão torrado e a memória da felicidade, tinham uma escala obrigatória, um bazar pequenino que, se não ficasse no caminho delas, não existiria na vida de ninguém, a não ser na de Tito, o dono da loja. Era um homem moço que sorria para elas quando apontavam na esquina e fazia sempre um meio gesto de cabeça entre o cumprimento e o convite. Paravam, era um dos poucos direitos que a madrinha lhe concedia, exceção diária à sua austeridade.

O mundo inteiro cabia ali, atulhado em pequenas estantes. Cadernos com capa da ópera do *Guarani*, lápis de cor, bonequinhas, tudo misturado com roupas ordinárias e pratos em que comiam as empregadas. Tito e a madrinha conversavam enquanto ela circulava nesse mundo em que encontrou, um dia, o que foi a joia de sua infância: uma minúscula galinha de plástico amarelo que, pressionando-se os pés, botava um ovo. A última vez que brincou com ela tinha trinta anos.

Veio de lá também a prova de amor que lhe ensinou a generosidade e foi, pouco antes do Natal, quando as vitrines, mesmo as do bazar, melhoravam um pouco a decoração, exibindo brinquedos de melhor qualidade, caros para as bolsas do pessoal da rua. Foi lá que viu o armário azul que se abria, guardando de um lado uma boneca, do outro as roupinhas penduradas.

Sempre detestara bonecas, mas aprendera bem cedo que sempre é por enquanto. Não queria a boneca de olhos de cega, queria o armário azul, em que imaginava guardar seus bens mais preciosos, vidros vazios de perfume, a galinha amarela e os ovinhos, um cantil furado e alguns outros segredos que, ainda hoje segredos, não mencionaria.

Como era caro, calou. Fora educada assim. A madrinha também. Tito, silencioso e sempre com gestos cuidadosos como se tocasse finíssimo cristal, tirou o armário da vitrine, deixou-a brincar com ele e, sem dizer preço ou propor nada, devolveu-o ao seu lugar.

Teve a sorte de uma catapora brava, impressionante, que quase a fez perder o ano e trouxe a casa o médico e o assistente, ambos fascinados por aquela "catapora linda". Dias de cama, deformada, e o suplício do coça, não coça vai deixar marca.

A madrinha ia e vinha, solitária e desolada pelo caminho da escola. Um dia, chegou com um embrulho em forma de mala. A menina gritou de alegria e pareceu-lhe que à madrinha tremiam-lhe os lábios, mas ela não sabia chorar.

Foi caro, perguntou, agarrada ao armário azul, sabendo muito bem a resposta. Cumpria seu ritual de dignidade.

O Tito é um homem bom, resposta enigmática.

O ano recomeçou e as caminhadas até a escola também. A madrinha insistiu para que ela contasse ao Tito o que fazia com o armário azul. Mentiu que vestia a bonequinha.

Cada dia tinha mais tempo para passear entre as estantes, entediada enrolava-se nos tecidos, falava sozinha, enquanto a conversa interminável da madrinha com o Tito custava-lhe uma bolha no pé. Contou à mãe que se cansava e já conhecia de cor o que havia no bazar.

O Tito é casado, comentou o pai sem ser chamado.

O Tito era casado, a madrinha, não. Ela nunca soube por quê.

Pharmacia

Foi à farmácia quando tinha seis anos, comprar cocaína para a mãe. A mulher urrava de dor com um buraco no dente e só o pozinho branco que derramava ali lhe devolvia a vida.

Espichou o nariz no balcão e leu debaixo do vidro, enquanto seu Aldir não vinha, a citação de Rui Barbosa: "De tanto ver triunfar as nulidades..." Seu Aldir tinha vergonha de ser honesto entre tantos nulos. Talvez por cansaço, desilusão ou esperteza começou a vender atestados médicos, do médico que tanto queria ser, já que simples farmacêutico. Um desejo tão forte, antigo e sincero bem merecia um diploma que, sem culpas, outorgou-se. Caprichava na letra ilegível onde só se decifrava o "sob meus cuidados".

Na minha turma, todas nós estivemos em um momento ou outro sob os cuidados de seu Aldir que escrevia alguma coisa que deixava entender cólica menstrual. Pintava os cabelos de roxo e fazia um ar maroto quando as mulheres pediam absorvente. Voltava com a caixa azul escondida atrás das costas e perguntava em voz baixa: alguma coisa mais, minha senhora? Seu Aldir adorava mulheres "incomodadas", que incomodava ainda mais com seu jeito lúbrico e seus silêncios cúmplices.

Quando foi preso, muitos anos depois, as mulheres comemoraram o fim daquele sem-vergonha. Sem-vergonha mas com muitos sonhos, pois não lhe bastava ser médico no balcão da farmácia. Com o dinheiro bom dos atestados, que vendia aos magotes em épocas de exames e guardava bem em uma caixinha, conseguiu alugar uma sala no subúrbio, onde instalou-se, é claro, como ginecologista. Pôs sobre a mesa uma estátua de Hipócrates, de bronze, quebrada, a quem faltava a cobra e que encontrou abandonado no Faz Tudo pela família de um doutor, já falecido e que anunciava ter sido de seu avô.

Sempre faltou alguma coisa aos sonhos do dr. Aldir. Dava consulta uma vez por semana, nos outros dias continuava fiel atrás do balcão da Pharmacia Limeira que, sendo negócio de família, instalado há cinquenta anos em minha rua, ainda se escrevia à moda de outros tempos. Aldir Limeira, farmacêutico e ginecologista, não parava de sonhar e mudar de vocação.

Seu destino verdadeiro era o de amante, um possuído pelas mulheres, seus ciclos, seus sangues, matéria suficiente para alimentar sua vocação de compositor de rimas em ão. "Mulher, eu te adoro, tu és a minha ilusão", cantava ao cair da tarde enquanto varria a farmácia e ele ia contando a féria do dia e dos atestados, improvisando ali mesmo novos versos que imprimia e distribuía entre as clientes para tentar a sorte como compositor ou como amante. Sem sucesso. O cabelo roxo e o comentado mau hálito não seduziam as empregadas a quem prometia um bom montepio do Sindicato dos Médicos. Fugiam e ainda faziam queixa a patroa.

Ninguém queria saber dele a não ser como redator de atestados, utilíssimos a quem faltava à prova ou ao trabalho. Denunciado por gente dali, nunca foi. A denúncia veio do consultório de ginecologia onde um zero a mais na letra ininteligível multiplicou a dose por dez e estragou a paciente. Na rua, houve quem pensasse em ir até lá visitá-lo, o pobre-diabo. Desistiram. Seu Aldir tinha vergonha de ser honesto.

O nome do pai

O padre pousou a mão do menino na testa, depois um leve toque em cada ombro, e o fez repetir: "Em nome do Pai, do Filho e do Espírito Santo." Virou as costas e passou para outro, a quem fez dizer o mesmo refrão, deixando o menino boquiaberto, fazendo aquele gesto enquanto na alma as ideias se cruzavam como no corpo as mãos.

O nome do pai ele sabia, era Jaime. O filho era ele, João. Mas o Espírito Santo, não conhecia, nem sabia como se chamava. Ficou assim repetindo o sinal da cruz, sem saber o nome do Espírito Santo. Fazia o que lhe mandavam, não entendia nada, e se engasgava quando passava aquele portão de ferro e esbarrava nas saias negras dos professores, alma penada vagando em corredores de sombra. Repetia então o nome do pai, como se rezasse para aquele deus que ficara lá fora e que lhe acenava de longe ao fim da tarde, à saída do colégio, o melhor momento do dia, quando sentia na fronte, como uma lixa, o queixo raspado do homem.

Foi pela vida afora repetindo o nome do pai como uma oração que exorcizava todos os demônios e o livrava de todo mal, amém. Até que um dia viu-se em frente a um colégio qualquer, tentando empurrar porta adentro um menininho banhado em lágrimas, enroscado em suas pernas, e só então entendeu que a magia se quebrara, que já não podia chamar por aquele nome, e que só contava, como socorro, com seu próprio nome. Para aquele bichinho que se agarrava nele, o nome do pai era João.

Chegara o momento atroz de ser deus para o outro, e já nada lhe restava senão a solidão de homem adulto. A tarde inteira deu voltas no quarteirão, imerso numa saudade imensa que não sabia se era do menino dentro de si, ou do outro menino dentro da escola. Até de Deus, em quem nunca acreditara, teve saudade. Nunca pedira uma graça ou esperara um milagre. Todos os milagres esperara do outro, do homem da barba cerrada, o todo-poderoso. Por que seu Deus não cumprira todas as promessas, sobretudo aquela de guardá-lo sempre menino e, em seus braços, sem medo? Por que se transformara num velho que ele visitava toda semana, num corre-corre danado, entre dois clientes ou entre dois amores? Sabendo o quanto era esperado para ouvir as histórias do passado, olhar os retratos da mãe, ou simplesmente como um parceiro do buraco. Por que não fazia o milagre de ser imortal, e, em vez disso, volta e meia era aquele susto, a pressão que subia, o coração que titubeava, o futuro cada vez mais curto e improvável? E ele ali, chutando pedra no meio da rua, com medo de que seu Deus morresse no próximo enfarto. Pior, sabendo agora que um dia seria ele o traidor, e o que seu filho descobriria toda a verdade sobre sua débil natureza humana. Também ele não lhe perdoaria por ser mais um deus falhado.

Esperou apenas que o menino o amasse sempre, como ele amara seu pai, ainda que naqueles momentos em que a vida o crucificava murmurasse um lamento velho de dois mil anos: Jaime, Jaime, por que me abandonaste?

Adoração

Quando se encontraram, muitos anos depois, nenhum dos dois se lembrava de onde saía o Menino Jesus. Só que, uma vez por ano, o santo visitava a casa e lá passava a noite, obrigando a família à vigília. E quem o trazia era um padre, de outra paróquia, acompanhado de um sacristão, o que dava à chegada uma certa imponência.

Embora só a avó se pusesse imediatamente de joelhos à passagem da pequena manjedoura, todos baixavam a cabeça e faziam o sinal da cruz. Jamais souberam o que o santinho ia fazer lá, mas intuíam que era visita ilustre porque na casa criava-se um clima de contrição. Compravam-se flores, das bonitas, de florista, para substituir as rosinhas vagabundas do jardim. Mandavam varrer bem a aleia da entrada e a lavadeira passava dias engomando as toalhas com que enfeitariam o altar, além dos vestidos e camisas de linho da família inteira, que todos queriam estar bem-vestidos para a chegada do santo.

Uma grande faxina na sala mudava os hábitos da arrumadeira, acostumada a passar uma flanela nos móveis e uma vassoura no tapete. Álcool nos vidros das imensas janelas, só nos dias de grande festa e este era um deles. Zulmira arregaçava a saia, subia no parapeito e para se dar coragem e atestar a fé cantava em tom de lamento "com minha mãe estarei, na santa glória um dia". Seu Américo, o encerador, chegava por último e passava o dia de joelhos esfregando as tábuas largas com uma cera vermelha que lhe tingia a sola dos pés. Terminada a sala, ia embora se benzendo para o santo, que ainda não estava lá.

A casa tinha um pequeno oratório onde reinava São Francisco de Assis que nesse dia era rebaixado ao altar lateral. Junto ao único genuflexório, que trazia a marca dos joelhos de várias gerações, colocavam-se almofadas, muitas, já que os vizinhos estavam convidados a conversar com o santo e, nesse dia, fazia-se casa aberta. Dizem que os que não eram convidados para as festas da família aproveitavam esse momento de congraçamento na fé para olhar como era a casa por dentro e provar da broa de milho que as artes de uma cozinheira nonagenária tornara conhecida além-portão.

O santo chegava, passava a noite e, na manhã seguinte, para alegria de todos, ninguém ia à escola. Explicavam à professora que as jovens estavam em adoração e ela, sacudindo a cabeça em assentimento, lançava um olhar de apreço sobre a piedade dos jovens. Gazeteavam despertando admiração.

A visita era longa, uma semana, e como o santo não podia ficar sozinho, o que seria um sacrilégio, a família e os vizinhos, cansando aos poucos, iam lançando mão dos mais moços que eram postados ali como guardiões para que nenhuma falta de respeito – como algum cachorro curioso, ou coisas assim – perturbasse o sono do menino. Depois do almoço, naquelas tardes de verão, quando a casa inteira e, acho eu, o bairro, mergulhavam em longa sesta, cabia aos dois a guarda do Menino Jesus. Punham-lhes nas mãos um livrinho de orações, de capa de prata, e depois de uma longa preleção sobre a responsabilidade de guardar o santo, deixavam ali os primos e ia cada um para o seu quarto, gemer de calor ou lassidão.

Nesse ponto das memórias, fizeram um grande silêncio. Ele perguntou se ela queria um outro uísque, serviu olhando para as pedras de gelo como a coisa mais importante do mundo e ela procurou, longamente, no fundo da bolsa, um isqueiro para o cigarro que não pretendia fumar, já parara há seis meses.

Enfim ele riu, olhando para o chão, e ela também.

Você, depois... tinha medo de ir pro inferno?, ele perguntou.

Ela não respondeu, reencontrava o pudor das mulheres e uma emoção que era bem sua.

Você não sabe como eu esperava a visita daquele santo, era a única hora que nos deixavam sozinhos. Era a melhor semana do ano, todo ano... aquela loucura e sem palavras, acho que nós nunca nos dissemos nada, não é?

Ela não respondeu, mas olhou bem dentro dos olhos dele, um olhar desesperado, de criança perdida, e sempre calada encostou um dedo no dedo daquele senhor de cabelos brancos.

Não tinha mudado, era ela mesma.

Chão de terra

O chão de terra virava lama nas enxurradas de março. Abria-se em sulcos onde corriam rios de um mapa imaginário e era neles que desciam os barquinhos de papel apostando corrida até o ralo.

No chão de terra não se anda descalça, que entra verme e a barriga cresce como aquelas crianças do Nordeste, nem se senta com o short branco para não sujar. Pés no chão, short manchado, assim iam os dias. A grama era rala, que o sol daqui não é brincadeira, não adianta regar. Aqui e lá uma azaleia teimosa botava uma flor no mês de maio, outra em agosto, como para dar esperança de alguma alegria.

O resto era assim, essa quase areia boa para cavar búricas com o calcanhar e jogar bola de gude. Uma areia em que não nascia quase nada, mas servia para desenhar corações e escrever um ou outro verso que a sola apagava antes mesmo de existir. Confidências envergonhadas ao silêncio cúmplice da areia.

O chão de terra mudava de cor, era ocre de manhãzinha e ia ficando cada vez mais brilhante já perto de meio-dia. Dali subia um vapor que distorcia as imagens verdadeiras ou sonhadas de quem olhava fixamente esse chão onde se passava sua vida.

No inverno, era a cama fresca do primeiro amor; no verão, poeira pura vestindo o corpo nu. Melhor se lembrava do cheiro quando chovia uma chuva de pingos grossos, o cheiro que subia dessa terra molhada e lhe revolvia as entranhas, mexendo com o seu desejo. Perdida no tempo, alguma memória de uma sensualidade intensa, confundida com o ardor do verão que a chuva vinha aliviar, espalhando umidade na terra crestada pelo sol do dia inteiro. O cheiro de terra molhada...

Foi logo depois que voltou ao país, foi uma tarde em que viu os primeiros pingos no vidro do carro, anunciando as tempestades de dezembro.

O corpo, anos depois, se lembra logo do que esqueceu. Um perfume atravessa décadas e chega na urgência daquele minuto. Foi assim naquela tarde inesperada. Bastou para medir os anos sem chão de terra, lá onde a grama cresce verde e atapetada, onde não há poeira nem sede no chão. Onde não foi a sua infância e onde se fez tão estrangeiro o seu desejo.

Uma chuva banal num fim de tarde, um concerto de Rachmaninoff que ninguém tocou, mas ela escutou, passos no chão molhado e, de repente, a vida, simplesmente a vida, como sempre devera ser, e todo o resto nada mais que enganos. Simplesmente o verão chegando na umidade da quase floresta, o verão, seus relâmpagos e seus medos. Tudo voltando tão nítido e irrefutável, tudo guardado no cheiro da terra molhada.

Parou o carro em frente à parede de edifícios e tentou desenhar os muros da casa.

Os muros da casa, as fronteiras de um mundo soterrado por imensos prédios que cobriram o chão de terra e não esperaram por ela, nem sequer para se despedir. Mangueiras amputadas, jogadas no lixo para apodrecer.

Ficaram ali, invisíveis mas insepultos, os amores impossíveis, os ensaios na poesia, arlequins e purpurinas, os ovos escondidos nas samambaias, as ladainhas do mês de maio, buscapés e papel fino cortado em gomos coloridos subindo ao céu em luz e cor.

Nas garagens dos prédios, no capô dos carros amontoados, jogam bola, aos gritos, os espectros de meninos desgrenhados. No play, ninguém percebe que há uma ceia de Natal, a mesa infindável que vem da cabeceira da avó, até ela, a menor, e tantas crianças que não comiam nada, espreitando o jardim. No elevador, desce um homem de vermelho.

Em que andar mora o diabo, o que assombrava as noites e se escondia atrás da casa? O diabo aparecia, os mortos saíam do papel das paredes e então já não podia nada, só rezar para que a primeira cigarra matutina gemesse, ainda tímida, puxando o coro que anunciava o dia.

A mãe proibia que se dissesse o nome do diabo porque, quando se fala nele, ele aparece. Apareceu no meio da noite, do fundo do pesadelo, olhando de longe a imagem da mãe enforcada no lustre de prata, o penhoar de veludo verde chamuscado na bainha por um braseiro que se consumia sob seus pés pendentes.

Só restavam as nuvens, as mesmas, essas nuvens barrocas, rosadas que reconhecera agora, tantos anos depois, quando entrara no espaço aéreo brasileiro. Só elas, altaneiras, tinham escapado à sanha do dinheiro e das escavadeiras.

Deitada no chão de terra, acompanhava o descaminho das nuvens esgarçadas, os encontros e desencontros lhe ensinando a infidelidade e o imprevisível. Brincara com nuvens mais do que com brinquedos. Vivera no céu mais do que na terra. Deitada no chão de terra.

As nuvens continuavam ali.

Castelos

As gaivotas planam elegantes, depois de um bater de asas aflito, sobre o mar de Copacabana. Faz frio nessa varanda de hotel em que esperamos a explosão de fogos que anunciarão o ano-novo. As noites de dezembro, que já foram escaldantes, ficaram assim como um inverno. Ou talvez seja eu que já não me aqueço facilmente.

Tenho com esse mar uma doce intimidade. Vivo nele e com ele há tantos anos, os pés de criança enfiados nessa areia e os olhos perdidos no horizonte à espera daquele barco que provava a redondeza da terra. Antes do horizonte as ilhas Cagarras, onde minha avó, explicava, esquecera o maiô e por isso não ia à praia conosco. O mundo das varizes e das carnes flácidas não existindo no meu repertório, eu achava injusto que nenhum filho fosse até lá, nadando, buscar o maldito maiô. Desde cedo, achei o mundo injusto e os homens, egoístas. Ainda acho. Preferia o mar. Ainda prefiro.

Aqui, no canto do Posto Seis, chegava o arrastão, aonde íamos cedinho comprar o peixe do almoço e, ao fim da tarde, o do jantar. Vivi com os pescadores, que brincavam comigo, e foi um deles que fez, para mim, o primeiro castelo de areia. Sou mestra em castelos de areia. Hoje à tarde fiz um e juntou gente em volta para assistir à multiplicação das torres, que brotavam de meus dedos, de onde escorriam gotas de areia.

Só voltávamos para casa com o toque de recolher do forte de Copacabana. Minhas horas passava sentada onde a água batia, cavando imensos fossos para proteger os castelos que as gotas de areia escorrendo de meus dedos construíam. O mar sempre pôde mais que eu, mas eu sabia, e só por desafio construía cada dia um mais bonito só para vê-lo desfazer-se em espuma. Talvez venham daí o fatalismo, que nunca me impediu de tentar proteger as frágeis estruturas da minha vida, e a persistência em sempre recomeçar uma vida definitiva que a onda implacável destruía.

Hoje vim a esse hotel não só por mim. Queria dar uma alegria. Já que não podemos viajar, inventei de passar uns dias nesse hotel olhando a curva perfeita da baía, como se fosse um mar nunca visto, como se estivéssemos entre os dois mares de Istambul, aonde quisemos tanto ir.

As gaivotas não ligam para nada, para as minhas memórias piegas de um Chicabon melando os dedos, nem para os meus castelos destruídos. As ondas também não, nem a areia. A natureza não se lembra de nada, nem sabe quando é assassinada. Morre calada e em silêncio nos mata.

Daqui da varanda vejo, bem perto, outra varanda onde passei tantos verões debruçada, contando os carros que de tão raros serviam às nossas apostas: Ford ou Nash. Contava também as ondas e aprendia o infinito.

Quem é Deus, um menino me perguntou de repente, durante o exercício de matemática. É o fim da conta, respondi. Não sou mãe nem professora, só quis dizer o que sabia, que o infinito é esse mar que não para de bater, essa onda eterna, incansável. Deus deve ser essa minha soma, a que não acabará nunca.

Vivíamos logo ali, no terceiro andar do edifício Cruzeiro do Sul. Chegávamos em dezembro para os banhos de mar, trazendo empregadas, boias, panelas e roupas de cama, todas amontoadas no banco de trás do carro. Encontrávamos, naquele apartamento fechado o resto do ano, uma camada de areia que o vento trazia e que cobria os móveis. Quando aprendi, escrevi meu nome nessa poeira espessa. Assinei, assim, meu contrato com o mar para o resto da vida.

Eu ainda não tinha nascido quando houve o blecaute. Todos os prédios, luzes apagadas, se escondiam na escuridão de sinistros submarinos alemães que rondavam a costa. Esses negros tubarões, como os outros, os que comeram uma criança, assombraram a nossa infância. Minha irmã catou latinhas para ajudar no esforço de guerra e, adulta, ainda chorava cantando "por mais terras que eu percorra não permita Deus que eu morra sem que volte para lá". Inventou para si um namorado, um pracinha que perdera uma perna na guerra, um certo Joel Aristides de Castro.

Meu irmão, que sempre detestou tristezas, chorava e tapava os ouvidos à história desse cunhado perneta. Sonhava em tecnicolor e preferiu ser noivo da Esther Williams. Sensível, percebera cedo que a vida real não estava para brincadeiras. Temia o vento que arrasta consigo o que não queremos perder e joga areia nos olhos. Tinha razão. Quando nasci, me esperavam esses dois destinos. Escolhi os dois.

Começa a anoitecer. Quem me acompanha dormiu o dia todo indiferente ao ano que termina e que mal viveu. Sorri para mim com doçura e pergunta: o que você estava pensando? A pergunta me fere como uma farpa. Sirvo o primeiro champanhe da noite. Sei que até o amanhecer esvaziaremos garrafas enquanto dois milhões de brasileiros, vestidos de branco, deságuam sobre a areia da praia. Explodem as luzes que caem sobre o mar. São lágrimas de ouro.

Ao amanhecer, ainda há quem jogue flores para Iemanjá. Eu, sozinha, cavo com os dedos mais um castelo de areia.

Comprovação de paternidade

Nem sempre pode a mulher queixar-se de ocupar posições desfavorecidas. Em certos casos, em que pese a natureza, ser mulher tem suas vantagens, ser homem é que é uma dificuldade. Assim é quando se trata de ser pai ou mãe, já que a maternidade é uma certeza e a paternidade uma presunção. Pouco importa se a ciência decodifica todas as mensagens do ácido desoxirribonucleico permitindo, hoje, saber com exatidão quem é filho de quem. Isso tem servido mais aos processos legais de comprovação de paternidade do que ao difícil percurso que leva a que alguém chame, de bom grado, a um homem, meu pai.

A paternidade se prova não nos exames do DNA, não no reconhecimento, forçado, imposto pela lei, do filho pelo pai, mas no reconhecimento amoroso do pai pelo filho. Comprova-se na memória que atesta, ou não, uma trajetória de gestos cotidianos que aproximam, ou não, um filho ou filha de um ser a princípio desconhecido.

Há filhos de pais ignorados, como há pais que os filhos ignoram. Os outros, os pais de verdade, caminham heroicamente pelo fio da navalha em busca do amor de suas crias, investidos muitas vezes no duro ofício da repressão que as mulheres, guardando para si o monopólio da ternura, delegam injustamente aos homens. Frases fatídicas, como "você vai ver quando seu pai chegar", condenam os homens ao risco de não ser amados, talvez porque temidos. E, no entanto, os filhos amam os pais.

Mesmo se um Bentinho, louco de ciúme e de mágoa, despacha para o exílio o fruto do pecado, a prova viva da traição de Capitu, quem lhe volta anos depois é um filho seu, que o beija, o abraça, o quer bem, que dele se lembra como pai, porque, em tempos de felicidade passada, era por sua mão que o menino ia à escola, era ele quem guiava seus passos na rua ameaçadora, quem lhe garantia sustento e segurança. Pouco importa se o rapaz tem a cara do Escobar.

E é essa a única verdadeira comprovação de paternidade, o reconhecimento do pai pelo filho, a memória da vida em comum, de uma presença protetora e o aprendizado de alguma coisa que nos permite dizer, anos depois, pisando na armadilha da saudade, "foi meu pai quem me ensinou".

No livro *Em busca do tempo perdido*, Proust retomba nos braços do pai no exato momento em que se espera a reprimenda e se encontra o abraço. Foi o pai que levou o coronel Aureliano Buendía, criança, para ver pela primeira vez o gelo, e essa cena longínqua deu a García Márquez a frase primeira de seus cem anos de solidão. John Ford põe na voz off do menino que ele foi, invocando como era verde o seu vale, a frase de abertura de seu mais belo filme: "Nada do que eu ouvi de meu pai me foi inútil na vida."

Tampouco a mim. Também eu aprendi que vaga-lumes eram mosquitos que buscavam lanternas para me encontrar no escuro e que portanto melhor seria, esquecendo terrores e fantasias, fechar os olhos e dormir, porque os vaga-lumes que não são vistos apagam as lanternas e também não veem. Ou que pneu de carro não pousa em trilho de bonde. Coisas assim, úteis na vida. Tão úteis, que servem às vezes para estancar lágrimas ou para evitar acidentes e salvar vidas.

Aprende-se muito com o pai. Para nós, mulheres, é o primeiro contato com a barba, o maior ciúme, um amor complicado que só se vai esclarecer e fazer perdoar anos depois. Aprende-se o homem que não somos, o outro, o insondável mistério de um corpo alheio onde se esconde o desconhecido. Para os meninos, é também o aprendizado da barba, também o maior ciúme, também um amor complicado e a identificação no corpo que indica uma espécie de condenação ao mesmo.

Menino ou menina, a chegada ao pai é um caminho de iniciação, uma incursão para além das fronteiras do mundo materno, um passo na direção do adulto com o que tudo isso comporta de risco e de aventura. Falta ao pai a obviedade da mãe. A paternidade se prova e se aprova.

As cigarras

Os cigarros são companheiros de insônia. As cigarras também. Na madrugada do Rio, naquela hora de lusco-fusco em que a manhã indecisa de um decidido verão se espreguiça sobre o mar, as cigarras estridentes anunciam que vieram para ficar, escondem-se nos troncos das árvores, mimetizam-se nelas e cantam escondidas lá onde menos se espera, pontilhando o que há pouco era silêncio. As madrugadas do verão na floresta são úmidas e secretas. Quem passou a noite em claro e percorreu as sombras sem destino certo, roída pelas angústias que se esconderam, na véspera, como cobras, nas dobras dos lençóis, espera essa cacofonia como a chegada de amigas.

As cigarras sempre foram minhas amigas. Orgulho-me, aliás, de poucas habilidades. Uma delas, que me veio do fundo da infância, é saber apanhá-las entre os dedos, essas moças esquivas, dissimuladas, que o melhor que sabem é se disfarçar como um tronco qualquer. Foi um duro aprendizado, essa aproximação cuidadosa, sem barulhos, o gesto contido de pegá-las ali onde nascem as asas e, pressionando de leve, fazê-las cantar. Depois soltá-las, seguir com os olhos o voo urgente de quem se liberta, olhar sempre um pouco invejoso com que sigo tudo que voa, e se esvai no horizonte.

De nada adiantaram as fábulas moralistas denegrindo o prestígio das cigarras. Pouco me importa se elas morrem pobres, e ainda por cima ironizadas por formigas rastejantes que da vida só conheceram a disciplina, como arte nada, como ofício as picadas.

As cigarras estão acima do bem e do mal. Não sei onde se metem na hora do almoço, provavelmente dormem, fazem a sesta como todos os lascivos e preguiçosos. Mas voltam felizes no fim da tarde, e anunciam a noite como anunciam o dia, garantem que não vai chover ou que a chuva passou.

São elas as grandes avalistas do sucesso do verão. Amigas que somos, temos horários comuns. Dormimos tarde, ou não dormimos.

Gostamos, sobretudo, daquele momento lavado, quando as cores se afirmam sobre a ameaça do cinza. E temos uma certa intimidade, o que me permite saber da sensualidade latente desse canto que se mantém constante, às vezes monocórdio e que, subitamente, estimulado por Deus sabe que prazer, sobe um tom, e mais um tom, até mudar a cadência, e é então que a estridência arrebenta a tarde ou a madrugada, canto indecente e despudorado que chama por todas as árvores e que provoca respostas de todas, que subleva o jardim.

Nasci no verão e cresci num jardim de cigarras que me ensinaram as alegrias do calor e uma certa dose de insolência necessária a sobreviver.

Ensinaram-me também a dor das perdas. Meu primeiro desgosto, talvez o mais profundo e dolorido, foi morrer-me nas mãos a cigarra mais querida. Menina, muito menina, inexperiente, quis guardá-la tanto e fazê-la tanto cantar que me morreu nas mãos, provavelmente de um desgosto seu, obrigada por um pedaço de gente a fazer o que não queria. Essas boêmias não estão acostumadas a ser contrariadas, são livres demais para receber ordens, para terem as asas comprimidas por pequenos dedos selvagens.

Morreu-me nas mãos.

A dama-da-noite

Antes do calor, chegavam os perfumes. Como se o ar ganhasse uma espessura, fino tecido invisível que eu buscava com os olhos e o nariz, na esperança de ver esse cheiro que anunciava o verão. Ele nos seguia pelos quatro cantos da casa e só então sabíamos que vinham as férias, os almanaques, a compra de um maiô novo, enfim, o mar. E o calor.

Quem primeiro anunciava o verão era a dama-da-noite. Floria sob a janela do meu quarto e misturava-se aos desejos que a pele nua aceitava como uma condenação. O cheiro dos jasmins-do-cabo – minha mãe chamava-os assim – foi causa e testemunha de noites insones, na tentativa de entrar na vida desvendando o mistério em que angústia e delírio se confundiam. Por causa da dama-da-noite. Por causa da noite.

O verão nunca saiu da minha pele. Foi esse sol que nascia e se punha no meu corpo, esse sol que dormia com a dama-da-noite, que, pela vida afora, derreteu os gelos com que quiseram me envolver.

O verão voltava sempre, mesmo quando nevava.

No verão, saíam as cadeiras de vime, dispostas sob a mangueira, ampla sombra que cobria a felicidade dos sorvetes que chegavam no fim da tarde e que minha avó distribuía com a elegância de entregá-los primeiro aos pequeninos. Ali nunca faltou conversa e os silêncios raros eram para dar voz ao sabiá insistente que, à força de querer participar, convenceu a todos que encarnava meu falecido avô.

Cada um contava seu dia, as crianças ficavam no colo aprendendo o calor da carne, ou remexiam na terra ainda quente convivendo com as formigas, que trocavam confidências. A terra era cheia de segredos, de pedras inesperadas, de bichos sem nome. A mangueira também trazia seus perfumes, os corpos que vinham da rua e do trabalho também.

No verão, a vida se impunha numa mistura de doçura e violência como sabendo que nos legava as melhores recordações e que seríamos para sempre esses seres estivais.

Mas eu sabia que a culpa de tudo era da dama-da-noite. Sabia que era ela que escondia as chaves do verão, da embriaguez do verão, dos pecados do calor. Ela, ali sob a minha janela, ela que me perseguiria a vida inteira, eu, condenada a persegui-la, a querê-la de volta, com o meu jardim, minhas mangueiras, meus sabiás, minhas ondas. A querer de volta os verões em que nunca pensamos na morte, que se abriam para os meses próximos com as promessas das ceias de Natal, dos brindes do Ano-Novo. E os paetês de janeiro que ensaiavam os carnavais.

Bordávamos as fantasias, e um cuidadoso enrolar de serpentinas nos fazia um chapéu. As crianças cheiravam lança-perfume, dormiam felizes e ninguém dizia nada.

No verão, boiávamos no mar e as mulheres gritavam "Olha a boa!", quando as ondas nos levavam de roldão. Passava o kiboneiro, e da carrocinha, que parecia sem fundo, saía a alegria sem fim dos picolés de chocolate.

O dia não acabava nunca, como se o sol, também feliz de tomar banho de mar, adiasse sempre sua partida. Quando ia embora, o sentinela do forte tocava a corneta à hora de recolher. Vestidos de areia e sal, nos recolhíamos então, nós também, ao jardim de mangueiras à beira-mar.

Esperava-nos a dama-da-noite. A que punha fim à minha infância, que me fazia mulher antes do tempo. Quando chegou o tempo de ser mulher, a cada ano esperei por ela, mal entrava novembro, como quem encontra às escondidas um personagem secreto e misterioso.

A cada floração, melhor do que um relógio, senti o tempo passar, os anos passarem, sem que jamais esquecesse esses verões longínquos. Nada do que se passou no verão esqueci. Tudo, absolutamente tudo, ficou guardado em segredo pela dama-da-noite.

E, a cada ano, quando ela volta, é o seu perfume a chave que abre os cofres da memória e é ela que lembra e conta, uma vez mais, aquela história de um casarão à beira-mar, de um jardim de mangueiras seculares, que cobriam uma família grande que acreditava, então, que era feliz.

ARLEQUINS E PURPURINA

Carnavalescas

Quem não gosta caia fora, escolha os livros que vão para a casa de campo ou para a ilha deserta. Com Carnaval não se brinca. Quem gosta já escolheu fantasia, escola para desfilar, ligou para os amigos do bloco, já sabe de cor o samba-enredo. Quem gosta nasceu assim, nem desgosto vai mudar.

Perto da minha casa tinha um morro. Na noite de Natal, já se ouvia de longe o batuque que invadia o mês de janeiro e ia esquentando, como esquenta o verão.

Aos primeiros dias de fevereiro, minha avó, uma viúva que jamais tirara o luto e atravessava o ano choramingando a memória do marido, metia-se no carro e ia, sozinha, para o centro da cidade. Começara o Carnaval. Voltava com cestas imensas de onde saíam rolos de serpentina, toneladas de confete e, para cada neto, uma caixa de madeira fechada que guardava três ampolas douradas dos divinos lança-perfumes. Distribuído o seu kit Carnaval, vestia um vestido branco, munia-se de uma ventarola e anunciava que ia trabalhar.

Linha, agulha, dourados, vidrilhos e paetês, lá vinham gregas, holandesas, tiroleses e toureiros. Não se falava mais em morte, que só voltava na quaresma, quando a casa se cobria de roxo. Nessa família, quase um bloco, cresci.

Minha tia, professora solteirona e severíssima, abria os portões de nosso jardim e punha uma cadeira de vime na calçada. Diante dela desfilavam baianas, marqueses e índios, todos vindos do morro, todos alfabetizados por ela.

Mestre-sala e porta-bandeira evoluíam na frente da professora com um rigor de prova final. Um gesto dela era a glória ou a descida aos infernos, muito mais grave que qualquer comissão julgadora. Vinham buscar a bênção, antes de ir para a avenida. Ela, toda aplausos e oração. Nós, extasiados com as luzes que se acendiam na cabeça das baianas, cobríamos de confete o asfalto em que pisava nossa escola. Aquilo, sim, era brilho na cabeça.

Tantas foram as fotos, vestidos de cetim, que um suíço, homem alheio a fantasias, depois de minucioso exame de meus porta-retratos, seriíssimo, perguntou: "Antigamente no Brasil as crianças se vestiam assim?"

Oui, mon ami, nos únicos momentos que queríamos imperecíveis, e por isso vinha o fotógrafo, ele também de colar de havaiana, antes que o suor desbotasse o cetim e o cordão esgarçasse nossas frágeis ilusões. Perder o pompom do sapato antes da foto era a tragédia do toureiro.

Crescemos nesse país de loucos, passamos o ano chorando os lutos vários que escurecem nossas vidas e, de repente, quando rompe fevereiro, mudamos de assunto. Um demônio ancestral, solto nas ruas.

Que não se metam a besta os cientistas sociais que explicam, os caretas que julgam, os crentes que proíbem. Só os carnavalescos entendem de Carnaval e a esses é dada a sagrada solidão da quarta-feira, só comparável àquela depois do amor.

Mamãe morreu num sábado, sussurrando no meu ouvido: "Que pena, morrer logo antes do Carnaval."

Nós, carnavalescos, somos assim.

Arlequins e purpurina

A costureira chegava em janeiro. Era uma mulher séria, mulata de cabelos brancos, cinquentona e sozinha no mundo, apesar do sorriso meigo que não tinha encontrado um dono. Espalhava sobre a mesa da copa peças e peças de paetês coloridos e os mais bonitos eram os dourados e prateados. Ficava em silêncio, o tal sorriso meigo esperando que acabassem nossas exclamações de entusiasmo porque, afinal, precisava que escolhêssemos logo para que começasse a trabalhar. Um mês não era muito para tantas fantasias. Era assim que despontava o carnaval, logo depois do Ano-Novo, seguindo o calendário festivo e espargindo purpurina sobre nossas vidas. Começava com essa escolha do destino de cada um, as fantasias que vestiríamos nos três dias sagrados. Porque o carnaval, para nós, era sagração da alegria e a fantasia, uma grave escolha de vida que respondia a pergunta: E você, vai sair de quê?

De Arlequim, respondi naquele ano, com a intuição de que era um caminho sem volta. Terá sido talvez a variedade dos losangos coloridos ou quem sabe o chapéu de bico. Ou terá sido muito mais, a escolha de um destino de aventura, alegre e meio irresponsável, um destino arlequinal. Não me atraíam nada os olhos tristes do Pierrô, de onde tomba uma negra lágrima, não me convinha o coração partido pelo ciúme, menos ainda a falsa inocência da Colombina, no fundo uma rematada hipócrita, eternamente indecisa entre a carne e o espírito. O fato é que meus dedos selecionaram as cores dos paetês, esbocei no papel de pão umas linhas cruzadas e entreguei à costureira, que murmurou apenas vai ficar lindo, como uma grande profissional que não recua ante o trabalho insano do bordado. Já desenhara com a imaginação o festival de cores que sua agulha transformou no meu Arlequim.

É graça dada aos carnavalescos acreditar na fantasia. Incorporar um personagem qualquer como uma dimensão real da sua vida, a que poderia ter sido, mesmo se não foi.

É graça dada a eles a pele colorida dos arlequins que, vestida na infância, cola para sempre, resiste à banalidade dos dias, recusa o tédio e vai, mundo afora, em busca do eterno carnaval. Fui Arlequim em Veneza e em Basileia, com a mesma convicção de um Arlequim carioca.

Contra toda minha vocação, já vivi meus dias de Pierrô. Quem na vida não viveu os três papéis? Quem nunca vestiu a *colorete* branca e tocou no bandolim o réquiem pelo amor traído?

Cada um é muitos, já sabemos, mas nunca como no carnaval essa multiplicidade é tão legítima, já que o carnaval tem leis que só os carnavalescos reconhecem e respeitam.

Assisti, ninguém me contou, no Florian, o mais famoso café de Veneza, à chegada do Rei Sol, cercado de lindíssimas cortesãs, envoltas no luxo dos tecidos brilhantes. E vi todos os hussardos e granadeiros ali sentados levantarem-se ao mesmo tempo, como um pelotão bem treinado e, em posição de sentido, esperar passar Sua Alteza e o gesto generoso que lhes permitiu voltar aos seus cafés já frios. No carnaval, a majestade é indiscutível.

Carnaval sem fantasia não é carnaval. E não falo de adereços, plumas e alegorias. Isso serve a uma certa beleza que têm as escolas de samba, cada vez mais show e menos carnaval.

O carnaval sobrevive longe das avenidas, lá onde Colombina, Pierrô e Arlequim, abraçados, descem a rua sambando, indo ao encontro do bloco que saiu e ninguém sabe de onde e vai por aí, chamando as gentes nas calçadas, virando cordão.

Ali onde ainda se jogam confete e serpentina, onde uma criança, reco-reco na mão, segue um índio de espanador, enquanto um grupo de barbados, vestidos de mulher, as meias arrastão, exibindo as pernas peludas, fogem da foice de uma caveira. Lá, onde a vida ainda é real.

Não me espantei quando encontrei na esquina, no meio dos foliões, uma odalisca mulata, cinquentona, de cabelos brancos, que jogou em mim um sorriso meigo e um punhado de confete. Diante dela, curvei-me e tirei o chapéu de pontas, num cumprimento arlequinal.

Máscaras

O primeiro terror foi a caveira. Apareceu sorrindo na grade do meu jardim. Crianças, berramos tanto, que foi ela que fugiu com medo de nós. Depois vieram alguns diabos, tentadores, de rabinho empinado e tridente, e algum político, sempre o maldito da vez, que também fugia para não apanhar. Cresci, perdi de vista as máscaras, fui vestindo outras, máscara de adolescente, boquinhas pintadas, sombra de olho de mulher fatal. Muitos carnavais mais tarde, chegou o tempo das máscaras nos passaportes, os nomes falsos, tempos clandestinos, de outras vidas e perigosas fantasias, as máscaras colando na pele para nunca mais. Foi em um mês de fevereiro dos meus vinte anos que eu disse adeus à avenida e ao carnaval.

Como carnavalescos são incuráveis, os labirintos de Veneza, das costas da cidade, por isso chamadas Dorsoduro, não só não me assustaram, mas me sugaram como um caminho de casa, por onde se volta, o caminho mais conhecido, o itinerário das máscaras. Espectrais, elegantíssimas, não tinham nem a inocência nem a brutalidade das brasileiras, mas alimentavam o mesmo mistério, o mesmo desejo de ser outro, ou muitos, ou quantos, ou todos, que o mundo das máscaras sacia. Colombina, Arlequim e Pulcinella, essa gente da Comedia dell Arte, que sobrevive há séculos nas fantasias dos românticos e que um poeta paulista reviveu em versos assim: "pudesse eu repartir-me e encontrar minha calma dando a Arlequim o meu corpo e a Pierrô minha alma". Menotti Del Pichia visitou Veneza na minha memória de Colombina, eu repetindo versos e seguindo a intuição, buscando uma indicação para me perder, até encontrar como um grande e velho amigo o artesão de uma loja então minúscula, a Mondonovo, honrado trabalhador italiano que, entre as muitas lições de vida que me deu, me ensinou que ali não se pede abatimento. Como calei, respeitosa e um pouco envergonhada, deu-me de presente a cobiçada máscara, a primeira de minha hoje famosa coleção, um Arlequim trágico, enlouquecido, que grita alguma coisa que só eu ouvi e por isso dorme no meu quarto. Refiz tantas vezes esses caminhos quantos anos me enxotaram da avenida. Veneza viu tanto das minhas máscaras quanto o Rio de Janeiro. Veneza e seu interminável carnaval.

Em Basileia, vi uma mulher imensa, a gigantesca cabeça iluminada, manchando de cores a escuridão da esplêndida cidade medieval. Vi essa mulher, ao nascer do dia, sentada no meio-fio, exausta da noite em claro, tirar a cabeça, que pousou cuidadosamente a seu lado, tomar uns goles de uma sopa quente que alguém lhe trouxe, depois sacudir os cabelos curtos, tirar a saia e a blusa de seios monumentais, dando a ver um terno completo com gravata e tudo, vi a mulher, ali na calçada, virando o circunspecto e pontual funcionário de um banco suíço. Foi então que, já tendo visto tudo na vida, achei que era tempo de voltar ao Brasil, uma vez que, como sabe qualquer brasileira, aqui tudo nunca foi nem terá sido visto. É questão de tempo.

Esse ano vamos sair de quê? De presidiário? De polícia? De loucos? De mulher nua? De vampiro? Ou sanguessuga? Que enredo ainda é possível nesse país do carnaval? Que máscaras ainda nos caberão? Comédia ou tragédia?

E os diabos ainda serão aqueles, eróticos pertubadores da infância, ou outros, desconhecidos, fugidos de algum inferno, soltos na rua, no meio do redemoinho, que fazem com que viver seja muito perigoso?

Tenho medo de que ela volte, aquela máscara, a primeira, a que nos metia tanto medo na grade do jardim. Tenho medo de que apareça de novo nas grades dos apartamentos, e que já não se assuste com os gritos das crianças. Melhor mudarmos de assunto.

Já lhes disse, carnavalescos são incuráveis, sofrem de euforia, de insana e inútil alegria. Mudemos, pois, de assunto.

Do fundo do tempo, uma velha marchinha, que Maria Bethânia desencavou e gravou, dá o tom. "Anda Luzia, pega o pandeiro e vai pro Carnaval, anda Luzia que essa tristeza te faz muito mal. Arruma tua fantasia, alegra teu olhar profundo, que a vida dura só um dia, Luzia, e não se leva nada desse mundo."

O carnaval é uma festa virtuosa

De uns dias passados na Europa, próspera e organizada, trouxe eu uma perplexidade: por que todos falam do Brasil com carinho e uma pontinha de inveja? Não sabem o que rola por aqui? Porque sonham todos, do banqueiro ao filósofo, do operário à garçonete, com o carnaval que viram na televisão e que habita o imaginário com a petulância de um sonho recorrente.

Não morro sem ir lá, suspirou a amiga, tirando minhas malas do carro, na porta do aeroporto, ela que sabe que, por nada nesse mundo, eu deixaria de voltar para o carnaval, deixando para trás a neve espessa, as estradas bem traçadas, a cultura, a civilização, a justiça social, a ordem pública, para mergulhar, atarantada, no caos nosso de cada dia.

O carnaval tem a má fama de ser a festa da luxúria. Não é, ou é, no que a luxúria tem de mais sagrado. O carnaval é uma forma de meditação pelo avesso, uma afirmação do sagrado pelo que há de mais profano. Um dar graças a Deus ou, no caso, talvez seja melhor dá-las ao diabo, pelo verão que nos autoriza a nudez, pela nudez que nos impele ao desejo, pelo desejo que acena com a alegria, pela música que batuca no coração, pela liberdade de pular e rebolar sem que ninguém censure.

Afora, é claro, algumas autoridades religiosas que, no exercício de suas funções, querem nos lembrar da morte, do medo da maldita, que é, no fundo, o sustentáculo do seu poder. Poucos os ouvem. Na rua, a massa em suposta crise de loucura coletiva afirma, nesses dias, o cúmulo da lucidez sobre a vida. Porque é da vida que se trata no carnaval e com grande sabedoria. Esse mundo de pernas pro ar sabe tudo sobre si mesmo. Sabe que ninguém é autêntico quando fala em primeira pessoa mas que, ao escolher uma máscara, vai se revelar. Sabe, com Oscar Wilde, que as máscaras contam muito mais que as autobiografias. E, com Fernando Pessoa, que cada um é muitos. Que, seja você quem for, seja o que Deus quiser. Por isso segura o meu Pierrô molhado e vamos ladeira abaixo. E não se esqueça de mim, nem de Caetano, nem de Chico, nem de todos os sábios e profetas, que pontificaram em muitos carnavais, deslizando sobre as cristas das ondas do mar dessa loucura.

Há tanta sabedoria no carnaval e um silêncio estridente que ninguém ouve, em meio ao burburinho das escolas que desfilam hipermodernas, dos blocos resistentes que insistem em reviver um amor que se acabou, em meio à melancolia de foliões que ainda vagam sozinhos pelas calçadas, as asas quebradas pelo cansaço, depois de uma noite de voo cego sobre a avenida.

E ninguém ouve o silêncio em que a vida medita sobre si mesma e sabe que tudo é fantasia, que a vida é sonho, que ela mesma é mais inventada do que real, apenas para levar a cabo o espetáculo que se quer o mais esplêndido, pra tudo se acabar na quarta-feira. Em uma quarta-feira ou outro dia qualquer da semana. Porque tristeza não tem fim e porque a vida dura só um dia, Luzia, e não se leva nada deste mundo.

Ninguém ouve o silêncio do carnaval, nem reconhece seus rituais ancestrais, arrastados pelos séculos, trocando de fantasia em cada cultura, esses rituais de uma festa dita pagã em que deuses múltiplos insistem em desfilar, cada um certo da sua onipotência, da liberdade infinita que é ser qualquer coisa, qualquer um, *second life* em carne e osso, muito mais arrojada, provocante e arriscada que qualquer aventura virtual.

Meditação, sabedoria e silêncio, essas as três virtudes insuspeitas do carnaval, submersas no mar de vulgaridade que a televisão transmite e que, por insondável mistério, encanta o mundo e atrai a nossos pífios aeroportos multidões de louros que querem ser mulatos, ricos que mitificam a pobreza, gente em busca de uma vida perdida em alguma outra encarnação e que só reaparece, reencarna, nesse clima místico em que tudo é permitido.

O carnaval é uma festa virtuosa, o que ignoram os que pensam ter o monopólio da virtude quando, de fato, detêm o da caretice.

O carnaval é sobretudo um grande mistério, uma gigantesca máscara que encobre o rosto trágico dessa nação alegre, colorida de paetês verdes e amarelos, o rosto trágico do Brasil.

Fantasia de mulher

Onde foram parar as fantasias? Onde foi parar a fantasia? Nu é fantasia ou é falta de? Bem sem graça, cá entre nós, esse carnaval com gente fantasiada de Adão e Eva depois do silicone. Estragaram a delícia que era se fantasiar de alguma coisa, por exemplo, sair de mulher. Sair, em carnavalesco castiço, queria dizer sair num bloco, aparecer na rua pronto e vestido para uma nova vida.

Na minha casa, corria a lenda que meu sisudíssimo avô, um próspero homem de negócios, tinha em seu escritório uma espécie de cafua, onde, o ano inteiro, escondia uns seios postiços, uma cabeleira ruiva e uma saia de pano de cortina. No carnaval, anunciava à família, com seu vozeirão, "negócio sério não fecha no carnaval", e lá ia ele para o centro da cidade, engravatado, no calorão de janeiro. Minha avó, o silêncio feito gente, revirava os olhos, sem ilusões, desde o dia em que fora ao centro, de surpresa, levar-lhe uma camisa fresca e, boquiaberta, deu com o marido vestido de mulher, empunhando um escovão à guisa de estandarte, os pelos das pernas amassados nas meias de seda. Reconheceu, sem dificuldade, no outro folião que, ao vê-la, desembestou rua abaixo, mesmo pintado de preto e com tranças de nega maluca, seu padre confessor. Desde então, esperou qualquer coisa da vida.

Os homens sempre gostaram de se vestir de mulher, talvez porque, na impunidade desses quatro dias, entrar na pele das senhoras fosse o cúmulo da irreverência, a realização de um desejo obscuro. A impunidade do carnaval garantindo a absolvição.

Havia nisso muito mais transgressão, duplo sentido do que vir nu, rebolando o corpo malhadíssimo, no luxo dos carros alegóricos. Os homens faziam de conta que gozavam as mulheres, com traseiros enormes, e enquanto isso iam experimentando o mundo de dentro das formas fartas e provocantes.

    O sentido das fantasias era encobrir a verdade explícita de cada um, com máscaras e disfarces, anulando o seu eu e deixando flutuar as possíveis imagens de si que povoam cada inconsciente. O carnaval do nu não encobre nada e, revelando tudo, não deixa nada à adivinhação. Exibe uma gente desencapada, sem mistério, sem segunda intenção. Anula a imaginação.

    Hoje, no carnaval do nu, são as mulheres que se fantasiam de mulheres. Uma fantasiada dela mesma quando era jovem, outra lipoaspirada dela mesma quando era magra. Uma terceira, que nasceu feinha, em versão passada a limpo, exibe a fantasia de mulher bonita. Nas avenidas, desfilam as fantasias incorporadas na pele, o ano inteiro, e que nasceram de outras fantasias. As máscaras entraram nos rostos, para o resto da vida. Que pena!

    Saudosismos à parte, os carnavalescos de verdade, uma belíssima espécie em extinção, descobrem os vestígios do carnaval lá onde ele insiste em sobreviver: um bloco pobre onde uma caveira vai de braço com um demônio, uma grega abraçada com o toureiro, e a criançada descalça com o reco-reco na mão, rebolando em volta da bateria, puxando as saias de um barbado vestido de noiva. É com esse que eu vou. É nele que eu vou sair. Com a mesma alegria. Mudou o carnaval, não mudei eu.

Porta-estandarte

O movimento feminista nasceu em sua casa e ao longo dos anos fez ali sua verdadeira sede. O apartamento da rua Joana Angélica, na esquina do mar, abrigou uma boa parte da história do movimento. De muitos movimentos, das mulheres à banda de Ipanema. Ali morava Mariska.

Política para ela era música, verdades e convicções tinham que ser cantadas. Seu primeiro roteiro musical, "Amélia já era", sacudiu a poeira da chatíssima discurseira, do sociologuês com que as mulheres falavam de si, e levou para a cena a prova provada de que os tempos tinham mudado. Diz a lenda que pregava cartazes do show – naquele tempo fazíamos de tudo, do roteiro à panfletagem – quando foi agredida pelas costas. Rodou a baiana e deu conta do agressor.

Ser feminista sempre foi um risco de vida, só que Mariska levava a vida ao pé da letra, encarnando em palavras e obras as ideias que defendia. Levou o movimento nas ruas, no corpo a corpo com as mulheres mais pobres do país, com o seu jeito de ser de esquerda, seu desejo sincero de fazer os pobres menos frágeis e o país mais justo. Conhecia a caridade pelo sentido que tem, coisas do coração, o que a fez, menina rica, distribuir na escola, para as colegas de quem gostava, as joiazinhas com que a enfeitavam e cujo único valor, a seus olhos, era a de se transformarem em presente. Essencialmente revolucionária, não foi política, foi porta-estandarte.

Um dia sangrou. É assim que começa, soube logo que a morte a espreitava. Não tenho tempo para isso, não tenho tempo para morrer, me disse, estou ocupadíssima, cheia de coisas para fazer. Mas, assim mesmo vou me oferecer alguns luxos, não falo mais com a fulana, uma víbora que urrava nas esquinas slogans revolucionários e era falsa como o diabo. Não engolia insinceridade e trazia da infância, bem guardadas, a limpidez dos sentimentos e a vocação da amizade.

Nos onze anos em que ganhou do câncer criou um grupo musical, entre filhos e amigos, a que chamou pelo que de fato era: Puro Prazer. Na véspera de uma estreia veio uma das muitas recaídas. Quimioterapia, os cabelos perdidos, o cortejo de misérias. Quando o pano abriu, cantando o abre-alas, uma baiana de trunfa vermelha, os braços perfurados cobertos pelas pulseiras, lá vinha ela, à frente do grupo, sambando entre as mesas, jogando confetes, desfiando serpentinas. O resto não vi, a vista embaçada por uma torrente de lágrimas, de quê, meu Deus. De emoção? De tristeza ou de raiva por tamanha injustiça, tamanha crueldade, ferir de morte um corpo tão alegre, tão disposto para a vida, para o mar que amava tanto, para todas as marés do amor.

A música permeou sua vida como o maior dos seus deleites. Aos dez anos, chorava com a *Traviata*, que meu avô moribundo tocava obsessivamente. Soluçava com os boleros de Gregório Barrios, com os tangos de Gardel, colada no rádio, no programa José Duba, onde desfilavam os sucessos daquela época. Lia com igual paixão *Cinelândia* e Jean Paul Sartre, esnobismo não era com ela. Namorava na missa, jogou fora a fita de filha de Maria com que quiseram estrangulá-la, caiu fora das sacristias, mas gostava das ladainhas do mês de maio, dos cânticos que comoviam sua adolescência e a minha infância. Sua relação com Deus era assim, cantando "com minha mãe estarei na santa glória um dia", voltejando entre azáleas do nosso jardim, arrastando pela mão uma menina lourinha, sua devota incondicional. Mariska era meu fundo musical. Crescemos plantando juntas marias-sem-vergonha, na terra e no papel. Mariska foi uma história cantada.

Uma história cantada foi o título de seu último livro, um repertório da presença das mulheres na música popular brasileira, desde quando eram cantadas pelos homens até quando cantaram um feminino novo em folha que ela ajudara a descobrir e revelar. Tive alguns privilégios na vida. Mariska foi o maior. Me ensinou a ler, a contar e a cantar "Asa Branca", a rir de tudo um pouco, a odiar cebola, a usar absorvente. Me ensinou a me defender, apanhando ela mesma, abrindo caminho para a minha liberdade. Mariska foi minha irmã mais velha, a porta-estandarte do meu bloco.

Bateu asas, foi embora, desapareceu, nós vamos sair sem ela foi a ordem que ela deu.

Fantasias masculinas

Coincidência feliz o Dia Internacional da Mulher cair na terça-feira de carnaval! Como escolher nossas máscaras agora que se foi o tempo das Colombinas, divididas entre Pierrôs e Arlequins. A máscara preferida das avós, às voltas com as traições e o pecado, já não diverte ninguém.

Temos no armário uma coleção de fantasias, vidas possíveis ou desejadas. Quem vai sair de mulher feliz? Ou de mãe extremosa que nunca bateu no filho? Alguém se habilita ou a máscara é por demais pesada?

Linda a máscara da executiva de sucesso! Um certo ricto na boca e os maxilares trincados lembram que ela não veio à vida a passeio. Bem-vestida e maquiada, concorreria ao prêmio de elegância do carnaval de Veneza. Na vida real, concorre contra todos, que o mundo não está para brincadeiras e o caminho do sucesso, que ela pensa saber o que é, não se estende a seus pés como um tapete de confete.

As máscaras mais procuradas estão à venda nas clínicas de cirurgia plástica. Você leva uma foto de vinte anos atrás e, pronto, sai com uma novinha colada no rosto e que lhe dura uns poucos anos de ilusão. Depois, devolve e manda fazer outra. A máscara da juventude custa caro. Como são todas parecidas, há quem não aprecie e prefira a que lhe esculpiu na face uma longa vida, bem vivida. Esta certamente não é gratuita, custa as rugas do riso e das preocupações. Ora máscara da tragédia, ora máscara da comédia, muda de ano pra ano, tempo suficiente para ir, aos poucos, se acomodando ao inexorável da morte.

A máscara de Eva se usa nas praias, lá onde a democracia expõe desigualdades outras que as da conta bancária. Costumam vesti-la, melhor dizendo despi-la, esquálidas ou rechonchudas, todas fantasiadas da mulher escultural que sonham ser. Eva é uma antimáscara, a que não esconde nada, ao contrário, revela e realiza, no imaginário sem censura nem espelho, a ambição do corpo perfeito. Toda Eva malha na academia, faz pilates e jura que é de bom grado que se esfalfa, que lhe protege o coração. Toma tarja preta para baixar a ansiedade e janta uma folha de alface. É a máscara mais usada no carnaval do Rio.

Agora, que a versão do que é ser mulher não dura mais do que três dias de folia, a vertigem de um tempo acelerado mexe com o ideal das mulheres. Elas correm atrás de si mesmas trocando de máscaras como de companhia. Tempos do descartável e do flex.

Como o espectro das máscaras se ampliou, encontram-se algumas raríssimas. A de presidente, que já vem com a faixa verde e amarela, é a mais cara que existe, o preço é quase impagável.

Quem elas encontrarão no baile de máscaras em que se transformou o dia a dia? Eles virão fantasiados de quê?

Arlequim não é para qualquer um. Não confundir com o velho sedutor barato. Pedem-se uma especial elegância, uma graça, inteligência e astúcia para vestir os losangos coloridos que enfeitam sua arte de viver. Não vestem bem uma rapaziada distraída, ocupada em ganhar dinheiro fácil e rápido.

Pierrôs são malditos e desprezados pelos homens, embora todos encontrem um dia o destino de apaixonado que chora no escuro uma dor inconfessa. À luz do dia, enxugam as lágrimas e imprimem na camiseta "me beija, que eu sou gostoso". Arlequim e Pierrô não sabem mais quem são. Colombina, tampouco.

Que máscaras masculinas cortejarão ou serão cortejadas por essas mulheres eternamente jovens, donas do seu dinheiro, sexualidade flex e corpo perfeito? Alteridade complexa. Eles, não elas, são a grande incógnita das folias do amor daqui pra frente.

Proponho um jogo para essa manhã de sábado de carnaval: pergunte ao seu namorado do que se fantasiaria se fosse a um baile de máscaras. Se ele disser "não sei", estará sendo sincero. As definições estão difíceis. Caso escolha alguma, a máscara escolhida pode ser uma pista. Oscar Wilde dizia que a escolha de uma máscara conta mais sobre alguém que uma detalhada biografia.

Seja ele quem for, não leve a mal, hoje é carnaval. Fantasias masculinas são tão imprevisíveis quanto as nossas.

Seja ele quem for, seja o que Deus quiser.

A águia redentora

O que melhor atesta a grandeza de uma pessoa? O senso comum acredita que seja a capacidade de enfrentar a adversidade. A coragem é sempre valorizada. Outra hipótese menos explorada seria que a grandeza se mostra na capacidade de viver a alegria. A alegria é suspeita de leviandade. Pode ser que essas duas versões às vezes se confundam e essa hipótese explicaria o destino da cidade em que, por sorte, nasci.

Amanhã, o Rio completa 450 anos. Nessa já longa vida vem testemunhando uma história em que se misturam a dor e a alegria. Não é preciso, na véspera do aniversário, fazer o inventário das misérias que todos conhecemos. Nenhuma delas é aqui esquecida ou minimizada. "E, no entanto, é preciso cantar, mais que nunca é preciso cantar e alegrar a cidade." Impossível festejar o aniversário do Rio sem Vinicius. E vamos concordar com ele que "é melhor ser alegre que ser triste, a alegria é a melhor coisa que existe".

Hoje, louvando o que bem merece, é a admirável capacidade do povo carioca de ser alegre que invade o texto.

As multidões que no carnaval tomam as ruas, vindas de todo canto, e se constituem em blocos onde milhões de pessoas se divertem de graça, incansáveis, durante uma semana, são a prova dessa alegria, em que há também "um bocado de tristeza". E de uma energia que ninguém sabe de onde vem e que os dissabores não conseguem sufocar. Em tempos de fundamentalismos delirantes, os blocos são um discurso vivo contra todos os fundamentalismos, são eles que, pela irreverência, anunciam os pecados da cidade e afirmam, pelo simples fato de existirem, sua maior virtude, a tolerância.

O carnaval é uma festa virtuosa ao contrário do que dizem os que acreditam deter o monopólio da virtude. Se o carnaval causa problemas, e causa muitos, de barulho, mobilidade, limpeza, segurança, todas as soluções logísticas são urgentes e bem-vindas, exceto estancar essa alegria das ruas que veio para ficar.

Esse ano, do fundo da Sapucaí surgiu uma águia branca, redentora, um Cristo alado pousado no asfalto, que atravessou a avenida fundindo no simbolismo o carnaval e o próprio Rio. Águia com vocação de pomba da paz, abrindo e fechando as asas em movimento protetor. Águia branca redentora, livrai-nos da ganância que prostitui o carnaval.

Abria caminho para ela um tapete de velas que, na cabeça das baianas, comemoravam o aniversário da cidade. Cada carioca deve agradecer à Portela esse momento de graça que entra para a história da cidade como uma das mais belas evocações do Rio produzidas pela arte popular, emblema do carnaval dos 450 anos.

Do que nos redime esse Cristo alado, surrealista, inspirado em Magritte? Do vício de só olhar para nossos defeitos e carências. Sofremos dos infernos de cada dia que afligem as grandes metrópoles, da falta d'água ao trânsito impossível, sem falar no mais sinistro, a violência. De mediocridade, não. De falta de criatividade, não sofremos.

Não se menospreze a alegria dos cariocas como um mito ou uma inútil peça de folclore. É um traço cultural, que melhor se mostra no carnaval, mas está presente o ano inteiro, recurso de sobrevivência precioso na luta contra um cotidiano áspero. Não fosse assim não teriam as escolas de samba nascido nos bairros mais pobres da Zona Norte nem os grandes blocos congregado os que precisam da rua, que é de todos, para brincar. Qualidade de vida é um conceito difícil de definir e medir. Espalhadas pelo mundo há cidades afluentes onde tudo funciona bem, que levam sempre os primeiros lugares na escala de melhor qualidade de vida. Nem sempre são cidades alegres. A alegria, essa palavra que, como a liberdade, o sonho humano alimenta, que também ninguém define e não há quem não entenda (perdoe-me a memória de Cecília Meireles pela paródia de pé-quebrado), não entra em consideração nessas escolhas.

Não só alegre, o Rio é uma cidade inteligente. Inventa, não copia. Recebe todos, brasileiros ou não, para fazê-los seus. Inimitável, é ela a mãe nossa de cada dia. Rebelde, vive os paroxismos dos inconformados, diaba solta nas suas próprias ruas, nas vielas, testemunha e herdeira de descaminhos, erros e desgovernos. E se pergunta, desolada, por que não foi mais feliz.

Compõe então suas melhores canções, que exprimem a vocação de poesia que, para além do bem e do mal, emerge do espelho. Do espelho do mar. O mar que insiste em chamá-la de linda, em amá-la dia e noite, como se fosse perfeita. O mar que a consola, embala, perdoa. O mar que é como todos nós, seus filhos devotos e amantes incondicionais.

PÁSSARO LOUCO

Carta de amor

E foi assim que, por um simples pretexto do calendário, ela escreveu pela primeira vez uma carta de amor. Sem pudor e sem juízo, com o mesmo desamparo da paixão que se rende a si mesma, o mesmo tom adolescente que embala todas as cartas de amor.

Contou, em detalhes os mais íntimos, a implacabilidade do sentimento que desafia moral e costumes e destrói intenções a golpes de desejo. Como numa confissão, descreveu o encontro com um algoz todo-poderoso que se impõe à sua vítima, como uma vocação ou um destino. Quando releu, achou ridículo.

Não sabia ainda que o amor pune com o ridículo quem recusa a solidão.

Dele foram vítimas todos os que pisaram a superfície da Terra, em todos os lugares, em todos os tempos. Como se o amor vivesse em nós como um plasma genético, que se transmite de geração em geração, incandescência humana que, fatalmente, se manifestará em algum momento da vida.

Nesse momento, o mais forte dos seres, desvalido, se entregará a outro, àquele que preenche o mundo todo, que não lhe deixará outra saída senão se perder em seu corpo e em sua alma. Aquele a quem se repetirão as palavras mais antigas, as que se murmuram em todos os abraços, como se fora o primeiro e último. Palavras como: único, perfeito, para sempre.

E foi movida por essa ancestralidade, pisando esse território tão conhecido, que a cada passo refaz-se virgem, luminoso, plantado de milagres, que foi levada pelo que é, ao mesmo tempo, a banalidade e a grandeza da história de cada um, que escreveu em uma folha em branco, sem data, "Meu amor".

Sem saber que sua voz adolescente começava apenas uma longa narrativa, destinada a durar a vida inteira, a repetir-se como um mantra, banhado em lágrimas, ininteligível nos gemidos, sussurrado entre risos, gritado no delírio. Incorporava-se, assim, à experiência de todos, mas tudo lhe parecia admiravelmente original, a aventura inaugural do transe que só ela conhecia, embora todas as músicas nas rádios e as poesias nos livros repetissem o mesmo enredo.

Contou mentiras e inventou verdades, já que nenhuma mentira é tão verdadeira quanto as que conta o amor. Desfiou promessas, que se realizariam todas com a fidelidade absoluta que têm os amores que se declaram, naquele momento em que se declara. E só então encontrou a paz dos absolvidos, dos que cumpriram seu destino: busca do outro, oferta de si, nesse desvario que se pretende normal, e é o cotidiano de todas as vidas, as que se creem iluminadas e as que se sabem sem brilho.

Satisfeita, pôs um ponto final no texto com que prefaciava sua vida, um romance que ela mesma escreveria, se o esforço de viver e escrever não lhe parecesse ou se tornasse por demais cansativo.

Depois, dobrou cuidadosamente a carta, buscou o mais fino envelope e, lentamente, com letra bem desenhada, subscritou "A quem interessar possa".

Elogio da paixão

Por que a paixão é maldita? Por que é descrita como uma espécie de doença que toma conta de alguém para lhe infernizar os dias?

São muitos os seus inimigos. Associada a um surto psicótico, no mundo da razão só se fala mal dela. Nos consultórios, analistas se esforçam para esterilizá-la. Os bem-pensantes dão conselhos sobre como evitá-la. Que pena!

É ela que ilumina, em uma vida, os mais fulgurantes momentos.

Quem não se lembra desse mundo encantado, fusional, em que todos os sentidos acordam, o perfume na pele, as cores do mundo mais intensas, o gosto da felicidade na ponta da língua, desmentindo quem afirma que essa senhora não existe. O tempo da paixão é a eternidade, seu espaço é uma promessa de infinito e, mesmo se não se cumpre, é certo que marca com seu selo uma existência que, sem ela, não iria além dos horários de entrada e saída do trabalho.

Lamento a sorte de quem nunca se apaixonou, se é que sobrevive espécie tão improvável. Aqueles feitos de carne e desejo, os banais seres humanos, se apaixonam. Está no nosso plasma genético. Infelizes os que, fracassando no amor, em vez de congelar a amargura e tomar gosto pelas delícias desse mundo ficcional, insistem em chamar de vida real um cotidiano sem brilho, bem-comportado, em que corpo e alma não correm riscos. Em troca desse bom comportamento, ganham uma liberdade condicional, chatinha, ou o direito de habitar sem castigos a prisão por eles mesmos construída.

Não sei se haveria arte sem paixão. Arte é a paixão declarada pela vida. A literatura está aí, esse longo depoimento sobre a recorrência no tempo do elã insopitável que se instala sem nenhum aviso e funde dois seres desconhecidos no magma que habitam com naturalidade, ardendo no mesmo fogo. Os apaixonados não se conhecem, se reencontram. A paixão é um pertencimento ancestral, uma memória do nunca vivido a que alguém se curva como uma predestinação, como um destino incontornável.

A paixão é a pior das servidões, me disse alguém, instalado em confortável bom senso, festejando, com lágrimas nos olhos, o sentimento de ter recuperado a razão. Ouvi com respeito, sei reconhecer um ferido de morte e não me cabe revolver as cicatrizes alheias. Calei bem guardado o sentimento de liberdade que sempre encontrei na paixão. Ao fim de tudo, era essa desmedida, esse sentimento sem fronteiras que deixava saudade.

A liberdade de sonhar com um mundo inaugural, enfeitado por projetos, voltas ao mundo desembarcando em todas as praias, deixando para trás o cotidiano gasto e medíocre. A paixão tem o dom de tornar sem sentido tudo que não tem o seu brilho e revelar em negativo a opacidade das vidas. Coloca-se no centro da existência como um sol da meia-noite que não deixa o dia descansar. Tampouco descansam os apaixonados para quem todas as horas da vida são poucas, todas as vidas são novas, todos os corpos são virgens.

A paixão reconstrói a virgindade, tem uma pureza juvenil. Paradoxalmente, é selvagem. Há nela uma força animal, um descontrole dos sentidos que passa longe da civilização e seus bons modos. É um mundo de bichos enfurecidos que rondam uns aos outros uivando para a lua. Nisso também reside o seu charme, a aceitação de uma invasão de fantasias que não deixam lugar senão para si mesmas.

O apaixonado não suporta a banalidade das conversas, quer voltar para suas memórias, seu mundo, aquilo que para ele é a vida real. Quer o silêncio em que ecoa uma única voz.

A intensidade sensual com que a paixão eletriza o corpo tem a sua contrapartida nessa espécie de ascese. Só esse mundo interessa e é nele que se passa a vida real.

Por que não acreditar nela? Por que sua incandescência seria menos real que o cinza do dia a dia, dos engarrafamentos, das filas no metrô, das enxurradas? Por que chamar de realidade o que a vida tem de mais insosso e jogar no purgatório as delícias e as urgências da paixão?

Por que a paixão acaba? A vida também e nem por isso a razão aconselha o suicídio.

Pelos olhos do amor

Um buldogue de pelúcia... decididamente não faltava nada nessa caixa de objetos insólitos que encontrou no armário da mãe. Desde que se mudara para esse apartamento, cedido de má vontade em troca de uma respeitável faxina, não fazia senão se arrepender de ter aceitado os termos do contrato.

Jamais pensara que sua mãe acumulasse tamanha quantidade de quinquilharias. A custo, a filha encontrara um lugar para tudo, distribuindo os livros pelas estantes, espalhando inacreditáveis cinzeiros de Murano sobre mesinhas entulhadas. Arrumara com graça os minitapetes de Arraiolos pelos corredores. Só não encontrara lugar ou explicação para essa caixa enorme. Nela, arrumados com esmero, contrastando com a desabrida desordem da casa, repousavam objetos absolutamente estranhos uns aos outros e, cada um *per se,* inesperados no acervo de uma senhora já agora entrada em anos.

Por alguma razão inexplicável, abrira aquela caixa com a excitação de uma menina que espia pelo buraco da fechadura já que, dúvida não havia, tudo que ali estava fora cuidadosamente guardado. Uma minigôndola de Veneza indicaria *souvenirs* de viagem, não fora o desmentido que veio logo, abrindo um CD de Roberto Carlos, vazio, que escondia pétalas secas de uma flor vermelha, um vermelho tão vivo quanto a calcinha rendada, esquisitíssima, que, na certa, não pertencia a sua mãe. (Dificilmente as filhas se lembram que as mães um dia usaram calcinhas exóticas, mais ou menos da mesma cor das que elas mesmas vestiam hoje.)

Pior que tudo, ainda mais sem nexo, um pôster magnífico, um Jim Dine, corações coloridos que iam aos poucos perdendo a forma, envolvidos em rabiscos que sugeriam penugens e acabavam por se parecer estranhamente com... Não, não podia ser isso. E ainda que fosse, por que, diabos, no meio dessas sugestões eróticas, surgiam, de repente, um buldogue de pelúcia, uma caixa de música tocando Rachmaninoff, uma rolha de champanhe, um Neruda, dois bilhetes rasgados de um show da Gal, Stendahl, *De l'Amour,* com dedicatória em francês, *Sexus,* com dedicatória em inglês. De onde saíam essas pessoas de quem ela nunca ouvira falar?

Parou por aí. A caixa enorme parecia sem fundo, mas mais profunda era sua curiosidade. Ligou para a mãe.

– O que é que eu faço com isso?

Silêncio.

– Está tudo tão arrumadinho, parecem coisas de que você gosta.

– Deixa aí num canto qualquer. São presentes.

– *De papai?* – gemeu a filha ciumentíssima, *in memoriam* de quem se fora há muitos anos.

– Não, besteiras, presentes do Dia dos Namorados.

Era isso então, um cemitério de amores. E que variado buquê tivera tão pacata senhora, e tão diferentes, cada um vendo nela a mulher que acreditava conhecer. Uma, que esfregaria o nariz no focinho de um buldogue de pelúcia. Outra, leitora sensual de Henry Miller. Quantas mulheres se é, para alguém ou para si mesma? Seu próprio buquê de amores – também ela já tivera muitos – tão improváveis quanto evidentes, era um belo depoimento sobre o caleidoscópio que habita todo ser humano.

Que presente lhe daria o amor de agora, no Dia dos Namorados? Lembrar-se-ia? Seriam flores? Um jantar tailandês? Um skate? No ano passado, o amor de então lhe dera um livro de caricaturas, dizendo que era a sua cara.

Em quem se transformaria, esse ano, inventada pelos olhos do amor?

Todo amor é imortal

Todo amor é imortal. Não basta ser infinito enquanto dure, como acreditava o poeta. No fundo do peito de todos nós, dói sempre e fundo um amor que morreu, ou porque o matamos fria ou dolorosamente ou porque foi pérfida ou cruelmente assassinado.

Essa dor longínqua, a melancolia da música que selava a cumplicidade e os olhares rápidos trocados, ou os perfumes de um tempo envolvendo desejos incontrolados, paisagens revisitadas já sem a mesma emoção, porto seguro feito descaminho, todo esse acervo da memória amorosa faz o amor imortal, ainda que pelo avesso. Quando a alegria que foi já não é senão arrepio e mal-estar, é assim que os amores morrem, cortando a pele como uma cicatriz que "o tempo, esse grande escultor", esmaece sem apagar.

Nenhum amor que mereça esse nome deixou de acreditar-se, por um minuto que seja, destinado à vida inteira. A reconstituir a perfeição ancestral do amor primeiro, útero que habitamos um dia, já muito antigo, e de que nunca esperávamos a expulsão brutal, a solidão da vida. Esse, o primeiro e irrecuperável choque, a solidão de ser sozinho. Daí o retorno à eternidade do amor. Mas a vida chama e exila do paraíso.

A vida e seus riscos de céu e inferno. Suas promessas não cumpridas. Outras, sim. E pelo sim, pelo não, ninguém deixa de pagar pra ver, arrisca e renasce, e recomeça, mesmo se é para ali adiante morrer de novo. Mas corpo e coração errantes, que erram, sentimentos embriagados de esperanças, tropeçam na vida concreta, na realidade amarrotada dos contratos escritos e assinados que se transformam em prisões e compromissos. As varas de família não se parecem nada com o espaço interior, quase bucólico, das nostalgias. Desfazer um amor que falhou, uma vida que poderia ter sido e que não foi tem um preço enorme. Separam-se as casas e os móveis, vende-se a vista das janelas onde se acostumara a viver. Calcula-se, mede-se, avalia-se. Mas como dividir os filhos? Mede-se o tempo, somam-se os domingos e há que explicar por quê. Como explicar a uma criança o que a criança em você mesmo não sabe. Ou cala, amedrontada. As varas de família falam em latim.

"*Divertere*" não quer dizer divertir, mas seguir em caminhos opostos, divorciar. O divórcio é isso, a escolha de caminhos opostos, incompatíveis, a separação na encruzilhada. Pouco importa se olhamos ou não para trás. É caminho sem volta, a bússola perdida há muito tempo. De nada adiantariam os sinais de proibição quando a lei dizia não a essa confissão de divergência. A lei atravessada no caminho fez tropeçar e machucou muita gente, terá frustrado alguns. Mas não impediu o incontrolável impulso da liberdade humana de escolher seu rumo. Inclusive, o caminho da dor.

Quem quer partir, parte e certamente não é fácil para ninguém. Foi-se o tempo em que as mulheres não ousavam o divórcio, amarradas à dependência econômica, ou a um visceral sentido de responsabilidade face aos filhos, que assumiam sozinhas. Esse era o tempo de traições, de trilhas secretas, de luzes apagadas. Fechadas na clausura do casamento, sem saída de emergência, as mulheres ganharam reputação de inconfiáveis. Capitu fez escola.

Os homens, amarrados ao sentimento de honra, seguros de si, com a carteira no bolso, mantinham muitas vezes ao mesmo tempo duas famílias que se encontravam apenas no enterro dos maridos em comum, ambas de negro, uma na frente, outra discreta, atrás dos últimos amigos. Tempo de mentiras, de hipocrisias que sustentavam uma ficção mal escrita sobre a felicidade.

As famílias de hoje mudaram, círculos tangentes se transformaram em secantes. É mais sofrido, é mais complexo, mais difícil de entender e de manejar. Mas é mais verdadeiro e mais livre. A liberdade dói, como dói o ar que se respira nas grandes altitudes. Único ponto de vista, no entanto, que oferece o espetáculo dos grandes horizontes.

Museu do ciúme

Querem me convencer de que o ciúme saiu de moda. Ao que parece, se fosse palpável estaria no museu, exibidas belas peças de ciúmes através dos séculos, com destaque para o lenço de Desdêmona numa caixa de vidro iluminada. Na seção Pop Art, a reconstituição de um bar da avenida S. João, aquele em que certa noite houve uma cena de sangue, que Maria Bethânia canta e conta como ninguém. Em algum lugar, a caixa com as cinzas de Jules (ou foi Jim?) nas mãos de Jeanne Moreau. E uma sala inteira dedicada aos Pierrôs de todos os tempos.

Hoje, mudam-se os corpos, mudam-se os desejos e, civilizadíssimos, os abandonados são padrinhos nos novos casamentos dos antigos amantes, brindando com champanhe os equívocos e os esquecimentos. Um corpo se enganou de corpo, e nada mais.

Por que só eu não acredito em nada disso? Vejo em todo canto a presença noturna do ciúme, que embaça rostos distraídos. Nasci com um detector secreto que capta desesperos surdos e mentiras bem guardadas.

Por exemplo, quando alguém, pela terceira vez, passando em frente a um prédio, olha fixamente uma janela e ao mesmo tempo um relógio, é certo que procura alguma coisa, algo que se passa àquela hora, atrás daquela janela.

Nos tempos do ciúme, a história seria assim: almoçando juntos, quando ardia de desejo e mal escutava o que ela dizia, entreouviu que ela herdara da mãe um apartamento que, misteriosamente, mantinha vazio apesar das dificuldades de dinheiro.

Deu-lhe um dia uma carona até a esquina do prédio, deixou-a ali uns quinze minutos antes daquela hora fatídica que o assombrava desde então, hora em que a luz estava sempre acesa em alguma peça dos fundos, os quartos são sempre nos fundos. Passou a fazer compras intermináveis no mercado em frente, àquela hora, até que a luz se apagava e, então, inexplicavelmente, fugia, maldizendo suas dúvidas, incapaz de pagar pra ver.

O ciúme é assim, um escravo de si mesmo, da incerteza de que se alimenta, um vício no sofrimento, um exercício de imaginação incontida que, em certos casos, deu à luz bons escritores. Em outros, deixou apenas sequelas, como nesse homem, que, para o resto da vida, evitou passar por aquela rua.

O ciúme não está em extinção. Percebo a mulher que disfarça bem a angústia de comparar-se com outra que sabe ser mais bonita, e passa a festa toda com um jeito cool mas um olhar aflito, fazendo a ponte entre ela e seu namorado, adivinhando ou inventando o que vai na alma do sujeito que, preocupado com o resultado do futebol, ignora a sedução ameaçadora que as mulheres bonitas exercem sobre as outras.

Traz à baila o assunto aparentemente inocente em que aparece a todo instante o nome maldito só para, olhando no fundo dos olhos do amante, testar se ele pisca mais depressa.

O ciúme trabalha no detalhe, descreve cenários, controla as horas, os dias da semana, guarda no coração como uma farpa os momentos que evocam o abandono. O ciúme tem cheiro que machuca e fundo musical que faz chorar. É um grande autor de romances de terceira, capaz de inventar uma vida inteira, personagens, tirados do nada, que se movimentam como marionetes, a quem o enciumado dita as falas e sobretudo as respostas, lá onde se confessa a traição.

O ciúme é um mundo à parte, um inferno privado onde alguém se instala para viver uma vida de voyeur. Esse mundo tem uma lógica própria, perversa, em que a relação ameaçada pelo desgaste e pelo tédio reacende na suspeita e no ódio. O ciúme faz milagres, ressuscita amores mortos ou enterra de vez, mas foi e é um perigoso protagonista do amor.

Ele dispensa a vida real, desconhece as provas, cria suas próprias evidências. Otelo nunca foi ciumento porque precisou de um lenço perfeitamente dispensável a um enciumado que se preze.

Na contramão das melhores intenções, sobrevive a fatalidade do ciúme, inscrito em nosso destino, herança maldita daquele dia atroz, daquela cena primordial quando todos nós descobrimos que, por nossa causa, papai e mamãe tinham transado. No museu do ciúme, reina essa cena na sala principal.

O amor que nunca existiu

Queria escrever a história de um amor que nunca existiu. Um amor com testemunhas, amantes desesperados, incendiados de desejo, meses de segredos e fugas, um amor com certeza proibido, mas feroz, gravado na pele como uma cicatriz. Mas dele nada sobrou senão o silêncio.

Conhecia a história de ouvir contar e na verdade não acreditara muito nela até conhecer um dos personagens. A mulher era quase transparente, só se lhe viam os olhos, inevitáveis, de uma intensidade molhada como se o choro estivesse sempre ali, à espreita, atrás das pálpebras. A fragilidade do corpo rimava com seu silêncio. Tudo nela era medo, um ser de nervos expostos e músculos invisíveis. Dava a impressão de poder ser moldada com a ponta dos dedos. Foi sem palavras que se amaram pela primeira vez e dela veio apenas um gemido fundo, uma dor de agonia, como um bicho pressentindo o perigo mortal.

Ele vinha de muito longe, de tantas vidas que ela não vivera, era um homem bruto e secreto, que não pedia licença e instalou-se na vida dela como em sua cama. Para ele tudo era evidente, não devia explicações, nem de onde vinha nem para onde o levariam seus próximos passos. Estava ali, ela era bela, ele era alegre e o fim de tarde ouro velho coloria o cenário em que se conheceram.

Esse mundo dourado justificava tudo, filhos e marido enganados, o suplício da culpa que envenenou a vida dela. A dele, não. O corpo amolecido em seus braços explicava a viagem adiada, a decisão de mudar de vida, abandonando tudo e todos, jogando dinheiro fora, sem outra dor que a de não ter chegado antes, para se enredar, para sempre, na emoção que há tanto tempo lhe faltava.

Foram poucos meses. Logo ela começou a perder para si mesma, ouvindo uma voz já conhecida que sussurrava o contrário do seu desejo. Sumiu, nunca mais voltou ao hotel à beira-mar onde ele esperou inutilmente, estirado na cama, olhando o teto como uma estátua caída. Ele, ali, espatifado e sem rosto.

Não se sabe quando finalmente deixou o quarto e desapareceu. Retomou seu caminho, na direção do horizonte. Como a Terra é redonda, um dia voltou àquela mesma praia em que tinham se encontrado anos atrás. E, como sempre, ela estava lá, esperando, ardente, o que não queria.

Ela, toda susto e aflição, no corpo inteiro um apelo e uma pergunta. Ele, silêncio.

Como se a vida começasse ali, como se não se conhecessem nem tivessem viajado abraçados pela via láctea do delírio. Polido, cordial mesmo, perguntou-lhe pelos filhos e pelo marido com quem, no fim da manhã, conversou sobre tsunamis e fendas geológicas, rodando na mão direita as pedras de gelo de um copo de uísque. Seria disfarce? Ou vingança? Anos depois teve a certeza de que não, no silêncio que persistia, sem falhas, sem um vestígio de ressentimento, sem uma fagulha de memória. Esse amor não tinha existido.

Não tinham existido a cama desfeita e, no rádio do quarto ao lado, as vozes da campanha eleitoral. Nem sua camisa branca, rasgada na luta silenciosa com sua presa. Não existira aquele bicho capturado e trêmulo que se debatia e enlouquecia entre suas mãos. Nem as palavras. Nem o sangue. Nem o mar, visto de cima, na madrugada, avançando como o dorso de um gigantesco animal enquanto ela dormia e ele, insone, respirava na noite o sentido, enfim, de sua vida inteira. Nada, nada tinha existido e havia de ser assim até que a morte os separasse.

E assim foi, o amor que nunca existiu.

Com o tempo ela aquiesceu, indefesa como partira. Também para si esse amor foi deixando de existir como um sonho esmaecido. Aquele homem era um outro, e esse outro, distraído, a deixava indiferente. Apenas sentia, às vezes, uma presença, assim como quem se acredita observada através da vidraça por alguém escondido na escuridão do jardim. Ou, ao entrar no quarto, sente como se houvesse alguém ali que se desfez ao acender da luz. Uma presença obscura, não mais. Passava logo, mas se repetia, se repetiria para sempre.

E ele? Não, ele não sentia nada. Presença alguma. Não sentia nada. Esse amor nunca existira, jurara para si mesmo. Se tivesse existido, ele não suportaria a dor.

Devora-me

Rabiscou uma frase rápida em um pedacinho de papel que colocou por debaixo da porta. Deslizou pelo corredor estreito do barco e entrou em sua cabine com um rápido olhar para trás assegurando-se de não ser visto. Sorriu então para o espelhinho da entrada onde o esperava a sombra da amargura. Que ridículo! Do lado de fora, o Nilo seguia seu curso imemorial indiferente aos bilhetes e aos ridículos. Um pensamento assim, de alguma inteligência e bom senso, o absolveria das infantilidades a que as paixões induzem. Arrumou os papéis na pequena mesa junto à escotilha e jogado na poltrona abandonou-se à passagem das cenas bíblicas que sobrevivem nas margens do rio. A mulher envolta em negro, com um filho no colo, sentada de lado no jumento, seguia seu caminho há dois mil anos.

Seu amor tinha alguns dias. Decidira-se pelo Egito como poderia ter sido Marrakesh ou Tipasa. Contanto que fosse o mundo árabe. O cansaço do Ocidente pesava na memória do último ano. Não voltaria a nenhuma das capitais europeias que amava tanto, mas indelevelmente marcadas pelo amor que acabara.

De Marrakesh, que conhecera na juventude, guardara a lembrança das noites quentes e da elegância das fontes e jardins, por demais românticos para um coração massacrado. Marrakesh é impensável sem uma grande paixão, decretara, e, como era tudo que não queria, excluíra do seu mapa os faustos do Hotel Mamounia e o clima mil e uma noites do Yacout, um restaurante soberbo, nos muros da Medina, onde se rendera ao milagre gastronômico, que é o encontro de Paris com o deserto.

Temia tudo que mexesse com seus sentidos. Por isso renunciara também a Tipasa, gravada em seu coração não pelas ruínas romanas que visitara distraído e encalorado, mas pelas núpcias do jovem Camus com a luz e o mar. Fora a Tipasa reler Camus e ali celebrara, também ele, núpcias de que preferia não se lembrar porque torciam, na ferida da solidão, a ponta de uma faca que o tinha atingido. Riscou Tipasa do mapa ao custo de lembrar-se que homem não chora.

Visitaria túmulos, atividade mais condizente com o sentimento de luto que o habitava. Um guia culto e bem-educado seria o contato humano suficiente nesses dias de retiro em que buscava um outro mundo que, como um sonho, invadisse seu cotidiano estéril de fazedor de dinheiro. Nenhum deserto seria mais árido que a avenida Paulista.

À noite de sua chegada, alugou um táxi para visitar a Esfinge. Começou a arrepender-se da ideia quando o táxi foi cercado por homens armados, falando árabe em um tom que não parecia amistoso nem com o chofer nem entre eles. Eram muitos, disputavam um lugar no carro e, finalmente, imprensado contra a porta por esse bando que se aboletara no banco traseiro, foi informado de que se tratava da guarda da Esfinge, fechada à visitação à noite, mas que se dispunha contra um generoso *bakshish* a deixá-lo sentar-se na pata do monstro, naquela noite de lua cheia em que se abandonou a uma misteriosa vertigem do tempo.

Passou a noite ali, cercado pela guarda de quem exigiu silêncio, ao preço de umas piastras a mais. Ele e a Esfinge. Soube logo que dali pra frente nada seria banal.

Foi voltando ao hotel, tresnoitado, que a viu pela primeira vez, a estranha criatura que o olhava fixamente com a segurança das mulheres extraordinariamente belas, habituadas a um poder arrogante sobre o olhar dos homens. São elas que olham primeiro para, em seguida, abaixar os olhos como quem abre a porta de uma casa sabendo que a chave é sua e que pode fechá-la a qualquer momento. Atribuiu à falta de sono uma certa tonteira que o fez parar e apoiar-se na mesa em que ela tomava sozinha o café da manhã. Desculpou-se em um bom francês, aprendido na escola suíça, e deu mais dois passos antes de desmaiar com grande estrondo em pleno salão do hotel.

Ardia em febre quando acordou deitado no colo dela. Delirava, falando em várias línguas, e levou dois dias para entender que fora mordido por uma certa mosca do deserto, bem conhecida do povo do Cairo, mal que só os médicos de lá sabem tratar com um tipo especial de limão que alguém fora buscar não entendeu direito onde. Instalado em seu próprio quarto, tinha agora companhia. Lá estava ela, comandando a operação resgate com que se tentava trazê-lo de volta à vida.

Trocaram algumas palavras desconexas. Ela tocava sua fronte e seu pescoço, medindo na palma da mão a febre que não cedia, com uma intimidade que assustava seu pudor. Jamais estivera em um quarto, com uma mulher que não conhecia em situação tão desfavorável. Ela, soberana, dava ordens aos médicos e aos garçons e não parecia minimamente incomodada quando se referiam a ele como o seu marido.

Tentou explicar que viajaria amanhã para Luxor e ela respondeu, lacônica, que amanhã fora há cinco dias. Perdera a noção do tempo, mas não se preocupasse, a viagem poderia ser transferida, já falara com a companhia de turismo depois de remexer na sua mala de mão e examinar as passagens. Foi então que ele sentiu o abismo. Ela mexera na sua mala de mão, sabia tudo sobre ele e ele nada sobre ela. Quis perguntar seu nome, mas, meio desfalecido, fechou os olhos e dormiu.

Aos poucos, foi voltando a si, entendendo que poderia viajar, o que pouco lhe importava agora, que só queria saber quem era ela. Disse um nome que lhe pareceu falso, pretendeu ser egípcia criada na França, mas esquivava-se das perguntas com uma habilidade felina. Finalmente, admitiu que também subiria o Nilo refazendo uma viagem que já fizera muitas vezes mas que lhe servia de terapia quando a vida ia mal. Polido e temeroso de quebrar o encanto de uma primeira confidência, não perguntou por quê.

Passaram uma semana juntos nesse hotel, no quarto dele, ela retirando-se à noite para o quarto dela, mas movendo-se durante o dia como uma dona de casa. Suspeitou horrorizado que estivesse casado. Só não queria que ela fosse embora.

E agora lá estavam os dois, esses dois estranhos inseparáveis, no convés de um barco sobre as águas do Nilo, depois de um jantar na ilha de Philaé, um templo romano submerso que veio à tona quando mudaram o curso do rio.

A mudança do curso de um rio reserva surpresas, ela dissera enigmática, enquanto contava a história da ilha que antes não existia e onde eles jantavam agora. Começou a acreditar que ela era mesmo egípcia ou arqueóloga. E que a mudança do curso do rio tinha um duplo sentido. E também pouco lhe importava, só sabia que, por nada no mundo, renunciaria àquela mulher de quem não sabia quase nada.

Não me faça tantas perguntas, ela pedira em voz baixa, não gosto de falar de mim. Foi voltando desse jantar que lhe ocorreu, enfim, o que dizer a ela, como dizer a ela, tão secreta, o quanto ele queria entrar em sua cama, em sua vida. Foi então que rabiscou a tal frase, no papelzinho que jogou por baixo da porta: "Devora-me ou te decifrarei."

Delícias do casamento

Nada deixava prever tal desenlace. Um belo dia, um solteirão disputado na cidade, empedernido adepto da volubilidade, chamou para jantar seu melhor amigo e companheiro de folguedos. Depois das brincadeiras de praxe sobre as mulheres várias que atravessaram suas vidas, no fim do segundo uísque, mudou a voz e, solene, anunciou que acabara de se casar, um casamento que esperava fosse para a vida inteira.

O amigo riu da piada e perguntou quem era a vítima da vez. Enumerou uns cinco nomes e enquanto ia rindo não percebia o rosto transfigurado de irritação do recém-casado que, baixando a cabeça, murmurou: Quero respeito.

Só então o amigo surpreendeu, assustado, uma expressão que não conhecia e que fazia esse senhor que nunca passara de um rapaz solteiro parecer um homem mais velho, paradoxalmente iluminado por uma fulgurante juventude. Bonito sempre fora, e muito, o que ajudara sua carreira de sedutor, mas esta noite a beleza ganhara uma esplêndida maturidade. Incrédulo, insistiu no nome da vítima.

Mais uma palavra e eu me levanto, subia o tom. Se quiser, apresento-lhe a minha mulher, que não é vítima de nada nem de ninguém. Aliás, você não a conhece.

Como ousava esse sujeito com quem partilhara uma vida inteira pretender que ele não conhecia alguém tão importante que merecesse o pomposo título de "minha mulher"? Começou a ter medo desse presente que invadia o passado, que o deixava lá, estacionado há um mês quando tinham se visto pela última vez. Abriu a boca para dizer qualquer coisa, mas a boca não se fechou. Ficou assim, boquiaberto, olhando esse desconhecido cada vez mais longínquo.

Casei-me com uma mulher que conheci há pouco tempo e que aceitou o pedido que lhe fiz de viver comigo. E sou muito feliz com ela.

Desfilaram, a partir daí, as suspeitas de praxe. Uma garotinha aventureira de olho no bom dinheiro do velho, um começo de Alzheimer, um cochilo, ataque de burrice de um enrabichado por um corpinho qualquer. Ou, coitado, o medo da solidão... mas como, nesse homem cercado de meio mundo, admirado por muitos, desejado por todas? Que solidão é essa, diabos!

Vieram os conselhos de sempre, cuidado, veja com quem se meteu, você é um homem público, não se exponha ao ridículo, na sua idade ninguém pensa mais em casar, no máximo em curtir as amantes eventuais que nunca lhe faltaram. Bonitão e rico, esse risco você não corre.

Um devastador olhar de tédio e desprezo e a conta pedida ao garçom acabaram por dar a medida da gravidade da situação. O homem ia mesmo embora, melhor mudar de estratégia. Resolveu mostrar-se interessado.

Mas o que você encontrou nesse casamento que a vida de solteiro não lhe dava?

Um olhar, onde boiava um meio sorriso, acompanhou as frases curtas: dormir de mãos dadas, durmo de mãos dadas com ela. Acordar e gostar de vê-la dormindo a meu lado, fazer um café – eu mesmo faço – e levar para ela na cama, faço ovos também, tomamos café na cama e nos amamos ferozmente. É bom, eu gosto.

Impossível imaginar seu herói garanhão servindo café na cama a uma...

"Uma garotinha mimada?"

Minha mulher tem a minha idade e até hoje só foi mimada por mim. Trabalha o dia inteiro enquanto eu preparo um bom jantar para quando ela chegar. É bom, eu gosto.

Golpe fatal, uma mulher de mais de sessenta anos. Uma senhora. Um abismo se abriu sob os pés do amigo traído.

Conversamos muito, vivemos no presente e no futuro, afinamos nossos sonhos, fazemos projetos, e são tantos, mas tantos, que vamos precisar do resto da vida para realizá-los todos. Temos muita pressa porque, nessa idade, a vida não espera.

Um amor de outono? O amigo tentava uma abordagem respeitosa.

Verão ardente, meu caro, escaldante, um amor solar, o mais luminoso que tive na vida. Falava sem nenhuma esperança de convencer e, aliás, pouco lhe importava, enquanto um aperto no coração do outro lembrava estranhamente a inveja e o despeito.

É verdade essa história de dormir de mãos dadas? Não veio resposta, veio a conta. Hora de comprar um vinho.

Quando você achar conveniente, me dê o prazer e a honra de conhecer sua mulher, rendeu-se, enfim, um homem vencido pelo inusitado de que a vida é capaz.

Neve

"Deu marcha a ré e, pronto, sua vida virou de pernas pro ar." Foi assim que ela me contou: Deu marcha ré e atolou na neve, uma desgraça para quem tinha tão pouca experiência dessa coisa branca e fofa que, embaixo é gelo, e onde os pneus deslizam sem sair do lugar. Fosse areia, saberia, já pusera saída de praia debaixo da roda, jornal molhado, qualquer coisa que diminua o atrito. Mas neve... o carro deslizava como sobre esquis e começou a ter medo de ficar atravessada na estrada. Teve um momento de solidão profunda, de desamparo, mais raiva ainda de Júlio, que a deixara pra trás nesses campos brancos e indistintos em que não escolhera viver. Como se proibira qualquer lágrima desde que começara essa história, remexeu na bolsa na esperança de encontrar na agenda esquecida – e que era tudo que lhe sobrara dele – um telefone de oficina, reboque ou qualquer outra gente capaz de tirar o carro dali. Nada. Folheou maquinalmente a agenda, o pensamento meio suspenso em outro lugar. Escrito com tinta vermelha, como pela mão de uma fada insistente em seu ofício, o telefone de Silvio se destacava entre os outros. Silvio, como não pensara nele!

Silvio morava há anos na cidade, devia conhecer um reboque. Foi escorregando até uma cabine, salpicando o branco imaculado com os objetos vários que caíam do fundo de sua desordem mental, contou os centavos espalhados na bolsa e ligou para ele.

Cerimoniosa, pediu mil desculpas, não queria incomodar mas estava atolada, quer dizer, o carro estava atolado, longe da cidade, numa terra de ninguém, quem sabe ele indicaria alguém. A resposta foi surpresa e bálsamo.

"Estou indo para aí."

Silvio chegou sem sobretudo, coberto de neve, passou o braço em torno dela e foi empurrando-a para o carro dele.

Chamou o reboque, arriscou, num fio de voz. Não conhecia reboque nenhum, em tantos anos nunca enguiçara e ela em cinco dias já estava assim perdida no meio da estrada, droga de Alfa Romeo, caríssimo, o carro que eu sempre quisera ter, com fama de carro bom. Nada é mais inútil que um carro enguiçado, concorda? Parado aí, no meio do nada, com cara de anúncio...

Silvio ria, indiferente à neve que o cobria de branco. Abriu o capô e olhou o motor com um gesto maquinal, quase obrigatório para um homem em uma situação como essa. Decidiu logo que o carro ela abandonaria, coisa para depois, agora vamos embora, vamos para casa, que você está encharcada e eu também.

Que casa, ela não tinha casa, só um quarto ínfimo de um hotel ridículo, abarrotado de coisas que não arrumava há uma semana, não podia receber ninguém, passava as noites insone, rolando entre os livros que não conseguia ler, pensando em Júlio e, como um Cristo na cruz, murmurando por que me abandonaste.

Desculpe a bagunça, foi catando meias e calcinhas, mas ele, já lá dentro jogando para ela a mesma toalha em que tinha enxugado a cabeça, perguntava pela cafeteira. Serviu café a um ser alheio a tudo, uma estrangeira, convidada em seu próprio quarto, os pés ainda meio congelados, desejando um agasalho que, cobrisse também a alma. Sentou na sua cama, em cima dos livros e, sorrindo, perguntou o que fazia ela naquele lugar isolado, sozinha em plena tempestade de neve. Não esperou a resposta e perguntou por Júlio, se tinha mesmo ido embora sem explicações, ele ouvira alguma coisa, mas custava a acreditar. O silêncio se impôs como se passasse um caixão.

Como ela não tocasse no café, pegou a xícara e levou-a à boca como se faz com uma criança. Por um momento, ela adorou o cuidado, está quente, e reparou que ele tinha mãos quadradas, de camponês, que não rimavam com os livros sapientíssimos que escrevia. Por mais de uma hora, especularam sobre as razões de Júlio, a loucura dos artistas, Silvio colocando na voz uma banalidade que não era sua e que lhe soava desagradavelmente falsa. "Talvez volte", sugeriu sem convicção. Não gosto que me enganem e menos ainda que me consolem, ela deixava claro que não queria esmolas. Pediu desculpas e perguntou então como era viver tudo isso. Não respondeu porque não sabia, não era ela que estava vivendo, ela, quem era ela, ela não queria dizer mais coisa alguma. Sem Júlio quem era ela, o que fazia ali? O homem não insistiu, andou até a janela e, de costas para ela, ficou calado, olhando longamente a praça deserta, coberta de neve onde não acontecia nada, no éter o filme ainda não rodado das horas seguintes. Depois, se esticou na cama sem tirar os sapatos e, sem olhar para ela, disse a frase que a perseguiria pelo resto da vida: "Estou morto de fome."

Foi a neve que lhe esquentou a cama e a vida.

Fidelidades

Quantas leituras permite uma palavra? Fidelidade aceita plural? Os afoitos se adiantam, garantindo que não. Os moralistas ecoam. Os donos da verdade garantem que o 's' a desfigura, anulando-lhe o sentido. Enquanto isso, a vida, insuspeita, imprevisível e múltipla, indiferente a todos, surpreende.

Tudo parecia sucesso na vida daquela mulher. Primeira de sua grei a conquistar uma cadeira na Suprema Corte dos Estados Unidos, a carreira fulgurante foi impulsionada por um perfil cuidadoso e conservador, atraindo a admiração discreta de seus colegas. Em casa, um casamento de longa data, mais de meio século, se feliz ou infeliz ninguém sabe, bem guardado segredo de todos os casamentos. Fidelidade e felicidade só no sufixo têm a mesma idade.

A tragédia esperando na sombra mostrou a cara no anúncio de um diagnóstico de Alzheimer no marido. Cortejo de misérias, veio o esquecimento, sua imagem como uma foto se transformando em negativo, se esvaindo no espírito do companheiro da vida inteira. Pior, na clínica, na neblina de outra paciente, ele encontrou um amor novo em folha, como se nada devesse ao passado que já não reconhecia como seu. Passeavam de mãos dadas pelo pátio, ignorando aquela estranha em que a juíza se transformara, uma visita qualquer, constante, amiga ou parente de alguém que ele não conhecia. Ele, que já não se conhecia e renascia, adolescente, com uma pureza de Adão no paraíso.

A juíza julgou justo esse clarear momentâneo de felicidade na sombra espessa e progressiva de um mundo em *fade out*. A juíza é uma mulher fiel, ela entende de fidelidade. E certamente, e muito, de amor.

Frágil, fácil e fútil é ancorar a fidelidade na exclusividade do corpo, na recusa dos labirintos em que os destinos se desdobram. E é também inútil. Se os pecados são pensamentos, palavras e obras, o mais rebelde é a fantasia sem juízo, que nunca foi, nessa acepção mesquinha, fiel a ninguém.

Um corpo eternamente fiel é a mais bela invenção do amor jovem. Só a tenra idade, dos amantes e do amor, quando ele ainda se chama paixão, pode se permitir a arrogância e a onipotência de ocupar o mundo inteiro. E uma boa dose de inocência sobre a complexidade humana, sobre quantos personagens vivem em um mesmo destino, cada um descobrindo em si uma boneca russa de onde emerge cada vez mais uma, quando nem se espera mais.

A paixão inaugura o mundo a cada toque e pouco lhe importa toda a literatura, a música ou o cinema, a crueza dos depoimentos sobre os desencontros, história mil vezes recontada de laços que se rompem sem nenhum aviso, o vale de lágrimas das ilusões perdidas. A paixão é sempre virgem, nunca ninguém a viveu antes, ela é casta, eterna e exclusiva. Indestrutível e disso tem absoluta certeza.

De incertezas vive quem, a cada dia, em carne e osso, traduz a abstração do tão decantado amor, torna concreto entre a delícia e a aflição, para além da mágoa e do ciúme, do fogo-fátuo da paixão, uma incondicionalidade no querer bem que mereça o nome de fidelidade. É nesse sentido que ser fiel é difícil. Amar é muito difícil.

Conheço pouca gente que tenha sido, a vida inteira, fiel a alguém. Não, não falo da mulher de um homem só, nem do homem que nunca "traiu". Esses talvez sejam muitos ou, pelo menos, bem mais numerosos do que aqueles a quem me refiro. Raros são os que atravessaram as agonias cara a cara, os que deram o salto mortal sem rede apostando na precisão de outra mão, os que conheceram as quedas, as culpas e os perdões, os que aprenderam suas sombras atravessando a escuridão do outro e seus sóis vendo o outro raiar. Os que foram cúmplices e irmãos no deserto.

A história de Sandra Day O'Connor, juíza da Suprema Corte Americana, e seu marido foi ao ar em uma entrevista dada na televisão pelo filho do casal. Ficaram para trás as convenções a que a vida pública submete, as vergonhas e os embaraços a que ela expõe. Presentes apenas a espessura humana, a compaixão, a grandeza que aflora, em certos casos, no encontro com a dor. Presente, insólito e indelével, um grande amor.

Pássaro louco

Em meio século, a história mudou mais do que em mil anos. Nesse período, abalou-se uma das estruturas mais sólidas da identidade humana, a diferenciação sexual, sua atualização na família e na reprodução e o consequente estatuto da filiação.

Há cinquenta anos, nascia-se menino ou menina e esse fato biológico balizava uma sexualidade definida como normal, enquadrada na instituição fundadora da sociedade – família. Nos últimos vinte anos, essa adequação foi se tornando indefinida e improvável.

Antes um espelho esperava homens e mulheres com a imagem já impressa. Ai do rosto que não coincidisse com esta imagem! Os desviantes eram duramente punidos pelo entorno e por si mesmos, roídos pela culpa, pela inadequação, pela falta de lugar social.

Desajustados era um termo largamente empregado na bibliografia clínica da época conotando, ao mesmo tempo, um parafuso a menos e uma ameaça de quebra de funcionamento de uma engrenagem social, supostamente azeitada e permanente.

Essa ameaça autorizava todo tipo de repressão, seja de caráter moral, como entre as pessoas que se viam como civilizadas, seja física, como entre os truculentos que, se intitulando normais, se permitiam expedições de caça e espancamento contra homossexuais. O medo foi um companheiro constante do chamado desvio das normas e convenções.

O desvio, no entanto, não é uma disfunção passageira e parcial, ele é um processo fundamental do desenvolvimento das sociedades, a mola propulsora das transformações, o que quebra a inércia, o acontecimento inesperado sobre o qual repousam o crescimento e a complexidade do sistema social.

Os desviantes que, por definição, são minorias e representam a exceção, o anormal, na sua recusa em assumir o código dominante, provocam as transformações das normas e códigos, produzindo um contradiscurso, iluminando as zonas de sombra e proibição onde se esconde o lado inconfessável das sociedades. Transformam a negação da norma em outra norma, outro possível, e quebram assim a hegemonia de uma ideologia.

Uma ideologia é invisível enquanto se confunde com o senso comum. Só é reconhecível como ideologia quando perde o seu estatuto de naturalidade, de verdade indiscutível, por todos interiorizada e que se confunde com a totalidade do real. Quando passa a ser um possível entre outros possíveis, um discurso que encontrou sua dissidência, quando tem que se explicar e se defender, deixa de ser hegemônica, sua verdade e sua força estão comprometidas.

Os desviantes, minorias capazes de aceitar a desaprovação, insensíveis à hostilidade física e psíquica do seu entorno, opõem ao tema da maioria, que é a uniformidade, o tema da individualidade e enfatizam mais o que divide do que o que une. A intensificação das divergências é condição indispensável para dar visibilidade a um outro ponto de vista, para opor à realidade da maioria, a existência de uma outra realidade, tornando mais complexa a vida social.

Por sua existência vão, progressivamente, saindo do lugar de um não eu, em que a maioria os coloca, e afirmam um outro eu. Denunciam a intolerância à alteridade, que nos leva a ver o nada no que não nos reflete e descreve o diferente como ausente. Por isso são, forçosamente, radicais, desafiadores e trazem consigo o escândalo. Foi assim com o feminismo, é assim com o movimento gay. Três milhões de pessoas desfilaram em São Paulo no Dia do Orgulho Gay.

Serge Moscovici, estudando a psicologia do que chama de minorias ativas, define-as como um fenômeno de desvio coletivo encarnado por grupos que eram definidos e se definiam de maneira negativa e patológica face aos códigos sociais dominantes e que passam a se afirmar como pessoas que encarnam um código próprio, que se expõe como uma outra possibilidade existencial.

Os gays saíram do armário, são muitos, de todas as classes, sexos e etnias. São cidadãos como outros quaisquer. Por que ainda assustam?

Talvez porque sejam a prova viva de que o amor é um pássaro louco que ninguém sabe onde vai pousar.

Fim de tarde

Foi no braço que primeiro percebeu a passagem do tempo. A pele descolando da carne e uma forma arredondada que lembrava impiedosamente o braço de uma velha tia. Depois, vieram a cada dia novas perdas de contorno até que habitou sem lástima esse corpo meio troncho, sobrando pelas cavas, tomado de uma quietude que não se parecia em nada com a eletricidade que sempre iluminara sua pele. Não havia dúvida, envelhecera.

Sem sustos, como quem aceita uma condenação, deslizou para esse novo estado sem saber ao certo se essa tranquilidade não era ela mesma uma irremediável baixa de hormônios. Esperara esse momento com o pânico com que qualquer mulher bonita descobre a primeira ruga, imaginando quão insuportável seria a decadência da carne, a perda do desejo que tinha e que inspirava. Chegou a pensar em dar cabo de si antes que tal desastre acontecesse e guardou essa decisão como uma arma letal contra a inimiga, assim como quem afirma que até o fim era ela quem decidia. Se não queria encontrar no espelho um rosto desfigurado, uma cartela de soporíferos ajudaria na viagem.

A possibilidade do suicídio é o que torna a vida suportável, pensou. O inferno seria não poder fazer nada. Mantinha secreta essa convicção, que lhe devolvia não só a calma, mas a confiança em si de que não se deixaria destruir como acontecera com todas as velhinhas com quem convivera.

Mais que as linhas que se desfaziam, mais que os músculos flácidos, era a ideia do silêncio do sexo o mais inaceitável, o sexo que gritava a cada dia sua fúria e seu delírio, seu ponto de desequilíbrio, sua morte em vida e renascimento. Não, não suportaria. Pensava que não suportaria.

Sobrevivera.

A tarde era calma e, olhando o verde molhado pela chuva do começo da primavera, pela primeira vez admitiu que se sentia feliz. Apesar do braço arredondado.

Comeu mais uma fatia de bolo. A filha elogiou o bolo, quase igual ao de vovó, lembrou do braço arredondado da mãe quando estendia o garfo e ouvia as reprimendas dos filhos inconformados com sua gordura. Enquanto ouvia as aventuras parisienses da neta, desfilavam na sua memória os Alpes suíços, os campos da Toscana e os canais de Veneza, de um tempo em que seus braços bem torneados atraíam as mãos amadas e com eles nadava na vida, insaciável, com uma voracidade que apregoava com o orgulho dos que se sabem destinados ao prazer e às bonanças.

Agora gozava esse fim de tarde na varanda, a mesma varanda em que se sentava sua mãe, e pensava que nunca se deve temer o futuro com os desejos de hoje. Hoje, por exemplo, já não lhe importavam as linhas que derretiam nem o silêncio do celular que, percebera, tocava bem menos do que antes. Seus projetos eram cada vez mais os do dia seguinte, menos grandiosos. Antevia, ao contrário, uma certa paz que se anunciava à medida que o tempo passava e que a verdade sempre sabida, a maldita, a detestada, ia mostrando mais um pouco do seu rosto, no seu rosto.

Seria um dia bem-vinda? Bateu na madeira, por via das dúvidas, e sorriu à ideia nova de que os desejos também envelhecem, ao contrário do que sempre pensara, ao contrário do que falsas jovens apregoavam no vídeo da televisão. Quando alguém declarava ser a mesma de quando tinha vinte anos imaginava, irônica, que miseráveis vinte anos teria tido essa pobre senhora.

Porque o espírito sofre mais que o corpo a lixa do tempo. Mas fez desse pensamento segredo, mais tarde o encararia de frente para saber se era verdadeiro ou uma infame racionalização. E, de todo modo, agora que descobrira que amanhã já não seria mais ela, mas outra que lhe ditaria as vontades e verdades, guardou consigo a arma imbatível da última escolha.

Mas não já, não agora, que a tarde se fizera dourada como só o mês de maio sabe fazer, agora que a menina ria e descrevia a rosácea de Notre Dame como se ela jamais a tivesse visto. Não, não ainda, não agora quando ainda se via na sombra da catedral, ela, o anticristo era naquele tempo, ela, ali, banhada em lágrimas, acendendo uma vela, sem saber por quê, nem para quem, uma vaga oração por um amor impossível. Não, não ainda! Quando o momento chegasse, saberia. Não já.

UMA ROUPA DE SILÊNCIO

Anjo da guarda

Sempre tive medo de voar. Se aviões batessem asas talvez me sentisse mais segura. Viajaria feliz abraçada ao pescoço do meu anjo da guarda.

Tenho um número de horas de voo de piloto de linha internacional. Viajava com o coração apertado, os olhos fechados pensando no Grand Canal de Veneza, meu esconderijo imaginário para onde fujo do horror do mundo. Olhos cerrados, não via aquela gente tirando os sapatos e afrouxando o sutiã, todos se preparando para o sono tranquilo de que não sou capaz.

Pouco importa que me sirvam champanhe, bem sei que estou sentada no vazio a dez mil metros de altura. Sei que uma lata cheia de gente é o que me separa do abismo. Que motores param, computadores tomam o poder à revelia dos pilotos e dão ordens suicidas. Sei que aviões viram bolas de fogo que despencam sobre cidades.

Sei que nos céus as nuvens se movem em segredo, brigando umas com as outras, imensas, como ondas de pesadelo, nuvens de pesadelo, negras, esperando para engoli-los, os pilotos distraídos. Camões dizia, "tão tenebrosa vinha e carregada que pôs nos corações um grande medo".

Sei que esses homens fardados passaram a noite nos braços de alguém, aproveitando a liberdade fora de casa, e são eles, insones inconfessos, que vão dedilhar esse mar de botões de que depende a minha vida. Eles têm dívidas, filhos problemáticos e medo do câncer, eles pensam em tudo isso enquanto carregam na cauda mais de trezentos destinos. Não sei se bebem ou beberam, não sei se cheiram ou cheiraram, não sei. Sei que são seres humanos como você e eu, têm nervos, dor de cabeça e amolações. Fazem de conta que não, são polidos e têm sorriso de gesso ali, de pé, na porta do avião, como um embaixador na porta da embaixada.

Só eu vejo por trás do sorriso hipócrita das aeromoças – que não sei por que ato falho chamo sempre de enfermeiras – a gratidão por mais um dia de vida, por mais um pouso sem *crash*, uma decolagem sem explosão. Elas não me enganam, são de carne e osso como eu, são garçonetes que caminham entre nuvens, simulando um passo firme, mas, quando a turbulência sacode o monstro de lata, algo de desesperado atravessa esses olhos vazios enquanto catam as garrafas entornadas no chão, os perfumes e as echarpes que não venderam.

Ninguém me engana, todos têm um medo surdo de avião. Senão por que o senhor ao meu lado, engravatado, laptop no colo, acabou de se benzer? Não estamos em nenhuma igreja e o Bordeaux que lhe oferecem não é o sangue do senhor. E a menina de piercing que se benze também?

Somos poucos na classe executiva; é fácil, do lugar do privilégio, observar os estratagemas. Um finge que lê, outro tomou um Valium supostamente para dormir, outro caiu no conto da música que encobre os barulhos sinistros que vêm do ventre do monstro, um terceiro finge que está no cinema, todos empenhados em negar a verdade da nossa condenação, mais que possível, provável. Só eu estou em Veneza, deslizando em uma gôndola pelas águas verde-garrafa do Canal, eu sem medo. Eu já cheguei, mas quem viaja a meu lado não sabe.

Oito vezes por ano cruzo o Atlântico, são quatro viagens de ida e volta, essas nuvens conheço bem, reconheço essa estrada esburacada, essas nuvens espessas de céu barroco, lá onde, dizem, mora Deus. Mora sozinho ou tem como vizinho o seu maior inimigo?

De todas elas tenho péssimas recordações. A tal ponto que toda noite, quando me deito, como numa oração, dou graças a mim mesma de não estar em um avião. Enroscada nas cobertas, na minha cama, bem minha, tenho a medida da felicidade. E se me ocorre uma insônia, ouço, lá pelas cinco da madrugada, a decolagem estrondosa dos monstros que vão cruzar o mundo, cheios de pequenas vidas, de corpos frágeis como passarinhos, jogados na imensidão e que não sabem voar. Esse barulho é como o rugido de um animal de outro planeta que ronda a Terra ameaçando mordê-la, arrancar-lhe um pedaço.

Perguntem-me, sei que cabe a pergunta, se odeio e temo, a este ponto, aviões, por que viajo tanto? Acho que tenho mais medo do medo que imobiliza. Amo tanto outros mundos, tão longínquos, como renunciar a eles? Tenho raiva do medo, que foi meu companheiro de infância, esteve sempre ali, dentro de mim, como um outro eu, e que me infernizou a vida.

Um dia briguei com ele, decidi que não teria mais poder sobre mim. E foi assim que ganhei fama de corajosa. Mas ultimamente me ocorreu uma ideia estranha. E se o medo fosse, de fato, um bom amigo, apenas alguém mais velho do que eu, que já viu tanta coisa e tanta gente, que conhece o mundo e a vida e que quis desde cedo me alertar? Terei sido injusta com o medo, ou comigo mesma, a quem não concedi nenhum perdão?

Pensando bem, agora que o tempo passou, quem sabe faço as pazes com ele e ouço, de bom grado, seus conselhos? Quem sabe o medo é o meu anjo da guarda?

Insônia

Minha mãe dizia que tinha medo da noite. Não dizia por que e quando perguntávamos não respondia, olhava para um ponto vazio, um olhar ausente como se não estivesse mais ali. Sofria de insônia e me legou esse calvário. Não me queixo de não dormir, nem do cansaço no dia seguinte. O que me assusta é a convivência com os monstros noturnos que à noite acordam, eles que vivem das sombras e acordam também os pensamentos que não ousam se pensar à luz do dia. Trazem consigo as ameaças que já assombravam os primitivos e que os primitivos que ainda somos revivem como um plasma genético. A humanidade herdou o medo da noite que levou à descoberta do bendito fogo que atenuava a escuridão e, afastando animais e os seres das trevas, permitia um sono profundo e liberava os sonhos. Foi a luz do fogo que fez da noite o *roman fleuve* do inconsciente e, assim, abriu sendas em um continente desconhecido onde o tempo amalgama passado, presente e premonições. Sono e sonhos, para alguns, não são mais do que ilusões.

Mal saídos do pesadelo e instalados na insônia, habitamos uma zona fronteiriça entre o real e algo que é muito mais que o imaginário, é um outro lado do real, desfocado, onde moram os mortos e, como um castigo, somos condenados aos pensamentos proibidos. Na insônia, o pensamento acelera seus ritmos e instaura uma dança selvagem em que se misturam memórias e amanhãs, levitando em um espaço indefinido no esforço de reencontrar um eu perdido, uma cabeça organizada.

A insônia é uma forma de possessão por demônios que, todos, se parecem conosco. O corpo sem posição, que rola na cama à procura de algum conforto, perde presença e substância, devorado pela alma inquieta que, como um bicho atento, pressente os barulhos que não sabe de onde vêm. Quem dorme comigo jura que ouve, no silêncio do quarto, o barulho de meus pensamentos desencontrados.

Lutar para adormecer talvez seja a mais árdua e inglória entre as muitas lutas contra mim mesma que empreendo. O sono não é mais um dom e um direito do corpo cansado, é como um lençol que me cobria e que voou, me deixando ao relento, se fez invisível e, suspeito, que não voltará.

Na tentativa de recuperá-lo, vou atrás dele até a varanda e olho a rua, irreconhecível na madrugada, e sou grata, então, aos poucos barulhos que a vida urbana garante como companheiros a quem não dorme. A cidade, mesmo assim deserta, vive, uma vida latente, alguém que canta ou assobia, um caminhão de lixo que aproveita as sombras para cumprir sua tarefa humilhante de recolher os dejetos, o que ninguém mais quer, passos perdidos de um bêbado que ninguém mais quer, perdido sem saber de onde veio nem para onde vai. No tempo em que eu fumava, o cigarro apaziguava essa inquietação, quase revolta, contra a noite interminável, maldormida. Para salvar os pulmões, pago o preço da solidão.

Ouço muitos conselhos de médicos e amigos. Pessoas práticas resolvem tudo na clave do Lexotan e não entendem por que todos não fazem o mesmo. Não sabem que há insônias ancestrais, com certeza incuráveis, nascidas não da noite mas dos dias, da própria vida, dos conflitos e angústias que não se calam e que resistem a adormecer. E que não se resolvem com um simples bebo para esquecer que bebo.

Albert Camus pôs na boca de Calígula, um imperador demente, insone e ávido de tudo, que atravessava noites desvairadas correndo pelo palácio, uma exclamação trágica e lúcida: "Se durmo quem me dará a lua?"

Embora não confesse, às vezes digo a mim mesma que a maldição da insônia pode ser bendita. Há insônias benditas. Espero que essa ânsia de todas as luas, que compreendo e partilho, não indique sempre loucura ou crueldade. Para certas pessoas não é fácil renunciar à beleza do amanhecer, que passa despercebido nas noites bem-dormidas. Quem quer ao mesmo tempo a lua e o sol, não dorme. O absoluto tem um preço.

Relembro, sob forma de oração, uma canção de Dolores Duran que, na adolescência me comovia: "Dai-me, Senhor, uma noite sem pensar. Dai-me, Senhor, uma noite bem comum, uma só noite em que eu possa descansar, sem esperança e sem sonho nenhum. Uma só noite de paz para não lembrar que eu não devia esperar e ainda espero."

Uma roupa de silêncio

Alguém me estende uma xícara de café quente, no exato momento em que o silêncio cobre meu pensamento. No balanço de perdas e ganhos, quanto vale ter quem lhe estenda uma xícara, a mão, a alma, quem lhe ofereça seus dias, divida com você o sonho e o desalento? Há tanto ruído no mundo, tanto barulho nas ruas, nas casas, nas cabeças, tanta inutilidade nas palavras que se amontoam nas bocas e nos jornais, mas tão poucos gestos que acompanham, em silêncio, o seu silêncio. Há tão pouco silêncio.

Pudesse eu comprar em alguma loja que vende mistérios uma longa peça de silêncio. Fazer com ela uma roupa invisível que me permitisse atravessar a cidade, olhar nos olhos os passantes, sem que eles soubessem que, envolta em minha roupa de silêncio, me protejo contra as buzinas, os gemidos dos falsos mendigos, os tiros dos verdadeiros assassinos, a conversa desconexa do chofer do táxi.

Com essa roupa, iria sempre às cerimônias oficiais e sacudiria a cabeça em sinal de assentimento, como fazem os ministros elogiados, como fazem os subservientes, como fazem todos os canalhas. Imune estaria à conversa untuosa dos políticos, aos seus discursos cheios de amor à pátria, de ética, de convicções e sobretudo de promessas. Fecharia bem a gola quando falassem do futuro, de tudo o que farão pelo bem de todos nós.

Usaria essa capa, quando assistisse ao telejornal. Veria, mas não ouviria as bombas explodindo, porque os rostos sem voz são mais horrendos. Os gritos sem som, melhor ouvidos. O mais eloquente e longo grito que já ouvi está em um quadro: o relincho de um cavalo bombardeado em Guernica. Ou terá sido uma mulher, que Munch pintou?

No silêncio, creio que ouviria melhor o apelo dos civis que não sabem por que explodem suas casas, já que não foram eles que explodiram aquele café. Exatamente aquele café que reconheci na televisão, em que me sentei num fim de tarde em Jerusalém. Ainda hoje, em silêncio, ouço os sinos e a voz dos *muezzins* que disputavam os fiéis, chamando-os a seus ritos, em suas mesquitas. Jerusalém, quando ainda era a paz.

Tanta coisa eu ouviria, envolta em minha roupa de silêncio. Talvez ouvisse de memória alguma fuga de Bach, as cigarras que amanhecem o verão, as ondas das praias desertas e o vento que faz a volta nas ruínas de Delfos e que, ao que parece, fala. Dizem que trazia ao oráculo as notícias do futuro.

Também me lembraria do passado: um tango cantado por minha mãe, e aquelas histórias da juventude, quando amor e amizade eram o assunto preferido, quando ninguém tinha medo de fracassar ou morrer pobre; no máximo, de engravidar ou de broxar. Ou de não saber viver, não ter uma vida rica em aventura.

Ouviria, sobretudo, depois de tanto tempo, a mim mesma. E você também, se vestisse sua roupa de silêncio, ouviria coisas sobre você que até hoje não se contou nem se vai contar, que ninguém é louca de falar de coisas sérias no meio de tamanha balbúrdia.

O medo

Os corajosos façam o favor de me ouvir em silêncio. Ou de fechar o livro agora mesmo. Esse assunto supostamente – mas só supostamente – não lhes concerne. Eles pertencem à grei dos que sentem mesmo um certo desprezo pelos pobres-diabos que conhecem bem o frio na barriga, a garganta seca e o suor nas mãos. Por isso, quanto mais não seja por compaixão, retirem-se da conversa, deixem-nos entre nós, os medrosos. Os que conhecem a angústia da véspera, aquela certeza de estar vivendo o último dia antes da má notícia, da viagem de avião ou da operação. Resultados de exames também são ocasiões de pernas bambas.

Os corajosos lhe dirão sempre que o seu medo é irracional e que as estatísticas provam... provam qualquer coisa que as estatísticas querem provar. Escolha o seu medo e a estatística lhe dirá o imbecil que você é. Esse imbecil vive em um mundo de sombras. Sente dores em que ninguém acredita, tem premonições improváveis e ainda sofre a humilhação de confessar um irreprimível mal-estar que lhe vem de uma fonte misteriosa que visitou desde as noites da infância. Dali brota a certeza de quanto o mundo é perigoso e do manancial de traição que um destino abriga. Nessa fonte bebia o diabo.

Corajosos nunca correm perigo, nunca foram nem serão traídos. São perfeitos demais para essas misérias que só chegam aos fracos. Só os fracos perdem filhos em acidentes, só eles tropeçam na rua ou descobrem doenças terminais.

O medo me fascina, sua capacidade de pisar macio, chegar sem que se lhe perceba a incômoda presença, tomar, em segundos, os espaços todos da alma e cortar a respiração. O medo é um debochado, sem caráter, que escolhe sempre o melhor momento para ameaçar com a última chance. Medo, ladrão de alegrias! O medo é um covarde.

O medo é um mensageiro sem mensagem. Corrupto que se vende aos corajosos para assombrar e humilhar os outros. Tenho raiva do medo, tenho medo do medo porque ele esconde em suas sombras nenhuma surpresa mas as certezas que, infalivelmente, se cumprirão e que ele vai destilando aos poucos, até o grande susto final, que é buscar o dia que já não é dia.

Medo amigo da morte, que lhe presta serviços e com quem nos faz conviver. E, pelo avesso, nos faz corajosos porque corajoso é quem convive com o medo. E com a morte. Os outros, os corajosos, os que não têm medo de nada, os que não se lembram que ela nos espreita a cada passo, são corajosos por quê?

Os heróis sempre me pareceram personagens de ficção. Conheci vários em filmes e livros que louvavam a coragem mas nunca conheci heróis em carne e osso. Nem os heróis me impressionam. A única talvez tenha sido uma mulher cuja foto vi em uma revista, minúscula ante uma onda de pesadelo, avançando ao encontro dela enquanto todos fugiam do tsunami. Tinha boas razões. Ia ao encontro da onda porque, mais perto do monstro, viam-se na foto três cabecinhas, seus três filhos, explicou depois. Impávida, lá foi a fêmea buscar as crias. Não me perguntem como, mas, segundo a reportagem, todos se salvaram.

Olhei essa foto durante muito tempo e não conseguia me decidir se ela agira por coragem ou por medo. Acho que foi por medo, medo de sobreviver à perda de suas três filhas, de vê-las engolfadas na onda gigante e ela ali, inerte, paralisada. E depois atravessar a vida revendo essa imagem hedionda e se desprezando. Que mãe se olha no espelho se foge e sobrevive ao perigo que ameaça os filhos?

Há quem tenha e, com razão, mais medo da vida do que da morte. É o caso de tantos suicidas a quem se atribui a coragem extrema, a de se matar. É que não tiveram a coragem de viver e, às vezes, essa é a coragem que não se pode pedir a ninguém.

A língua francesa, em que encontro sempre o melhor eco dos meus sentimentos, cunhou uma linda expressão, *"fuite en avant"*, a fuga para a frente. Retrata bem as atitudes intempestivas em que se vai ao encontro do perigo como se não temêssemos a situação quando, na verdade, fugimos da angústia de esperar por ela.

Os corajosos que me perdoem uma tão longa digressão, que poderia ter sido resumida em uma banal confissão: não sou um dos vossos. Meu único ato de coragem é dizê-lo publicamente, pedir que não esperem de mim nada além da coragem de viver.

Uma boa notícia

Foi há alguns dias, foi no século passado. Era uma noite cálida do mês de dezembro. Havia cigarras, jasmins, todas essas coisas que amei a vida inteira e talvez por isso mesmo, pela graça da noite e dos prazeres, comecei a saber o que, até então, não sei se suspeitava ou intuía mas rondava minha cabeça.

Por que terão sido necessários tantos anos, tantos desatinos, tantos labirintos e blasfêmias, tantas mágoas e abismos, misturados às alegrias e aos horizontes incendiados, antes de descobrir que basta estar viva, com o gosto das madrugadas em arco-íris, sobretudo essas do último verão. Essas que se impõem como a hora da verdade ou, pior, como a hora do lobo, aquela em que nascem as crianças e os velhos agonizam, hora em que o tempo se senta na sala conosco, toma a palavra e conta histórias de espantar.

A memória, parceira obrigatória da vida vivida, nessas horas pede um balanço dos lucros e perdas. Lembra que na passagem de um milênio é impossível não pensar neste tempo que, para o bem e o mal, fel ou mel, para nossa sorte ou azar, foi o que nos coube viver, neste tempo que foi o nosso, neste século que testemunhamos. E se sobrevivemos a ele, se muitos anos ainda nos esperam ou por eles esperamos, esses não mudarão nada ao fato consumado: havemos de ser a memória do século XX.

A memória não é só companheira, é também esconderijo, útero sombrio e úmido em que convivemos com o conhecido, bem ou mal querido, mas de onde não quiséramos jamais sair. É tão mais fácil pensar o futuro como algo que virá até nós, ao nosso encontro, aqui onde estamos agora. É tão mais incerto aceitar que o futuro é um lugar desconhecido onde aportaremos um dia, mas do qual não conhecemos nada, nem o caminho, nem os cheiros, nem os gostos e, possivelmente, tampouco a língua.

A memória, nessa noite, teria sido tão confortável. Por que, então, foi justamente naquelas horas derradeiras que escolhi renascer, abrir os olhos com o mesmo deslumbramento, o mesmo espanto, a mesma curiosidade infinita pelo que está por vir?

Quem sabe começar um novo século não é isso, conhecer um tempo sem véspera, sem ontem, uma inauguração em que, com intacta alegria, queremos acreditar que a vida começa ali. Não fosse o copo d'água na mesa de cabeceira a lembrar que a vida já estava lá, não fosse o ruído da ambulância que sabe da morte, a freada súbita de um carro que traz para dentro do quarto a existência do mal, não fossem essas lembranças, teria sido tão fácil ouvir os passos da esperança.

A esperança é assim, imperial, não pede licença, chega ocupando lugar no texto, exigindo que eu fale dela logo hoje, em que teria falado do passado, teria, como quase todos, feito balanços, se ela tivesse deixado. Mas não, ela não deixa, quer o texto para si. Ela que chega com os seus amigos, trazendo pela mão os projetos e cavalgando soberana o desejo.

Porque a esperança tem vida própria e nos expulsa das cavidades protetoras da memória, ela nos quer recém-nascidos, nos quer inocentes, crédulos, ávidos de luz, de sensações. A esperança quer olhar boquiaberta os fogos de Copacabana e achar que o mundo é assim, essa *féerie*, essa via láctea que escorre lentamente sobre nossas cabeças. A esperança quer abraçar os amigos e acreditar que será assim para sempre, um mundo de gente abraçada, de risos e emoções.

É assim que a esperança anuncia que vai visitar aquele lugar do futuro, que viaja nua, deixando caídas no chão as roupas que hoje estão na moda. Leva consigo apenas uma boa dose de otimismo e explica que os otimistas podem vir a se enganar mas os pessimistas já se enganam no ponto de partida.

Foi nessa noite que entendi a natureza imbatível da esperança. Ela que, quando um cansaço imenso busca o testemunho da memória para defender renúncias, fundadas decepções, ela, arrogante como é, ciente de sua imortalidade, vira as costas, tapa os ouvidos e, da soleira da porta, antes de partir para o futuro, anuncia: "Tenho uma boa notícia." E todos olham para ela, porque é ela que todos queremos ouvir, é ela que tem uma voz bonita e sorriso iluminado, é ela que tem bom gosto e que sabe contar histórias.

A boa notícia é sucinta: estamos vivos. Cigarras e jasmins ecoaram: estamos vivos. Era uma noite quente do século passado quando a incorrigível esperança, senhora do alvorecer, trouxe a boa notícia. Estamos vivos e partimos hoje para o futuro.

Por acaso

Uma jovem morreu esfaqueada por um louco no Central Park, em Nova York. Levava na bolsa um diário e naquele dia escrevera: "Nunca me acontece nada." Quem conta é um livro inteligente, *Como Woody Allen pode mudar sua vida*.

Não deduzo daí que não devemos nos queixar de monotonia. A moral da história é outra, o acaso é quem dita nossas vidas. O louco poderia ter ido passear na beira do Hudson ou ela sentar-se na Washington Square e rabiscar tranquilamente suas queixas. Mas, por acaso, se encontraram.

Há anos quase fui esfaqueada no Central Park. Era jovem, corri mais do que o assassino, um bêbado que tropeçou nas próprias pernas. Achei que tudo me acontecia e que, apesar disso, era uma mulher de sorte.

Não falo de destino porque a palavra tem a nobreza das tragédias gregas, do que estava escrito e tinha que se cumprir. O acaso é muito mais banal e próximo do absurdo. É, como poderia não ter sido. Se o acaso é infeliz, é chamado de fatalidade. Se é feliz, de sorte. E, às vezes, decide mais as nossas vidas do que os imensos esforços que fazemos. Quase nunca a vida é justa. O livro nos ensina tudo isso.

Woody Allen, que fez trinta e seis anos de análise, não encontrou respostas para suas angústias e, mestre na abordagem do imponderável, em *Stardust Memories*, faz seu personagem dizer: "Eu era um menino que gostava de contar piadas. A sociedade americana valoriza os cômicos. Se eu tivesse nascido entre os apaches, estaria desempregado. Questão de sorte. Se em vez do Brooklyn eu tivesse nascido em Berlim ou na Polônia, hoje eu seria um abajur, não?"

Há muita verdade no que diz, apesar do humor negro e da amargura. Quem acredita que controla a própria vida nunca me explicou como escolheu onde nascer, pobre ou rico, homem ou mulher, ao norte ou ao sul do Equador, vestido com que pele.

Os existencialistas sabiam dessa roleta mas, corajosos, e um tanto pretensiosos, acreditavam que a partir daí fariam, graças à afirmação da liberdade, o que bem entendessem de suas existências. Uma guerra mundial que atropelou Sartre e Simone de Beauvoir, ainda no fulgor dos seus vinte anos, uma carnificina que matou e exilou seus amigos, e sobre a qual não tinham qualquer poder, relativizou essa onipotência.

O volume de memórias em que Simone relata sua tenra juventude chama-se *A força da idade*. O que relata a guerra e o pós-guerra, *A força das coisas*. Simone morreu idosa afirmando que escolhera a sua vida e acrescentando um bemol: "O acaso tem sempre a última palavra."

Um olhar retrospectivo, atento à intervenção do incontrolável, vai encontrar os momentos em que ele, direta ou indiretamente, dirigiu nossas supostas escolhas, redundando em um grande amor falhado ou um sucesso profissional retumbante. Ou, ao contrário, em uma vida medíocre. Feridos em nossa autoestima, nessa retrospectiva tentamos dar uma racionalidade aos acontecimentos como se eles tivessem obedecido fielmente aos nossos desígnios.

No *Pequeno Príncipe*, Saint Exupéry, que viria a morrer em um acidente do avião por ele mesmo pilotado, criou o personagem de um rei cujo único súdito era um camundongo. Para garantir sua autoridade, só dava a ele ordens parecidas com o que um camundongo de todo modo faria.

Em todos nós há um pouco desse rei, um desejo de explicar a vida a posteriori, dando a impressão de que ela nos obedece. Quando a razão tropeça no inexplicável dos acidentes, para continuarmos no papel principal resta, como afirmação da vontade, o reservatório do inconsciente. Inconscientemente, quisemos isso ou aquilo. Sempre nós, no comando.

Os consultórios dos psicanalistas estão cheios de gente querendo encontrar explicações para o que lhes acontece como se houvesse um porquê de tudo. Mais desafiador e sadio seria aceitar e conviver com a incômoda e real presença do incontrolável.

A ficção é, talvez, o único refúgio onde o autor onipotente faz e desfaz, desenha e entrelaça como bem entende todas as vidas que cria, é ele mesmo o acaso. A criação é uma forma de rebelião, de insolência, a revanche contra o acaso, de quem tem a medida do seu desamparo, um momento de divindade.

Na vida real é ele quem tem a última palavra.

Finados

É preciso cultivar um canteiro de ilusões. Regá-las todos os dias e quando umas morrerem, de evidência irrefutável, plantar outras, como se a vida começasse naquele momento. O que só admitimos depois de uma travessia insana – antes de deparar com a verdade insuportável: vivemos sem saber por quê, sem a mínima ideia de para onde vamos e o que nos espera do outro lado. O que é tão gratuito, tão sem nexo e inexplicável, que a história humana não poderia ser senão o que foi: uma fantástica ficção.

Algumas versões, de tão bem escritas, vestiram ao longo dos séculos a nudez do espírito, incompetente para se entender a si mesmo. As religiões, em suas diferentes versões da criação e do além da morte, não só ajudaram gerações e gerações a viver, a não sucumbir à angústia do desconhecido, mas ainda serviram de palco para o drama do inexplicável, oferecendo sempre ou um final feliz ou a danação eterna. Contornando a tragédia.

Os dois pecados mortais, os que condenam ao inferno na Terra, são a falta de imaginação e a soberba – a incapacidade de inventar o mundo à imagem da nossa fantasia e a pretensão de viver sem essa fantasia.

Quem não crê na religião, crê na ciência, o que dá no mesmo, com um pouco mais de atrevimento. As explicações científicas da origem do universo têm a mesma beleza apocalíptica de um fim de mundo. E os melhores cientistas são os que sabem que suas melhores verdades são as de mais rápida combustão, os que se aceitam como construtores de castelos na areia, e tiram disso o prazer intenso daquele momento em que eles se equilibram, até que uma nova onda os desfaça. Religião e ciência são as mais belas e inventivas narrativas sobre o nosso destino.

Porque a verdade, ela, é insuportável.

A verdade é que não sabemos nada, nunca soubemos nada. Tudo que sabemos foi com um cérebro do qual quase nada sabemos, apenas que ele é o primeiro dos mistérios. E autor de mistérios. Massa relativamente pequena, que comanda as cores e as lágrimas, os desejos, as aversões e o ódio, que autoriza cada movimento e, quando quer, paralisa os gestos e cala as palavras.

Esse tesouro tão frágil, guardado em uma caixa de osso, esconde muito mais. Esconde os mortos, que falam conosco, contam o que bem entendem e o resto silenciam. E não dizem onde moram. Esconde leis que só ele conhece, que contrariam tudo que já foi dito, aceito e acertado, desafiam os consensos e mudam de lugar objetos físicos e morais. Fala na língua que quer e faz falar quem quer.

A verdade insuportável é que essa máquina misteriosa da qual não sabemos nada é nossa única máquina de saber. A verdade insuportável é que somos desvalidos, sós e sem sentido.

E tudo isso é tão injusto – a condenação por um crime não cometido – que nossa única defesa é a ilusão. Aquela explicação mais ou menos convincente, mais ou menos bela – que em Chartres é belíssima – para conviver conosco, para nos proteger e salvar. Salvar, esse verbo que religião e ciência disputam. Salvar da noite espessa, onde cada um entra inexoravelmente sozinho, deixando atrás de si um cortejo de paixões e juramentos, de para-toda-vida. Deixando todos que em breve nos esquecerão, porque é dia de sol e o canteiro das ilusões está mais florido do que nunca. Todos que nasceram e viveram no nosso canteiro de ilusões.

O INTERLOCUTOR MUDO

O interlocutor mudo

Detesto quando me perguntam se acredito em Deus. É uma pergunta bem mais íntima do que outras que também evito com igual prudência. Por exemplo, se acredito no amor eterno.

Acho que ambas mexem com o meu desejo, as minhas dúvidas e a minha profunda ignorância.

Costumo responder irritada: não, não acredito que há um olho me espreitando, adivinhando meus maus pensamentos, como me ensinavam nas lições de catecismo. Não acredito em Deus vingador e arrogante que assiste imóvel ao Holocausto e a Hiroshima. Nem no céu, nem no inferno, não acredito. Não, não acredito em Deus.

A arrogância e o tom vingativo da minha resposta não me escapam e me envergonham. Pretensão divina? Acho que frequentei analistas demais. Como sempre a conversa acaba assim, é por isso que a pergunta me irrita. Porque me perturba.

Sozinha, na escuridão, constato, emocionada, que sem a ideia de Deus, que todas as sociedades inventaram, desde que o homem existiu, não haveria civilização. Para afirmar ou para negar nasceram filosofias, inconformadas com o misterioso silêncio da origem – como surgiu o universo e nós dentro dele – e do destino – para onde vamos, a incontornável questão da morte.

Toda arte, toda ciência foram um incansável diálogo com esse interlocutor mudo, a tentativa desesperada de entender a linguagem da criação e sua sintaxe. Silêncio. E é esse silêncio que mais espicaça nossa ignorância. Apesar disso, há que reconhecer, ninguém constrói a catedral de Chartres por acaso.

Se as catedrais o louvam, Bach e Vivaldi também (e como me custa discordar deles, que eu amo tanto!).

Se a ciência o nega, se a filosofia se divide em louvor e negação, suprima-se essa ideia ou ser imaginário e o que sobrará da arte ou da filosofia? Impossível imaginar um mundo em que a criação seja fecunda sem a interlocução com a ideia de Deus. Ideia, me entendam bem, não digo um Deus existente. Até aqui Deus tem sido o assunto preferido dos mais inteligentes e sensíveis mesmo se, quando esse assunto esquenta e vira discórdia, essas inteligências e sensibilidades rapidamente possam se transformar em fogueiras ou em guerras sangrentas. A cada tradução humana de Deus, a cada religião, seus exércitos...

Deus permanece inexplicável como inexplicáveis são a vida e a morte. Os cientistas sugerem a até agora ilusória ideia de um mundo sem origem, ou originário de um *big bang,* uma explosão abissal. Já houve tempo em que o mundo repousava sobre as costas de tartarugas gigantescas, o que afirmou uma velhinha inglesa ao fim de uma conferência de Stephen Hawking: "Turtles all the way down, Mr. Hawking, all turtles!"

Não tendo nada provado sobre as questões essenciais, de onde veio o universo, para onde vamos, se vamos, depois da morte, toda a ciência, face a nossa história, é tão provada quanto a mitologia de qualquer tribo bantu. Sem desmerecer seus extraordinários feitos, que vão da eletricidade à anestesia, há que reconhecer que a ciência até hoje não deu as únicas respostas que trariam ao espírito humano uma certa paz. O mínimo a que teríamos direito é saber quem teve a ideia de nos pôr nessa vida, assim como a nossos pais e ancestrais. E sobretudo saber, logo, e de uma vez por todas, se, sim ou não, viramos pó.

O que facilita a tarefa das religiões e seus mitos consoladores. Continuamos miseravelmente sós face ao mistério do universo. Se existe, esse criador, como bom criador deixa na obra uma boa dose de ambiguidade ou se manifesta em uma linguagem a que só têm acesso os escolhidos, os tocados pela graça. Irônico, esse Deus, seja ele um Deus criador ou um Deus criado, filho do desespero e da ignorância, ou incriado, diverte-se, mudo ou falando uma língua que não entende o comum dos mortais. Ou talvez eu me engane e essa língua seja a música.

Tantas vezes senti assim. Tantas vezes ouvi o que, por falta de outra linguagem, presa na clausura da palavra humana, chamei de uma voz divina. Admito que procuro Deus em todo canto e que chamo assim o que me desloca dos estreitos limites de mim.

Um mínimo de racionalidade me impede de continuar sustentando um mito dessa ordem, que, em certos momentos de eloquência, descrevo como obsceno. Tenho, ainda, um pouco de juízo. Mas procure-se um lugar fora de Deus e, como uma maldição inerente ao espírito humano, vamos dando forma divina às criações humanas. Assim como ninguém pode fugir do próprio corpo para poder viver, assim também fora de Deus cai-se em um não lugar, desencantado, na deificação da matéria sem origem, ou de origem desconhecida, a quem se dá um poder inaugural e sem enredo.

Acho que é por orgulho que aceito a aridez desse não lugar. Não gosto que me consolem do que é inconsolável. Marguerite Yourcenar dizia que queria entrar na morte de olhos abertos. Gostaria, eu mesma, de ter essa coragem. Luto contra as falsas ilusões, enquanto posso e tenho forças para isso. Mas não me iludo. Dia virá em que, talvez mais velha, mais fraca ou conciliatória, ou conformada, possa me abandonar a um sentimento oceânico, a um desejo de pertencimento mais forte do que eu, uma espécie de música infinita que me ocupe inteiramente. Talvez feche os olhos. Não recusarei essa música. Nem a morfina.

Sobre deuses e homens

O conforto às vezes é perigoso. Ganhei, em um aniversário especial, uma belíssima televisão que não deixa nada a desejar a qualquer sala de cinema. Para acompanhá-la, uma poltrona à sua altura. Achei que merecia, o que prova a minha imodéstia. Esse cenário ideal – e esse é o seu grande defeito – me faz preguiçosa na hora de ir ao cinema. Uma respeitável coleção de DVDs veio agravar, e muito, meu ímpeto de espectadora.

Mas, na semana passada, um filme me intrigou. Palma de Ouro de Cannes, recheado de grandes atores, *Homens e deuses* me arrancou de casa e me devolveu a antiga magia da luz apagada no cinema e aquelas cabeças que, recortadas no escuro, dividem uma mesma emoção.

A primeira reação tinha sido uma suspeita. O título pretensioso me fazia pensar como um filme trataria de tão complexa relação. Deuses e homens nem sempre são compatíveis. Os humanos são uma espécie por demais variada, fabricada em muitos modelos, que, por sua vez, fabricam seus deuses, à sua imagem e semelhança.

Os homens não se entendem entre si e o pretexto são os deuses. As guerras religiosas foram as mais sangrentas. Um Holocausto marcou para sempre, com o estigma da vergonha, o século passado. A fé já armou fogueiras, queimou gente e livros. Ainda hoje constrói muros que separam as crenças. Os homens que derrubaram as torres gêmeas e os que se explodiram nos ônibus invocavam um dos nomes de Deus.

Seu Santo Nome serve a todas as religiões para justificar a barbárie. Como dizer tudo isso e muito mais em duas horas?

Pretensiosa sou eu que duvidei da arte. Que subestimei a força comovente das imagens simples de uma vida monástica. Um monastério no monte Atlas, na Argélia, um grupo de monges franceses ameaçados de morte pelo fanatismo terrorista, a força da fé que resiste ao medo, sem o negar. É possível, sim, falar de deuses e homens, usando a universal linguagem do amor.

O amor que une os monges entre si, que une a eles a comunidade muçulmana em que estão inseridos, que une pessoas que se encontram para além das culturas e da história, simplesmente no enfrentamento das dificuldades do cotidiano ou na celebração das suas alegrias.

Uma cena, o equivalente ao batismo de um menino na religião islâmica, com a presença e a alegria dos monges convidados, encapsula todo um projeto de civilização. A vida que poderia ter sido e que não foi. O mundo que poderia ser e que não é. Na modestíssima aldeia, as civilizações não se chocam, se ajudam a viver, contra a doença, a pobreza e o frio.

A linguagem do amor tem seu avesso, a do ódio. Um grupo de terroristas os intima a partir. "Vocês não têm escolha." "Temos", retorquiu o chefe da comunidade religiosa. O tema da escolha, as múltiplas vozes interiores que intervêm em um conflito, o medo da morte mas também o da renúncia aos valores constitutivos de cada um, tudo isso dá espessura a uma obra-prima que fala em voz baixa e em tons pastel.

Baseado em uma história verídica, o filme não inventa o fim. Os monges ficam, a última ceia é regada a vinho, Tchaikowsky e fraternidade. Depois, a bruma e o mistério. Na vida real, os corpos foram encontrados degolados.

A Palma de Cannes foi para uma joia do cinema, sem grandes orçamentos e nenhum efeito especial, sem a ajuda de computadores, apenas do rosto de atores que ainda se lembram do que é a grande arte. Premiou a coragem de enfrentar uma das questões mais espinhosas de nosso tempo de deuses e homens que se querem hegemônicos, tempos de nenhuma compaixão.

Saindo do cinema, andei muito pela cidade. O ritmo frenético, o ruído incessante, o anonimato urbano, a agressividade das ruas, tudo me parecia insensatez e inutilidade. Quem, nessa multidão atormentada, gastaria duas horas entre homens e deuses? Telefonei para um amigo de fé judaica que almoçara comigo no domingo de Páscoa. Depois para outra amiga, que também ocupara um lugar na minha mesa, essa muçulmana, e a ambos propus rever o filme comigo. Aos poucos fui reencontrando uma certa paz. Os amigos existem e o cinema também.

O homem livre

Alguém gritou no fundo da sala: "É que eu sou um homem livre." É livre esse homem, esse é um homem livre... Sem compaixão, um puro asco tomou conta de mim. Ele é livre, o idiota, ainda ninguém lhe disse que ele vai morrer. Como morreram seus pais e todos os ancestrais de quem nem suspeita a vida. Ele é livre, sabendo que vai morrer.

Esse bêbado ridículo não sabe que já nasceu prisioneiro de seu próprio corpo? E que dessa prisão só sairá morto e sem saber para onde vai. Que liberdade é essa, quando você já nasce sabendo que tudo e todos que você amou se separarão de você, que pó e solidão são o seu futuro e que não teve escolha nenhuma, nem para nascer nessa pele de ser humano frágilimo, ignorante, acovardado, incapaz de aceitar o fim, que já estava pactuado desde o começo.

Liberdade... Devo ter pena ou nojo desse bêbado miserável que enche a boca com a liberdade. O homem livre é ser livre para fazer um testamento, livre de escolher em que chão vai ser plantado, livre até para ser cremado.

A vida humana é, desde o começo, a pior das servidões. Um texto sem graça, cujo fim batido a imaginação humana não é capaz de mudar. Construir uma catedral, escrever a quinta sinfonia, agonizar num orgasmo. Nada, nada vai mudar o enredo. Que humilhação! Tanta bravata, tantas coroas, tantos bancos, tantas peles douradas, quantos carnavais, todo ano novos jasmins, e as cigarras que só duram um dia, menos ainda que nós. Tanto mar, tantos sóis, tanta alegria.

O tempo impregna com cheiro de mofo as melhores recordações. No dorso da mão, a pele solta. Há uma certa compaixão nesses indícios que ninguém quer ver, o que permite ao bêbado continuar esbravejando a sua liberdade, como um cão atropelado, o mais impotente dos homens, o mais acorrentado dos homens. Ou não, nem mais nem menos do que ninguém, apenas um homem que se proclama livre.

Esse homem livre vai ver a noite chegar em pleno terror. Vai ficar ali, de olhos abertos no escuro, ouvindo um barulho que não existe, sonhando pesadelos de que não se lembra e que desconfia que sejam uma janela para algum outro lugar. Sozinho, vai saber quando abrirem a porta. O homem livre é um curto-circuito de nervos.

O homem livre sabe que não sobrará nada das cinzas que alguém guardar e que outro alguém jogará fora, não sem um esgar de nojo. O homem livre vai ser jogado na privada. E nem sequer estará lá para protestar. O homem livre sabe que não será livre de viver em si mesmo, sabe que aluga esse corpo que vai ser demolido. Não sabe para onde se mudará. Sabe que essa carne é seu último domicílio, sente que há alguém as suas costas, alguém que entrou sem ser chamado, alguém que se aproxima. O homem livre sente frio.

O homem livre, porque sente frio, toma mais um copo, fica cada vez mais livre, grita cada vez mais alto sua miserável liberdade.

A travessia

As travessias são aventuras arriscadas, sabemos todos. Mas, quando levam do humano ao divino, não é surpresa que se transformem em via-crúcis.

Que um jovem messiânico desafie um Império não surpreende. Incrível é que, assassinado, seu corpo desapareça da tumba e que esse mistério ensine a acreditar no que os olhos não veem. E que quarenta dias depois reapareça com suas formas perfeitas, para rever os amigos ainda de luto, destruídos pelo fracasso aparente de um projeto, pela delação de um amigo que, roído de culpa, já se suicidou.

Como pôde ser preso, torturado, humilhado, reduzido à impotência dos condenados, quem jurava a onipotência de ser o filho de Deus? Logo Ele, o enviado, arrastado por um bando de soldados do último escalão e, cúmulo do deboche, com uma coroa de espinhos que lhe pespegaram na cabeça, já que pretendia ser o rei dos judeus.

E verdade que, desde a véspera, Ele sabia da propina que pagariam pela sua vida, e disse que um deles o trairia. Ninguém acreditou. Mas assim foi, e ei-los diante desse fantasma, que confirma sua natureza divina e faz, com a bela história de sua vida e morte, de um bando de anônimos os escritores mais lidos da história da literatura. E mantém viva por dois mil anos a esperança da vida eterna, a metáfora da morte como travessia.

Sobre essa esperança, sobre essa promessa de um outro lugar, invisível, para além da impensável e inaceitável dissolução do corpo que nos deu todos os prazeres, com essa figura poética que nos redime de todo mal, de todas as dores que nos deu o corpo também, sobre tudo isso, aqui na terra, constrói uma civilização. Essa que é a nossa herança, as catedrais em que choramos quando filtra a luz nos vitrais, ou quando, olhos fechados, ouvimos a linguagem divina de um mestre de capela, que se chamou Johan Sebastian. A que nos legou o terror do inferno, assombrando as cores e formas de Brueghel e Bosch; a que queimou vivas as mulheres que sabiam mais do que deveriam, e os homens possuídos pelos demônios que se escondem no firmamento. Mas que nos legou também a representação mais viva da pureza, no momento mesmo em que se anuncia a uma virgem que um deus viverá no seu ventre. O anjo que ninguém sabe se existiu, Fra Angélico viu, e pintou o momento dessa visita improvável que só ela sabe se aconteceu. Ele viu e contou, em linhas sutis que testemunham o toque da graça.

Uma lenda que se reescreve há dois mil anos. Será por isso, porque um morto ressuscitou, porque uma virgem deu à luz um deus, que os cristãos dizem "Eis o mistério da fé"?

A parte terrena da lenda teve seu fim trágico em uma quinta-feira, quando cearam juntos, pela última vez, o filho de Deus e seus companheiros. No dia seguinte ele morria, executado entre marginais.

A história é hoje bem conhecida, cada um conta a seu jeito essa Páscoa, essa travessia.

Sobre a mesa, um ovo de chocolate colorido.

A Medina de Fez

Na madrugada tépida, o muezim entoa seu canto como um lamento. Todos os minaretes da Medina respondem e a noite se deixa sonhar de olhos abertos. Mergulhada no claro-escuro do alvorecer, a Medina, em sombra, se descortina da varanda do Palácio Jamal. Às vezes parece um mar avançando na minha direção. Só da janela de um palácio transformado em hotel de luxo se entende a Medina. Aqui dentro, a luz quebrada das lanternas que vem de lá, as babuchas e os caftãs que vêm de lá. Tudo vem de lá, menos eu, que na madrugada ouço o barulho do silêncio da Medina.

A Medina não se entende nem se pergunta, ela é. Sempre foi. Guarda os traços do século VI, a Universidade de Maimônides, um sábio judeu e seu relógio de água. E a sombra de Averróes. Uma palha trançada em desenho elegante separa o mestre das alunas "para evitar desastres". O sexo é o desastre e a obsessão. O *chador* é a regra e as mulheres lançam sobre meus cabelos soltos um olhar ora de inveja, ora de desejo, sempre de reprovação.

No labirinto da Medina, elas deslizam sem baixar os olhos, vão em grupos e riem muito, fazem compras, são donas desse lugar, seu lugar é aqui, todos os mercados do mundo pertencem às mulheres que dão de comer e vestir ao resto da humanidade. Desaparecem nessas vielas, somem em buracos, simples portas fechadas sobre um mundo secreto e alheio ao além-muro.

Entro e o caminho é tortuoso, são corredores que não acabam nunca. Ali os homens recebem os visitantes, esse espaço é um filtro discreto e eficaz entre a vida pública e a privada. Os corredores são longos assim para que as mulheres tenham tempo de desaparecer se a ameaça de um homem se apresenta.

Lá dentro, o silêncio dos pátios que o murmúrio das águas das fontes apenas arranha. Um mundo encantado de flores, limoeiros e pássaros, jardins bem cuidados à imagem do paraíso.

Tudo que digo e escrevo, como se ouviria e leria aqui? De tão longe só poderia me detestar essa doce senhora, que me estende uma xícara de chá? Um vento de tristeza me atravessa por um segundo, eu, que por ela só tenho ternura.

A Medina de Fez guarda todos os conflitos do mundo, suas soluções impossíveis, suas lógicas inconciliáveis. Um arquiteto louco quer atravessá-la arrasando tudo pelo caminho. Talvez esmague os homens que se afogam em cores, imersos em tonéis de tinta colorida. Predomina o vermelho, como imensos potes de sangue em que mergulham seus corpos sem cor.

As mulheres cobrem o corpo e o rosto e eu só cubro os olhos com óculos escuros. E os meus sentimentos, cubro com pensamentos viciados em séculos de teorias. A mula que não sabe disso esbarra em mim como se fôssemos iguais. E roça mosaicos preciosos, os cedros esculpidos e o estuque onde se inscreve a minha ignorância. Não leio nada desse mundo moldado por uma religião que proíbe as imagens e exprime sua devoção na excelência da caligrafia.

O labirinto em que se amontoam pequenas lojas e cafés se fez graças aos palácios de sultões, paxás e vizires que se foram, deixando para trás uma aparente anarquia que, no entanto, se estrutura rigidamente. No século IX, uma mulher fundou uma mesquita coberta de magníficos azulejos como um lugar de paz e oração, hoje transformada pelos homens em escola corânica onde a guerra é presente.

Os muros cegos protegem a intimidade das casas. Vistos da rua todas as casas se parecem, esse mesmo muro anódino que separa o mundo privado da agitação do exterior. Atribuí à elegância esse pudor tão avesso ao exibicionismo. Ilusão. O povo de Fez teme, mais que tudo, o mau-olhado, que sempre mira na riqueza e no fausto. Por isso se escondem. Na entrada das casas, próximas à rua, a cozinha e as áreas de serviço. Quanto mais interna, mais longe da rua, maior a beleza e decoração dos salões onde se passa a vida secreta das famílias.

O profeta diz que o perigo vem da novidade, porque a novidade traz o erro e o erro, o fogo dos infernos. Assim se congelam a história e qualquer veleidade de progresso. Todas as religiões temem o progresso, o mistério é o seu *fonds de commerce*, sua mercadoria.

Anaïs Nin, escritora rebelde e aventureira, achava que a Medina de Fez se parecia com ela, com o seu interior, labiríntica, confusa, agitada mas de tamanha riqueza que era difícil nela se encontrar. Tinha-se, é claro, em alta conta.

Quanto a mim, sou mais humilde. Só sei o que ela me deu: o gosto do labirinto.

Jorge Luis Borges diz que o labirinto não é um beco sem saída, um impasse, mas a possibilidade de escolha entre vários caminhos. Há tantos mundos possíveis. Há saudade das fontes e dos jardins e a amargura por esses rostos e corpos cobertos de negro como em mortalhas que se vestem em vida. Há o gosto do deserto e do refinamento. Há o mel e as tâmaras. E há o tempo.

Aqui, na Medina de Fez, o tempo abolido desafia o futuro.

Foi ele

O irmão partiu, confiando-lhe o filho único. Ia tentar a sorte nos Estados Unidos, levava a mulher, que sem ela não vivia, e, se tudo desse certo, mandava buscar o garoto.

Na primeira noite, o menino enfiou-se embaixo da mesa e arranhou a cara. Dispensou comida e até a sobremesa, ele que era louco por doce. Daí pra frente foi definhando, sem sintomas graves, só uma febrícula que lhe fechava os olhos. Ensimesmado, não se queixava de dor. Tampouco chorava. Passou por todos os exames em silêncio e deixou pasma a junta médica que se declarou incapaz.

A tia apelou para os santos com o prestígio de uma vida inteira de devoção e até mesmo uma subida de joelhos da escada da Penha. Bem merecia uma graça, achava, mas a graça tardava e só lhe restavam as lágrimas e o terço inseparável que já andava enrolado no braço.

Quando aquela mulher modestamente vestida bateu à porta, lembrou-se dela. O casamento durara pouco, como era de se esperar, vindos os dois de meios tão diferentes, ela de uma família espírita, moradora do subúrbio. Nem cerimônia na igreja tinham tido. Mas como a mulher tinha sido tia do menino, casada com o irmão de sua cunhada, deixou entrar. Quando ela pediu para ficar sozinha com ele não gostou nada, mas, como era bem-educada, assentiu. Fosse tudo pelo amor de Deus, mais um sapo que engolia pela remissão do menino.

"Fique à vontade, Adalgisa, depois venha tomar um café."

Passou tempo antes que Adalgisa chamasse e, quando acorreu, viu a empregada no corredor carregando uma bacia. Enjoara, talvez. Entrou no quarto onde as janelas tinham sido abertas e, surpresa, o menino andava, devargazinho, mas andava, saíra daquela letargia que havia semanas o consumia.

"Santo de casa...", resmungou, um riso meio amarelo, face ao milagre que ela não fizera todos esses dias e a mulher em alguns minutos, sim. "Nem você nem eu." Adalgisa apontava para o alto, na certa não seria o céu. Estaria falando em espíritos dentro da sua casa? Tamanho sacrilégio clamava por Nossa Senhora.

Foi Nossa Senhora, socorreu-se. Adalgisa, falando baixinho, dizia que não. Insistiu que sim, mas já que o menino parecia mais corado e contente de ver aquela tia distante, concordou em que ela voltasse uma vez por semana. Mal bateu a porta, já foi correndo interrogar Vivi, uma negra velhíssima que criara não só a ela mas a todos os seus filhos e, depois, ficara por lá, envelhecendo e fazendo umas coisinhas na casa. Agora ajudava, e muito, na doença do sobrinho.

"Ele vomitou, Vivi?"

"Foi uma coisa que nem cimento mole que tava no fundo da bacia. A mulher disse que era o mal saindo."

"O quê? Essa mulher veio fazer macumba dentro da minha casa? Da minha casa?!"

"Macumba não, macumba não", a Vivi uma fera, arrastando os pés pra cozinha.

Bom, não é macumba que se diz, é candomblé, essas coisas lá da gente dela. Foi atrás, adorava a Vivi, por nada no mundo queria que ela se ofendesse, sempre fez vista grossa para umas coisas esquisitas que ela guardava no quarto dela.

"Vivi, não fica zangada não, eu sei que você vai à missa, mas você sempre foi meio metida nesse negócio de candomblé, não foi não?"

"Ô menina, esse menino tem que ser rezado e eu rezo."

Adalgisa vinha toda semana e ficava a sós com ele. Vivi aproveitava quando ela ia embora e a patroa saía para a missa; em paz, fechava-lhe o corpo.

Um dia a mãe do menino telefonou anunciando que voltaria, morta de saudades e de aflição, para buscar o garoto e levá-lo com ela, de vez. Sentado na cama, ele ouviu a notícia, caladinho como sempre. Depois, cobriu a cabeça com o cobertor e dormiu um dia inteiro e a noite também.

Quando a tia acordou, ele já corria no jardim, atrás do cachorro. Quando Adalgisa chegou, encontrou a cama vazia.

A tia, de tão contente, serviu à outra tia um café com bolo que Vivi fez na hora e serviu com sorrisos que havia muito não se lhe via. Da janela, as três olhavam a correria no jardim e, pela primeira vez, pensavam em uníssono: ELE não me abandonou.

INVENTÁRIO DAS PERDAS

Um lenço branco

Nunca vi solidão maior. Não sei se era homem ou mulher, mas era um ser humano que sacudia um lenço branco para mostrar que ainda vivia ou para pedir socorro. No ritmo cadenciado, sem desespero, mais parecia dizer adeus.

De longe, era como um fantasma perdido na gigantesca muralha de janelas por onde escapavam rolos de fumaça espessa, sugerindo o aquecimento das estruturas de aço do World Trade Center.

Nunca vi tal imagem do impossível, alguém que espera socorro humano no inferno das explosões, dos desabamentos, nessa *mise-en-scène* do fim do mundo a que o mundo inteiro assistiu. Nada ilustrava melhor nosso infinito desamparo, nós que saímos para trabalhar, que acreditamos em um dia bonito e fazemos planos de futuro. Nós que acenamos com lenços brancos quando pedimos paz.

Desamparo, pequenez, impotência, presos na fornalha em que se transformaram as relações internacionais e sobre as quais não temos nenhum controle. Na fornalha dos ódios, nenhum é tão forte quanto o movido por certezas.

Há algo de insuportável na ideia de que três pessoas pilotando aviões suicidas mataram milhares que não saberiam por que morreram. Algo de incompreensível no fato de que os pilotos aparentemente sabiam por que morriam, imbuídos de certezas e fé, que, se leigas, são loucura, se religiosas, fanatismo. O que dá no mesmo. No mesmo massacre.

Assustador é não saber se esse foi um clímax ou apenas um começo. E não é justo que o medo hipoteque nosso futuro, os anos que restam a alguns, a vida inteira dos que acabaram de nascer. Não é possível que esse século se abra para uma guerra insidiosa, que ainda não mostrou sua virulência porque não tem exércitos, porque não tem fronteiras. Mas que pode estar em qualquer lugar, no avião em que você embarca, debaixo da cadeira do cinema ou da mesa do bar.

Ao que tudo indica, estamos em guerra. Quem? Eu e você, os cidadãos comuns que trabalham na avenida Paulista, no World Trade Center, na Tour Montparnasse.

Nós, de quem se espera que retomemos a vida normal. Mas não podemos. Nem devemos. Tudo isso foi longe demais e esse luto que todos sentimos pede uma reflexão profunda.

É preciso entender onde se rompeu o fio da civilização. Os terroristas serão caçados, identificados, castigados. É preciso deter a barbárie em nome de todas as civilizações. Mas para defender a civilização é preciso não esquecer nada do que vimos, descobrir como aplacar esses ódios, como refundar a paz. Discutindo com os amigos, com os parentes, com as autoridades. Nós, a opinião pública.

Tomara que a mídia não pare de falar no desastre de Nova York. Não apenas para relatar, mas para debater. Não creio que devamos esquecer. Se o fizermos, podemos ter certeza de que, um dia, viveremos a solidão de acenar um lenço branco que ninguém verá, à espera de uma salvação impossível.

Mais vale sacudirmos, desde já, e todos os dias, os lenços brancos que pedem paz.

Inventário das perdas

O luto é um sentimento que piora depois de alguns dias, quando se começa a aceitar que o que aconteceu é verdade, que não se acordará do pesadelo e que só nos resta viver sem as referências que antes nos sustentavam.

Luto é a melhor palavra para dizer essa tristeza imensa, essa inconformidade com a sucessão de catástrofes que estamos vivendo há duas semanas e que nos deixam, todos e cada um, solitários face ao impensável. E não me refiro apenas ao começo, o esboroamento do sonho americano, esculpido nas ruínas das torres. Impensável é a convivência cotidiana com os rituais da guerra, como os que se desenrolam em catedrais, onde se espera que sacerdotes abençoem as armas. Ou com os rituais da sobrevivência que, nas lojas, esgotam os estoques de máscaras contra gás.

Catástrofe é também a entrada em nossas casas, na hora do jantar, da verdade macabra, que é a possibilidade da guerra química ou bacteriológica. O que nos intoxica a todos tanto quanto o insuportável odor da tragédia insepulta que não se deixa esquecer pelos que vivem em Nova York.

A imagem de um pequeno avião espargindo agrotóxicos e a suspeita de que ele possa um dia regar os campos com veneno põem à prova os nervos de quem esperava apenas sentar-se à mesa depois de um dia de trabalho.

O inventário das perdas é um momento necessário do luto sem o qual não se consegue superar a dor. Quem saberia dizer qual a mais dolorosa, e para quem? Há aquelas evidentes, gritantes, o massacre. E há outras, mais surdas, o esmagamento psíquico das pessoas em quem dói muito a perda do futuro. Porque foi isso que se perdeu. Na manhã de 11 de setembro, todos os projetos se interromperam. Os gestos se congelaram, o pensamento embaralhou-se na cabeça, vítima do derrame de sangue dos outros. E desde então estamos aí, parados no meio dessa ponte, que se interrompeu sem aviso, olhando para trás e inquirindo sobre as causas do que aconteceu. Mas no horizonte o que se desenha é o perfil do príncipe das trevas.

Osama bin Laden se apresenta assim, quer ser como um anjo caído, inconformado com a ordem do mundo. Também assim começou a carreira do demônio. Também ele achou que Deus não fora competente na criação do mundo e que ele saberia fazer melhor. Daí pra frente, especializou-se no mal. Por isso é preciso parar de encontrar explicações para a carnificina de Nova York, que outra coisa não foi senão um ato bárbaro, o mal encarnado em supostos justiceiros. Quando o demônio age em nome de Deus, a combustão é das mais explosivas. Literalmente. Suicida e assassino na mesma pele de cordeiro.

Cuidado com os justiceiros, com os justiceiros cuidado. Pouco importa qual seja sua fé ou bandeira. A selvageria dos talibãs é antiga e bem conhecida, sobretudo pelas mulheres que, há anos, mundo afora, pedem socorro – sem resposta – para outras, cujas vidas naquele país valem tanto quanto a dos passageiros dos voos fatídicos que arrasaram as torres e o Pentágono.

No inventário das perdas, perdemos a sensação de ser alguém, de ter algum poder ou influência na gestão mundial. Que distância imensa entre nós e esses exércitos que se movem à nossa revelia. Que impotência e estranheza face a essa paisagem lunar, essas montanhas e cavernas em que desaparecem criminosos que ressurgirão deus sabe onde. Para explodir o Louvre, o Vaticano ou um alegre estádio de futebol, contanto que ajam nas trevas, contanto que imponham as trevas como a ordem do mundo.

A enxurrada de informações, a magnitude dos problemas, as macroanálises deixam na sombra o dia a dia das pessoas comuns, o sentimento de pequenez e o desgosto pela brutalidade do que estamos vendo e sentindo.

Que abismo entre o luto de hoje e a vitalidade do debate e contestação que não deixavam sair da berlinda o tema difícil e recorrente da globalização. E que, desfrutando de uma indiscutível qualidade das democracias, instauravam dissenso e conflito em um campo argumentativo que, muitas vezes, era a própria rua.

O testamento do terror é o medo. Medo de que uma palavra ou um gesto infeliz, confundindo talião e legítima defesa, desencadeie uma aceleração incontrolável dos mecanismos da tragédia. O conflito não é entre civilizações. A opção entre terror e civilização atravessa todas as civilizações. O risco supremo é o de uma engrenagem que, refazendo o mapa das alianças, crie um sinistro denominador comum, palma da mão em que se aglutinarão as múltiplas partículas de mercúrio do fanatismo islâmico. Esse fanatismo que inferniza, antes de quaisquer outros, os próprios países árabes e o pobre povo afegão.

Há meio século, Albert Camus nos pôs em guarda contra o risco da peste, sob qualquer de seus mantos, "voltar algum dia a despertar seus ratos e mandá-los morrer numa cidade feliz".

Combater o terror é responsabilidade da comunidade internacional como um todo. Combater o fanatismo está ao alcance de cada um de nós. A recusa desse mundo das trevas e de seus príncipes começa quando olhamos o outro cara a cara, à luz do dia, como um ser humano e não como uma coisa ou uma abstração. E nos preocupamos com o seu destino.

O tempo do luto vai passar. A civilização – em todas as civilizações – há de prevalecer.

Réquiem pelo Capitão Marvel

Minha geração aprendeu, na infância, a ideia do fim do mundo nas histórias em quadrinhos do Capitão Marvel, um super-herói que passou a vida enfrentando o dr. Silvana, gênio do mal decidido a dominar a Terra. Naquele tempo, a Terra, no imaginário americano, não ia além dos Estados Unidos e, talvez, de certa forma ainda seja assim. O que não mudou é que o resto ignorado do planeta acompanhava as aventuras do Capitão Marvel, como acompanhamos, hoje, o desenrolar dramático do cotidiano naquele país.

Dr. Silvana era um mestre em poções mortíferas, antraxes de todo gênero, capazes de envenenar meio mundo, que ele mesmo produzia em laboratório secreto, esconderijo que o Capitão Marvel só descobria no último quadrinho quando então, invocando a palavra mágica – Shazam –, destruía o império do mal.

Assim como os velhos contos de fadas, essas histórias exteriorizavam os fantasmas de violência, morte e destruição que se escondiam em nosso inconsciente. Era assim que acendiam a luz do dia sobre nossos pesadelos.

Quem diria que um dia o dr. Silvana voltaria para assombrar nossa vida adulta. Lá estão os americanos em busca dessa caverna, desse laboratório secreto, onde alguém sem rosto e sem nome quer destruir os "infiéis" ou, quem sabe, apenas os vizinhos e compatriotas em uma nação que tem produzido uma taxa considerável de loucura.

Órfãos do Capitão Marvel, desprovidos de uma palavra mágica, roendo a dura constatação da impotência do seu aparato tecnológico e da incompetência dos serviços de inteligência, os americanos não conseguem desmantelar as redes de destruição. Sabem, no entanto, que em vários lugares elas se tecem e que seu poder ofensivo pode ser tão surpreendente quanto foi constatar que um artefato nuclear cabe em uma maleta de mão e que não era impossível comprá-lo no brechó do que sobrou da União Soviética.

Tudo isso estarrece e exaspera a opinião pública que descobre, vivendo na mais desenvolvida sociedade da informação – seu maior orgulho e identidade –, que foi a última a saber o que se vinha gestando do outro lado do mundo supostamente globalizado. Ou em suas próprias entranhas. Daí o pânico, e não por acaso.

Se, em nossa infância, a ficção nos ajudava a conviver com medos imaginários, hoje, quando a realidade traz ao convívio diário um "perigo real e iminente", a ficção da normalidade entra em cena para apaziguar o medo dos adultos. O governo convoca a população a viver uma "nova normalidade", expressão cunhada pelo vice-presidente Dick Cheney, que teve pelo menos o mérito de deixar claro que a "antiga normalidade" está perdida para sempre.

Os americanos são estimulados a ir ao cinema sabendo que podem encontrar um pozinho branco debaixo da cadeira, a comprar um casaco novo para o inverno e fazer planos para o Natal, enquanto os reservatórios de água são protegidos contra o bacilo da peste e outros horrores, enquanto os laboratórios farmacêuticos trabalham freneticamente para produzir trezentos milhões de vacinas contra a varíola.

A dupla mensagem – *double bind* – nunca fez bem à saúde mental de ninguém. Mas, nesse caso, é inescapável. Viver normalmente em situação tão anormal, embora mais pareça uma forma branda de esquizofrenia, tem sido o recurso de quem é diariamente advertido de que um ou muitos Silvanas andam à solta, preparando não se sabe o quê, para quando, nem onde.

O espírito humano se recusa a reconhecer, na vida real, o pesadelo e não admite a catástrofe como possível. Mas nos subterrâneos da normalidade subsiste um mal-estar profundo. O consumo de tranquilizantes aumentou em 70% em Nova York.

A "nova normalidade" é a tentativa de forjar um instrumento de defesa contra a guerra que não dá tréguas, a que não se interrompe um único instante, a que não deixa dormir, a guerra de nervos. Quanto tempo durará essa guerra, quanto tempo resistirá esse mecanismo de negação?

A verdade é que a vida normal só será de fato possível quando a sociedade americana tiver enfim a coragem de revolver os escombros de sua autoimagem. Quando for capaz de se encarar mutilada de sua onipotência e terminar o luto pelo imbatível Capitão Marvel.

Só então essa sociedade, profundamente ferida mas cheia de dinamismo e de inventividade, estará começando sua reconstrução. Não se esforçando inutilmente para remontar um cenário que já foi tirado de cartaz, mas criando um outro espetáculo. Nele, os hábitos e os gestos não serão os mesmos, ao contrário do que se tenta na "nova normalidade". Os americanos mudarão e, quem sabe, para melhor. Mais conscientes de sua vulnerabilidade, mais sensíveis aos dramas que afetam os outros povos, mais abertos à solidariedade de que hoje necessitam.

Não reconstruindo, idênticas ou maiores, as torres desmoronadas do World Trade Center, mas assumindo suas ruínas e fazendo delas e sobre elas o discurso fundador de uma nova América.

O que encobre um véu

Há muito mais por trás de um véu do que o rosto supostamente puro e bem guardado de uma mulher muçulmana. Caiu o véu quando fundamentalistas islâmicos, em 2004, hipotecaram a vida de jornalistas franceses à anulação de uma lei democraticamente votada, depois de um dos mais amplos debates que a sociedade francesa viveu nos últimos anos. Os franceses decidiram que nas escolas públicas, republicanas, leigas por definição, os símbolos religiosos ostensivos não tinham mais lugar. Os fundamentalistas islâmicos responderam com a truculência do sequestro. Por trás do véu, todo o autoritarismo e a recusa do que seja uma sociedade democrática em um país que há muito separou Igreja e Estado, que defende a igualdade e, onde quer que essa palavra se pronuncie, está entendida a igualdade entre os sexos.

Esse véu escondeu também hipocrisias. A má consciência colonial se prosterna ante suas ex-vítimas e passa a sacralizar a cultura e as tradições como se fossem ou devessem ser imutáveis. O mundo inteiro pode sofrer as dores das transformações, como foi o caso da sociedade francesa sacudida pelo feminismo, mas a cultura muçulmana não pode ser tocada? Depois do véu nas escolas, o quê? A excisão nos hospitais? É um erro que sempre custa caríssimo tentar absolver-se de crimes do passado justificando e absolvendo crimes que, hoje, nossas vítimas de ontem cometem. Excisão, no Ocidente, chama-se lesão corporal grave.

Com que rapidez, em nome da necessidade de inclusão, se desculpam todos os gestos que separam. Para vê-los de perto, basta andar pelos subúrbios das grandes cidades francesas, onde rapazes franceses de origem árabe se permitem todo tipo de agressões físicas e morais contra jovens francesas, como eles de origem árabe, que não seguem a lei islâmica. Continua a ser difícil, mesmo para intelectuais defensores dos direitos humanos, incluir as mulheres na humanidade, dar às violências que as ferem o nome de crime puro e simples. É mais cômodo ignorá-las, ou chamá-las de reflexo cultural que é preciso compreender e respeitar. Há anos, os movimentos de mulheres vinham denunciando esse clima de violência contra as jovens muçulmanas e alertando para a tentativa de expansão do fundamentalismo islâmico em território francês, escondida atrás dos véus das mulheres. Foram acusadas de intolerância religiosa, o que permitiu aos fundamentalistas impor uma visão totalitária e política como a legítima representante do Islã, o que é falso e simplista.

A audácia de tentar anular uma lei, de legislar por conta própria, impondo um costume patriarcal ao estado de direito, por meio de sequestro e chantagem, desvela um processo bem mais complexo: não mais a defesa de uma cultura lá onde ela vige, mas um expansionismo religioso e político. Culturas evoluem, sobretudo em um mundo em que cada vez mais são chamadas a conviver. O fanatismo religioso não – ele é o senhor da única verdade, a que sempre foi e será. É da natureza das culturas o movimento, sua temporalidade é o futuro. A natureza do fanatismo religioso é a estagnação, seu tempo é o passado; sua referência, a tradição.

A confusão entre cultura e fanatismo religioso é recente. O véu só apareceu nas universidades de trinta anos para cá, coincidindo com a emergência dos movimentos identitários. O que está em questão é o caráter fanático que esses movimentos vêm assumindo, a penetração que vêm tendo nas grandes cidades ocidentais, utilizando as mulheres como álibi e, agora que encontraram resistência, abrindo as cartas da violência e desafiando a legalidade de um outro país.

Quem se opôs ao colonialismo e à estúpida invasão do Iraque acredita que as nações são capazes de gerir seus próprios conflitos, que as sociedades são capazes de renovação usando seus próprios recursos. E elas têm recursos. Quando a advogada Shirin Ebadi, laureada com o prêmio Nobel, desceu no aeroporto de Teerã, ninguém menos do que a neta do Ayatola Khomeiny a recebeu com uma coroa de flores e declarou à imprensa que esperava que esse prêmio permitisse às mulheres iranianas recobrar seus direitos. Essas duas mulheres existem e representam uma outra face do islã. Delas vem um movimento democrático que rompe a associação entre Islã e arcaísmo. Quem quiser respeitar o Islã pense nelas e apoie as correntes da sociedade civil que no mundo islâmico estão sintonizadas com o futuro.

A França recusou a chantagem, por terem seus governantes percebido a situação-limite em que estavam colocados. Ceder significava não apenas render-se ao terrorismo, o que em si já seria desastroso, mas, pior, jogar fora sua própria história.

Começa um difícil capítulo dessa história, feito de ameaças e medo. Mas a unanimidade dos franceses, de todas as origens, no apoio à decisão do governo, aproxima-os entre si, desfaz ambiguidades. Desvelada, a estratégia do véu redundou inútil.

A nostalgia do bem

O século XX decidiu mostrar sua força ficcional, seu despudor em copiar tragédias que ninguém escreveu por suspeita de excesso. Morre uma princesa e um povo contido se derrama em flores e em lágrimas como os mais inverossímeis personagens de García Márquez. Só a literatura latino-americana estaria preparada para enfrentar, sem sustos, os buquês, os bilhetes, os ex-votos que cercaram o palácio de Kensington como uma floresta móvel, versão flower power macbethiana. Por que fazer esse luto exuberante, luto da beleza, da juventude, da fortuna, da realeza, coincidir com o luto do despojamento maior, do povo mais pobre, mais humilhado, mais raquítico, todo ele esculpido na figura há anos minguante de uma freira que escolheu Calcutá como metáfora eloquente dos intocáveis?

Intocáveis do mundo inteiro subitamente unidos, nos gestos, nos toques da princesa, unidos pela peregrinação de uma velha senhora pelo mapa-múndi das misérias? Por que o Destino quis que fosse assim, ao mesmo tempo? Por que facilitar associações talvez impossíveis entre dois personagens?

Sabemos nós, os professores de literatura, que toda ficção é uma obra aberta que se propõe ser reescrita, reinventada, pelo leitor. A vida da humanidade também é uma ficção proposta pelo Destino, ou pela história como querem outros, ou ainda por Deus como querem outros mais. Pouco importa, ela é cheia de "som e fúria", contada pela mídia. Mas é reinventada pelo espectador que nela projeta muito de si mesmo, de suas expectativas, de suas faltas, e preenche, com o que não tem, os vazios de uma história e lhe dá sentido.

Não sei, talvez nunca ninguém venha a saber, com exatidão, quem foram realmente essas duas mulheres, antípodas, que a morte fundiu numa liga inesperada de metais tão diversos. Essa liga é ela mesma de difícil leitura alquímica, não se sabe do que é feita. Identificável, sem sombra de dúvida, me parece apenas um elemento: a nostalgia do Bem, o elogio da solidariedade. Esta a nossa contribuição a essa liga, cada um preenchendo os vazios da história com o seu desvalimento. Com sua aspiração à bondade, ilusão de irmandade que algumas fotos mundialmente distribuídas criaram.

Quando a possibilidade da clonagem se evidenciou no rosto assustado de uma ovelha malnascida, os americanos, que buscam seu autorretrato nas pesquisas, trataram de saber que cara teria o mundo se lhes fosse dado escolher quem multiplicariam, como exemplo do "melhor" da humanidade. No país do consumo e da riqueza, do horror do fracasso e da pobreza, deram de cara com Madre Teresa, primeira colocada no imaginário americano da perfeição.

Mistério. Tudo é misterioso. Quem diria que esse mundo a que se atribuiu – creio eu com grande simplismo – um vazio de valores, estaria vivendo assim, tão nostálgico de sentimentos tão antigos, tão basicamente apegado a uma ideia, por mais virtual que ela seja, de que é bom que pessoas se ocupem de outras. Terá sido o luto mundial por Diana e Teresa que moveu o gesto "impulsivo" de Ted Turner doando aos pobres um bilhão de dólares e telefonando aos ricos para avisar que vai mandar a conta da infelicidade mundial? A notícia chegou tão rápida quanto a morte de Diana e as câmeras que ele mesmo comanda espalharam-na nos recantos mais perdidos da Terra.

A interatividade é a chave da moderna comunicação e do aumento de audiência. Ted Turner sabe disso melhor do que ninguém. O que lhe disseram os espectadores do mundo inteiro chorando por Diana e Teresa? Ted entendeu a mensagem e respondeu ao seu público. Brilhante, ele sempre entende antes dos outros. E é bem possível que, *benefactor,* faça escola.

O que ninguém previa é que fossem esses os caminhos pelos quais os ricos se renderiam, enfim, à evidência da insustentabilidade da pobreza.

As areias se movem

Há um indiscutível mal-estar na globalização. Não adianta tapar o sol com a peneira, não adianta dizer que é algazarra de uma minoria. Minorias já foram os ecologistas, as feministas, essas minorias que são de fato uma antena que capta um mal-estar generalizado e emite sinais eloquentes. A maioria não pode mais ignorá-las, tem de se referir a elas, incluí-las em seus planos, são elas que roubam a cena, são elas que fazem notícia. Há algo de patético na ideia dos homens mais poderosos da Terra, acuados nas Montanhas Rochosas, ou perdidos no deserto do Qatar para, protegidos pela solidão, decidir sobre o destino de todos.

Não nascem do nada manifestações como as de Gênova. A globalização é um processo que vem de longe, como vem de longe a exigência dos povos de serem levados em conta. É possível entrever o esboço, os traços imprecisos da globalização nos primeiros anos das Nações Unidas, quando era fácil prever a duração da Assembleia Geral, fadada a terminar seus trabalhos antes da última viagem do *Queen Mary*. Dois terços dos atuais membros da ONU, naquele tempo, não existiam como Estados soberanos. Éramos dois bilhões e meio de seres humanos, hoje somos seis. Ninguém falava no telefone internacional, porque o preço era proibitivo. Hoje, a fusão de firmas de telecomunicação internacionais cria um negócio cujo valor de mercado excede o produto nacional bruto de muitos dos membros das Nações Unidas.

Se a convivência internacional foi acidentada, bem mais delicada é hoje a convivência global. Já não estão em jogo as relações entre Estados, mas a unidade dos mercados, a comunicação possível e direta, para além das fronteiras nacionais entre as sociedades. A geografia se fez *demodée*, mas a história projetou-se no futuro. Do Clube de Roma à Conferência do Rio, a cidadania planetária penetrou no espírito dos indivíduos. Os projetos políticos que consideram não apenas uma geração, mas as gerações vindouras, inauguram uma história do futuro inédita no discurso da história.

Os anos 90 foram aqueles em que a agenda das Nações Unidas deslocou-se dos conflitos entre blocos e Estados nacionais para debruçar-se sobre temas não só de interesse global, mas diretamente ligados ao cotidiano das populações. Qualidade de vida emergiu como conceito da Eco 92. Os direitos reprodutivos, forjados no movimento mundial de mulheres, redirecionaram os debates da Conferência Mundial sobre População, no Cairo. A universalidade dos direitos humanos fez face ao relativismo cultural que, na Conferência de Viena, encobria resistências fundamentalistas. Em Copenhague, a persistência da pobreza exasperou a comunidade internacional, cansada das palavras gastas e inoperantes. Em Beijing, quebrou-se o paradigma milenar que consagrava a submissão das mulheres e a hierarquia de gêneros.

Esses temas globais foram assumidos por redes internacionais de cidadãos que, nas chamadas conferências paralelas, acompanharam mundo afora a diplomacia dos Estados. Nelas, as organizações da sociedade civil esboçaram uma vida globalizada, um sentimento global. E é esse processo que, mais do que qualquer outro, merece o nome de globalização.

Nele, e através dele, buscavam-se um futuro comum, políticas de inclusão, direitos para todos. É importante que essa globalização não seja expropriada de sua raiz histórica, e que não se confunda com o que atualmente se chama de globalização – a unidade dos mercados e a extensão da comunicação. As sequelas de exclusão que essa versão estritamente econômica vem gerando vão no sentido inverso das esperanças de uma comunidade global embrionária, dedicada a construir um futuro comum. Daí o mal-estar.

Se os Estados já não são senhores de seus destinos e vivem à mercê do tranco dos fluxos de capitais; se esses desastres, na vida cotidiana, se traduzem para muitos em desemprego e insegurança social; se as novas tecnologias desqualificam os debilitados por uma educação deficitária, a quem vão se queixar os que se sentem vítimas do que, para eles, é uma catástrofe global e pessoal?

Na ONU, credenciavam-se delegações do mundo inteiro que, em um espaço público global, organizado, acreditavam ter vez e voz. Hoje, quando a opinião pública mundial situa o poder de decisão em uns poucos países e em instituições financeiras que lhes parecem submissas, onde e como se dará a interlocução? Em que espaço institucional poderá se exprimir a sociedade civil, que se vem organizando há mais de trinta anos, essa que hoje, assim como os capitais, é bem servida pela comunicação instantânea? Na ausência desse espaço, seu lugar será a rua, à porta das reuniões para as quais não é convidada. Sem regras estabelecidas de participação e responsabilidade, as desordens de todo tipo, a violência bruta, a polícia que mata, tudo isso continuará a ocorrer.

Quais serão os espaços de diálogo e as regras da democracia global? Se essas questões não forem respondidas, de nada servirá a esses homens esconderem-se no deserto do Qatar. Correm o risco de um pesadelo macbethiano. Não as florestas, mas as areias que se movem.

Indignai-vos!

Faz três anos que o conheci. Era verão na Provence e festejávamos o aniversário de um amigo. Ele lembrou seus noventa e um anos, serviu-me um copo de vinho, num gesto bíblico cortou o pão com as mãos e celebramos o bem-viver, a amizade e o perfume de lavanda do verão provençal.

Quis saber se eu assistira a um filme chamado *Jules e Jim* — um cult da minha juventude — e se disse filho de uma mulher extraordinária. A personagem do filme, vivida por Jeanne Moreau, era sua mãe e com ela aprendera a amar e respeitar as mulheres.

Perguntava-se, angustiado, por que os jovens não se revoltavam contra um mundo tão injusto se até os prisioneiros dos campos de concentração se revoltavam. Stéphane Hessel, ele mesmo fugitivo de um campo nazista, último sobrevivente do grupo que redigiu a Declaração Universal dos Direitos Humanos, no ano passado escreveu um pequeno livro, não mais que 13 páginas: *Indignai-vos!*

O resto da história é conhecido: milhões de exemplares vendidos, reedições em todas as línguas, escuta mundial. Acusados de não se interessar por política, enredados na internet, foram os jovens que ecoaram o apelo de um ancião que falava dos valores e esperanças que fizeram dele um resistente ao nazismo.

O eco veio das praças. Onde mais iriam esses jovens que já não se reconhecem no sistema político e que, na rede, não param de repetir esse desgosto? Não foram eles que abandonaram a política, foram os políticos que, perdendo autoridade moral, os abandonaram.

É na comparação com Hessel que David Cameron, primeiro-ministro inglês, preocupado em tirar do ar as redes sociais, parece ainda mais aturdido. Falta-lhe o sentimento do mundo que fez de Hessel, nonagenário, interlocutor da juventude. Falta-lhe a História vivida em primeira pessoa, ao pé da letra das convicções, exemplar.

Pensando que o vandalismo se combate tirando do ar as redes sociais, Cameron encarna a clássica piada do marido traído que resolve evitar o adultério tirando o sofá da sala.

A violência que incendiou a Inglaterra não tem a mesma seiva que alimenta a onda de protestos que perpassam os continentes. Pilhando os ícones do consumo de luxo, os saqueadores ingleses subscrevem a lógica de um sistema econômico predatório, estimulador de uma competitividade selvagem, do cada um por si e todos contra todos – ninguém pelos mais fracos – que recria a selva e a seleção natural como ordem do mundo.

Como se surpreender que feras, famintas de tudo, estejam à solta nas ruas de Londres?

Os saques são o rebatimento no submundo da sociedade da *escroquerie* financeira que, por cima, inventa derivativos e saqueia a economia mundial e as economias de cada um, vangloriando-se de seu estilo agressivo.

Ninguém pensou em tirar do ar a internet quando nela circulavam os golpes de quem vive de produzir dívidas e cobrar por elas. Quando os bancos colapsam, e as falências se dão em castelos de cartas, a conta final vai para os Estados, logo para nós todos. A crise, de fato, é esse sistema, desgovernado e impune, que já arruinou meia dúzia de países e ameaça destroçar outros tantos. A internet é só o sofá da sala.

Na contramão do quebra-quebra de Londres, no Cairo pede-se liberdade contra ditaduras corruptas, em Santiago educação de qualidade, em Tel Aviv mais políticas sociais e menos gastos militares, em Atenas e Madri, o direito ao futuro. Nesses dias, em Bombaim, o fim da corrupção.

O denominador comum é um desejo insatisfeito de justiça quando a injustiça se apresenta como a ordem natural das coisas. Condenação da hipocrisia dos que invocam leis que eles mesmos não respeitam, da democracia encenada como teatro do absurdo.

Os indignados não são uma ameaça à democracia; podem ser sua salvação. Como células-tronco, dão vida nova à política, esse tecido morto que hoje paralisa a democracia. *"No hay crisis, es que ya no te quiero"*, dizem os jovens espanhóis.

Em Brasília, a presidente da República ataca a corrupção enfrentando a chantagem da ingovernabilidade. Governar não é dividir o butim. No Senado, Cristovam Buarque, fiel a sua biografia, lança uma frente pluripartidária pela ética. Pedro Simon, octogenário, convoca a sociedade. A OAB se movimenta. A UNE se cala. Esclerosada, não se lembra mais quem é. A indignação circula nas infovias que, como sabemos, fazem esquina com as ruas. A ética como política chega ao Brasil.

Moral da história: idosos rejuvenescem, acelerando o futuro. Hessel pode dormir tranquilo. A indignação que varre o mundo ressuscita os valores que inspiraram sua vida.

Briga de vizinhos

A Europa é próspera, o bem-estar é invejável, nenhuma surpresa, portanto, no fato de imigrantes tentarem a sorte em seu território. São paus de arara do mundo, que se estabelecem nas periferias das grandes cidades como aqui se amontoam nas favelas. Nenhuma surpresa também na reação defensiva, incomodada, dos europeus que já não se sentem em casa em seus bairros que se tornaram multiculturais, onde minorias querem impor estilos de vida alheios aos seus.

É destino das grandes metrópoles do Ocidente ser o desaguadouro de todos os problemas nacionais e internacionais. Um mundo globalizado, gerido pelo deus dinheiro, cria miséria, miseráveis forçam as fronteiras da prosperidade, vêm dar nas periferias das cidades. Na Europa de hoje, o que preocupa o comum dos mortais é a imigração, a invasão dos espaços urbanos por estrangeiros desvalidos, sem qualificação e inconformados, violentos muitas vezes, detestados quase sempre. Suspeitos de tudo e sobretudo de potencial relação com o terrorismo.

Nunca é demais repetir que nas favelas vivem trabalhadores e não só bandidos, como alguns acreditam. Nas periferias europeias também, mas, como nas favelas, elas vão se tornando espaços sem lei, dominadas, aí sim, por traficantes, marginais de todo tipo. O problema da imigração tornou-se uma tragédia em que o cenário são as cidades. Assim como no debate sobre as favelas no Brasil, a questão dos imigrantes exacerba posições e põe à prova as convicções mais democráticas.

As fronteiras não existem para separar diferentes, mas, ao contrário, é quando as diferenças se tornam evidentes que as fronteiras se desenham.

Estamos vivendo em um espaço global, em que todos dependem de todos, só que esse espaço ninguém controla. Nesse espaço selvagem cada um percebe que não tem mais controle sobre sua vida. A imagem do imigrante, do desempregado desperta em todos o fantasma do desemprego, o terror de que esse mesmo misterioso equilíbrio ou desequilíbrio econômico acabe transformando um europeu médio também em um supérfluo, um excedente de mão de obra, destinado ele mesmo a emigrar como já fizeram seus antepassados que desembarcaram aqui, na América do Sul, quando a Revolução Industrial os deixou pelas estradas.

Os estrangeiros de hoje refazem um caminho de volta, desembarcam nas cidades dinâmicas buscando o mesmo que os europeus imigrantes buscaram um dia nas Américas, na Austrália ou nas colônias que mantinham no continente africano: sustento. Como eles, os imigrantes de hoje também querem sobreviver.

Na Europa, o choque de civilizações de que falou Huntington virou uma briga de vizinhos. As civilizações se cruzam na mesma calçada, os filhos estudam nos mesmos colégios. Conviver com diferentes é uma experiência de insegurança, de imprevisibilidade. Diante desse risco começam a prosperar as ideologias regressivas que acenam com uma segurança perdida, com a volta ao passado. Querem o impossível, mas encontram um eco nostálgico. Os projetos de amanhã passam a ser os de ontem, as novas realidades submetidas a um leito de Procusto, em que o mundo de hoje encolhe para caber no desejo de segurança de cada um. Como se não vivessem na Europa dezesseis milhões de muçulmanos.

O problema é complexo e julgamentos simplistas como acusações mútuas de racismo não ajudam na solução. Tampouco a insensibilidade, que quer resolver tudo chamando a polícia e apontando o caminho das fronteiras.

Diante da complexidade do momento, e mesmo dentro dela, é preciso não renunciar a alguns princípios básicos da civilização e procurar traduzi-los em estilos de convivência a serem, talvez penosamente, encontrados.

Os antropólogos localizaram o nascimento da sociedade humana graças ao esqueleto de uma criatura humanoide que tinha uma perna quebrada na infância e que viveu até os trinta anos. Ali existira uma sociedade humana e não apenas um rebanho de humanoides, porque ela convivera com um inválido que, em um rebanho, não sobreviveria com uma perna quebrada. O que funda a sociedade humana é a compaixão, o ser solidário, o cuidado com o outro. O resto são hordas bárbaras, lutando por um pedaço de carne.

Senhor Deus dos desgraçados

A trágica semana em que o corpo de um menino sírio, como um dejeto, veio dar à praia na Turquia, em que multidões atravessaram a pé a Hungria, fugindo da guerra e da escravidão e foram resgatados nos carros de austríacos e recebidos em Munique pelos alemães com água, comida, flores e abraços, essa semana em que o Êxodo recriou-se em chão europeu entrará para a história do continente como um momento maior de reafirmação dos valores da civilização ocidental.

O que estará em questão doravante é a vitalidade das duas grandes forças morais que sustentam o Ocidente; uma, religiosa, o cristianismo; outra laica, os direitos humanos nascidos da Revolução Francesa.

Não foi um acaso se o papa, que se atribuiu o nome de Francisco, na viagem em que inaugurou seu pontificado, desembarcou na ilha de Lampedusa, no sul da Itália, o porto seguro tão almejado por milhares de emigrantes vindos da África. Francisco trazia na mão uma cruz. Percebeu o imenso questionamento ético que a tragédia da imigração coloca ao mundo cristão. É o mundo cristão, cujas virtudes são a fé, a esperança e a caridade, que vai recusar pão, chão e um teto aos que já não têm pátria e deixá-los morrer de sede ou afogados em mar escuro?

Francisco certamente entendeu que chegara a hora da verdade, que as levas de miseráveis negros estavam morrendo nas praias brancas e que esse estado de coisas, por mais complexo e desafiador que fosse, e quão complexo todos sabemos que é, não permitia mais a indiferença como escapatória, nem os muros, arames farpados e policiais truculentos como solução. Fosse o papa brasileiro, teria bradado como Castro Alves: "Senhor Deus dos desgraçados, dizei-me vós, senhor Deus, se é loucura ou se é verdade tanto horror perante os céus."

Enquanto o primeiro-ministro da Hungria atiçava sua polícia contra a multidão de refugiados sírios, fugitivos não da miséria e sim da guerra e da violência, confinando-os em campos de concentração, invocando a defesa da civilização cristã que estaria, segundo ele, sendo invadida por muçulmanos, o papa Francisco, na missa de domingo, ordenou a todas as paróquias e mosteiros que acolhessem uma família de refugiados e anunciou que começaria pela sua, abrindo as fronteiras do Vaticano. Quem fala pelo mundo cristão é ele, o único líder global de que dispomos hoje, não um político obscuro e facistoide que não enxerga um palmo além das suas fronteiras.

Francisco demonstra entender que quem está naufragando é a cristandade e, por palavras e obras, se empenha em salvá-la, trazendo seus fundamentos para a vida real. Ele sabe que a civilização não sairia incólume da rejeição aos refugiados. Sabe o quanto custou à Igreja Católica o silêncio cúmplice do Vaticano frente ao extermínio dos judeus pelo nazismo.

Angela Merkel conhece bem os muros que separam os seres humanos. Ela vem da Alemanha do Leste, viveu a cicatriz que por tantos anos desfigurou a nação alemã.

Abriu a fronteira aos refugiados sírios, que nada tinham a seu favor, além de coragem e determinação, nenhum direito senão o direito de asilo, inspirado nos direitos humanos, essa joia que a humanidade lapidou e que nos arrancou da condição animal. Decisivo salto na evolução da espécie quando passamos a chamar de crueldade a destruição do mais fraco que a seleção natural acata. Quando sentimos compaixão diante do sofrimento do outro, mesmo longínquo ou estrangeiro, e isso nos move e comove.

Merkel afirmou o fato moral que obriga à solidariedade. Conhece bem o peso dos crimes hediondos que a Alemanha cometeu no passado e tratou de não os repetir. Disse ao seu povo, "A partir de hoje, a Alemanha é um outro país." E é. Uma pesquisa de opinião registrou que 96% dos alemães aprovam a acolhida aos refugiados. Quantos dentre eles não serão filhos de alguém que conheceu a precariedade da vida no exílio?

Os alemães não ignoram as dificuldades práticas que essa acolhida representa. Sabem que a força da solidariedade está em primeiro afirmar a necessidade do socorro e, então, por todos os meios buscar as soluções para prestá-lo. É essa a tradição humanista.

A Europa, fulcro da civilização ocidental, hoje sofre ataques terroristas em seu próprio território. Nenhum deles é mais perigoso do que a autodestruição de seus fundamentos morais, a negação de seus mitos fundadores. "Somos uma Europa de valores", disse Merkel. É imprescindível que outros países sigam logo o seu exemplo.

A civilização ocidental de que nos orgulhamos e que merece ser preservada é essa, a de Ângela e Francisco.

Souvenirs

A foto era assim: um amigo, conservador emérito, sentado em plena praça Vermelha, entre Stálin e Lênin, dois imensos bonecos que os russos, de olho nos turistas, instalaram no centro histórico da cidade como caça-níqueis. Orgulhosíssimo e seguro de si, discorria sobre a Rússia de hoje.

Eu ouvia e pensava na Rússia de sempre, nos czares de todas as Rússias fuzilados, deixando para trás os ovos de Fabergé. Anastácia no exílio, nas páginas amarronzadas da revista *O Cruzeiro* e todas as lendas que cercavam a única menina que escapou do massacre da família do czar para assombrar nossa infância. Trotsky e seu trem vitorioso, a emoção da esquerda que, na minha geração, assistia bestificada ao *Encouraçado Potemkim* e *Oito dias que abalaram o mundo*, e se sentia em pecado quando olhava de banda os olhos lindos de Julie Christie no "suspeito" *Dr. Jivago*. Pasternak.

Stalingrado, cantado por Carlos Drummond de Andrade, que não caiu, e onde se decidiu a sorte de Hitler. Soljenítsin no pavilhão dos cancerosos e uma palavra desconhecida para nós, em nossa *ignorantzia* tropical: Gulag. Carlos Fuentes bateu boca com Sartre nas páginas do *Temps Modernes*, lembrando, bela imagem, que a sombra dos coqueiros nas areias de Havana não devia ser confundida com a sombra do perfil de Ivan, o Terrível nos corredores do Kremlin. Fuentes defendia um poeta que Fidel prendeu, dando cabo da poesia que ele mesmo, numa noite de 31 de dezembro, plantara no imaginário da América.

Um clip de memórias sem cronologia desfilando na minha cabeça. A picareta na cabeça de Trotsky com os cumprimentos do camarada Stalin. Frida Khalo, que amava Trotsky e tinha faro de mulher, não gostava de Ramón Mercader, um cavalheiro muito elegante e sedutor que conquistou a confiança e a paixão da secretária de um velho senhor muito imprudente. Frida amava Leon, a secretária amava Ramón, que não amava ninguém. Cumpria ordens, a serviço de uma causa. Uma história tramada em frente a um quadro de Van Gogh em um museu de Amsterdã. Quem conta é Jorge Semprun. Para tudo acabar com um exército desfilando diante do imundo chapéu de feltro de Leonid Brejnev.

Mário Pedrosa, herói da minha juventude e da minha vida inteira, que me apresentou a Calder e Max Bill, que pela primeira vez me levou a Chartres e me viu chorar de emoção, era um devoto da revolução permanente e me contava muitas histórias. Assim fui conhecendo as entranhas dessa tragédia histórica que alimentava as esperanças de jovens brasileiros que, lágrimas nos olhos, cantavam a "Internacional" para horror dos pais católicos que com o mesmo fervor entoavam o "Tantum Ergo".

Encenei *Os justos*, peça quase desconhecida de Albert Camus, em que um grupo de jovens terroristas, com a consciência pesada, tenta matar um grão-duque do *entourage* do czar e, é claro, são todos condenados à morte. Eu era Dora, a namorada do executor. No ensaio, machuquei o braço, tal a fúria dos justos com que me atirei contra a parede. Essa fúria durou muitos anos, não fui condenada à morte e sim ao exílio. Tive as insônias torturantes dos exilados, não o sono dos justos. Mas ainda sei o texto de cor.

Rosa Luxemburgo boiando em um canal de Berlim com balas que lhe pesavam nas costas. E os cumprimentos da extrema-direita alemã. Li, atônita, suas cartas ao homem que amava. Que estrago! Que lástima! Que desperdício...

Passaram-se os anos e na estação de trem de Estocolmo, pleno inverno, caiu-me nos braços um general do Exército Vermelho, coberto de medalhas, um ex-refugiado brasileiro na Polônia que, depois da queda do Muro, visitando o país que o acolhera e que muito amara, mas o desgostara para sempre do socialismo, encontrara em um brechó de Varsóvia tudo que precisava para me surpreender e fazer rir. Como bom carioca e carnavalesco, desembarcou na bem-pensante capital da Suécia vestido com essa sucata que um dia vestira suas ilusões.

O mundo misterioso dos souvenirs é assim. Inocentes lembranças de uma viagem feliz ecoam uma história quase sempre desconhecida em que ícones lembram as epopeias, desenhando com as cores e formas do kitsch o que um dia foi glória e sangue. Tenho na estante um despertador chinês que, quando toca, um herói da Revolução Cultural tira o boné e brande o *Pequeno livro vermelho* com os pensamentos perfeitos do presidente Mao. Tenho na vida um orgulho e uma vaidade. Quando me puseram nas mãos esse livro, como se me confiassem a Bíblia, comentei com indisfarçado desprezo: já li, é o marquês de Maricá. Virei as costas e nunca mais um maoista ousou falar comigo.

Comprei o despertador em Beijing, no fim do século passado. Não funciona, não desperta sequer emoção. Fui à China chefiando uma delegação de mulheres brasileiras feministas à Conferência da ONU sobre a Mulher. A revolução permanente. O século XXI começando em Beijing pelas mãos das mulheres do mundo inteiro, sublevadas contra a opressão dos homens. Nada a ver com Mao e sua Revolução Cultural, que deu em nada. Mao, recém-casado, viu a mulher morrer no garrote e escreveu: "Cortaram as minhas mãos no garrote e, em vez de sangue, escorreu de mim toda a piedade." Desgraçou friamente várias gerações, esse homem que conquistou a China imensa porque era um jogador exímio de Go. As mulheres fizeram a grande revolução do século XX, sem crueldades e sem garrote.

Quem construiu a muralha da China, essa cicatriz na pele da Terra que os astronautas viram quando voltavam da Lua? Tenho uma foto minha na muralha. Souvenir.

FAMÍLIA SECRETA

As coisas que não existem

O que seria de nós sem as coisas que não existem, suspira minha amiga ao telefone, entediada com a pretensão humana de explicar todas as coisas e decretar que não existem as coisas que não se explicam. Felizmente, cada um cuida de bem inventar para sua vida coisas que não existem como, por exemplo, um Deus criador de todas as coisas, capaz de proteger mais de cinco bilhões de pessoas ao mesmo tempo.

Mais modestas, às crianças basta uma fada madrinha ou um príncipe encantado. Sendo dezembro, serve um Papai Noel, cevado e reluzente. Seres inofensivos, do bem, que aliviam a dor de existir.

Sem as coisas que não existem o mundo seria de uma banalidade insuportável, reduzido ao limite dos cinco sentidos ou, no melhor dos casos, ao alcance das próteses que a tecnologia oferece à nossa insuficiência. Teríamos que concordar com os rigores da ciência – seríamos todos cientistas – e nos conformaríamos com nosso reduzidíssimo estoque de descobertas face ao mistério do mundo, razão de ser de toda a arte.

Onde iriam parar os sonhos, aquelas terras que percorremos dormindo, onde encontramos os mortos que falam conosco e não dizem onde moram, e os vivos que, misturados a eles, perambulam por onde nunca fomos. Freud que me perdoe a heresia, mas até prova em contrário, ou melhores decifradores da linguagem do inconsciente, entram os sonhos no limbo das coisas que não existem e que por isso mesmo ficam dias, às vezes a vida inteira, existindo dentro de nós. Consolando das perdas, reais ou imaginárias, ou afligindo porque não conseguimos entender sua senha. Vidas que se abrem em outras vidas, como um espelho diante do outro. Quando um povo ou uma época acredita em seus sonhos, eles viram mito ou lenda.

Não existe, por exemplo, o unicórnio. No entanto, não há, na pintura clássica, uma única representação da Arca de Noé em que ele não embarque, soberano. Tampouco existem duendes, embora todos saibam que basta uma grande dose de mau gosto para que eles se instalem em qualquer jardim.

E os sonhos acordados, esses, sim, são a literatura de cada um sobre a própria vida, a narrativa livre onde se inventam pessoas reais, realidades pessoais, tão improváveis quanto duendes e unicórnios. E são esses seres que não existem e com quem convivemos que nos garantem que existimos. Assim como existe o não lugar psíquico que habitamos – a utopia – que esperamos um dia poder apontar em um mapa-múndi transfigurado, aqui mesmo, em nossa terra ou em nossa casa.

Sem as coisas que não existem, não haveria literatura, essa arte de inventar criaturas que quem escreve sabe bem que são de carne e osso, mas que só o imaginário é capaz de tocar e amar.

O que seria de nós sem as coisas que não existem? Seríamos, minha amiga, uns chatos, incapazes de fantasia, vivendo num mundo desencantado. Nem felizes, nem infelizes, gente sem céu nem inferno. Sem o delicioso pecado da imaginação.

A divina Marquesa

Ficamos amigas quando fiz nove anos. Entrou na minha vida como um presente que me trouxe meu pai em dia frio, de febre e nariz entupido, longe da escola, no calor das cobertas, e dos lençóis que se transformavam em cabana. Era um livro verde, encadernado, como já não se faz hoje, com letras prateadas, cara de livro adulto. Empurrou para baixo da cama o até então amado *Almanaque da vida juvenil*. Emília, em um dia, instalou-se para sempre em meu imaginário com o autoritarismo absolutista que era o seu, não aceitando a concorrência de nenhum outro personagem, nem mesmo do digníssimo e cultíssimo Visconde de Sabugosa, que pagou caro seu amor aos clássicos mergulhando no negro abismo atrás da estante e quase perecendo do fatal bolor que habita essas regiões não visitadas. Nem mesmo ele, cujo destino de sabugo de milho enfarpelado e de cartola tocava-me a compaixão, nem mesmo o visconde desbancou Emília em minha devoção, que prolongou vida afora, acompanhou-me nos anos de exílio e jamais perdeu seu lugar de honra na estante do meu coração. Nobre Emília, Marquesa de Rabicó.

Naqueles dias chuvosos em que ela chegou, eu disse adeus para sempre à Coleção Menina e Moça, aos versinhos bem-comportados, ao "entreaberto botão entrefechada rosa", às meninas exemplares. Por isso reagi insultada a um colega crítico literário que discordou quando de sua inclusão na minha lista dos principais personagens femininos da literatura brasileira.

E fôssemos nós mais livres para entender as relações íntimas entre política e ficção, a teria incluído entre as mais ilustres mulheres brasileiras que aspiraram ao poder.

Não sendo mais que uma simples boneca que adquiriu a fala quando engoliu uma gargantinha de papagaio, compreendeu melhor do que ninguém sua pouca importância e, inconformada com ela, e tendo a seu favor somente a inteligência, casou-se por interesse com um porco, bem porcão, mas que ostentava o título de marquês, o celebérrimo Marquês de Rabicó. Uma vez feita marquesa, pediu imediatamente o divórcio, guardando, é claro, o título nobiliárquico. Interesseira? Sim, mas não mais que a Dama das Camélias ou Marguerite d'Autriche. Emília, Marquesa de Rabicó, seguiu o caminho do poder pelo casamento que tantas mulheres tentaram, antes que o feminismo lhes abrisse portas mais dignas e instaurasse a moderníssima discussão sobre as mulheres e o poder.

A torneirinha de asneiras com que assombrou a vida de todos à volta dela foi a mais "deseducativa" lição que as meninas, criadas para a repressão e os "bons modos", poderiam receber.

Emília ensinou às meninas daquele tempo o sagrado direito à malcriação, à afirmação da vontade, à defesa de interesses próprios. Fazia assim o contraponto necessário às bonecas de porcelana de olhos azuis e olhar vazio, e uma cabeça oca que sempre me deixou perplexa quando, inútil dizer, quebrei a cabeça de todas para ver o que tinha dentro. Nada naquele tempo era mais desprestigiado do que uma boneca de pano, feia e vestida de retalhos. Mas iluminavam-na o brilho da inteligência, a resposta pronta, a impertinência. Não a intimidava a erudição do visconde, que subjugou graças a uma lógica própria, muito além da ciência. E coube a ele o destino de carregar consigo a canastrinha onde essa aventureira recolhia os pedaços de vida, de fulminantes experiências. Amiga de Hércules, protagonista de suas doze façanhas, malgrado tantos sucessos, Emília não agradou aos meios religiosos. Seu divórcio valeu a Monteiro Lobato uma férrea e obscurantista perseguição. Outras sofreu esse grande brasileiro que teve defeitos e pontos cegos como todos nós, mas que usou como ninguém a ousadia que pede a arte literária e fez-se inesquecível à infância de toda uma geração. Talvez tenha sido Emília quem me afastou de Alice, nascida em outra cultura, num País das Maravilhas, bem menos pica-pau amarelo do que nós. Alice ficou para mais tarde, muito mais tarde, quando Wittgenstein me chamou às falas.

Tudo isso me ocorreu quando vi, comovida, na calçada, entre os cacarecos de um camelô, o livro verde de letras prateadas que eu acreditava desaparecido, um nunca mais. Saído, Deus sabe de onde, das memórias de uma criança hoje adulta, talvez morta, Deus sabe de que espólio, ali estava meu livro verde, o *Memórias da Emília*, aquele, daquela tarde de chuva, de gripe, em que papai chegou feliz com a coleção de Monteiro Lobato debaixo do braço. Levei o livro para casa, aproveitei o raro frio do Rio, entrei nas cobertas, e, como quem puxa a chave do tamanho, caí na infância e nos braços de Emília.

Nada acontece por acaso, logo depois me dei conta de que estamos comemorando o centenário de Monteiro Lobato. Ele que, obcecado pela personagem, numa noite de insônia, perguntou a ela: "Emília quem é você?" E ela, depois de mostrar a língua, respondeu de nariz empinado: "Eu sou a independência ou morte."

A verdade das mentiras

Vargas Llosa tem razão. Toda ficção é, pelo direito ou pelo avesso, uma forma de utopia. Ela nasce do desejo de intervenção em uma relação ao mundo sentida como inconclusa. Baudelaire sofria o exílio no imperfeito. Corrigir essa imperfeição, que é a vida cotidiana de cada um, tão insatisfatória, é o projeto confesso ou mascarado de quem escreve e de quem lê. Por mais realista que se pretenda o autor, ninguém escreve para contar o mundo como ele é, mas para dar visibilidade a um outro possível.

Toda escrita ou leitura é também uma aposta na possibilidade de um encontro, na imprevisibilidade e encantamento que dele podem advir. E uma busca de sentido, esse que nos escapa a cada dia e a cada geração, mas cujo desejo persistente e renovado remete à definição camusiana do mundo como absurdo. Não é ele, o mundo, que é absurdo, mas o nosso desejo de que ele não o seja.

Utopia de corrigir uma imperfeição, desejo de encontro, mas sobretudo voo para além dos limites de si mesmo, pessoais, existenciais, geográficos, temporais e espaciais, "sonho lúcido, fantasia encarnada, a ficção nos completa, a nós, seres mutilados a quem foi imposta a atroz dicotomia de ter uma vida só e os desejos e fantasias de desejar mil". A ficção ocupa esse espaço de insatisfação, e sempre significa um lamento, de quem escreveu porque não pode vivê-las e de quem lê em busca de alargar suas fronteiras. Vargas Llosa percebeu essa verdade das mentiras, as mentiras que somos, as que nos consolam de nossas nostalgias e frustrações. Perguntando-se sobre as sociedades que as produziram, acredita serem essas mentiras a verdade, não sobre o que uma sociedade é, mas sobre o que gostaria de ser. Essas mentiras não documentam somente vidas mas sobretudo os demônios de uma época que não é feita só de gente de carne e osso, mas principalmente de fantasmas.

Em seu ensaio "A verdade das mentiras", Vargas Llosa conta que os inquisidores espanhóis privaram a América colonial de literatura, porque achavam que essas histórias mentirosas eram prejudiciais ao espírito dos americanos. Por ordem do Santo Ofício, a América Espanhola foi assim privada do gênero literário até a independência das colônias, o que não impediu que o sonho se introduzisse no espírito dos colonizados, assim como o pecado da insubmissão e, crescendo, se transformassem no romance da independência.

Os inquisidores tentam, em suas versões renovadas, ao longo dos tempos, nas faces múltiplas da ditadura, uma mesma inversão: condenar a história a mentir e a literatura a propagar verdades confeccionadas pelo poder. Baldado esforço que, ao longo dos tempos, vem esbarrando no *misterium tremedum* da criação e da sua vocação insuperável de liberdade. Claude Lévi-Strauss diz que a invenção da melodia continua sendo o mistério supremo das ciências humanas. E eu acrescentaria também a literatura, que resiste às investidas da própria ciência literária guardando para si, e para além de todo esforço de desvendamento, o segredo que a alimenta: o dom de recriar, a cada derrota – e quantas temos vivido – o sentido de ser humano.

O século passado foi um tempo de agonia em que a morte veio ao proscênio arrastando consigo os despojos de um bom número de convicções. Autonomia da estrutura, morte de Deus, morte do homem. Os próprios artistas proclamavam a morte da arte. Ou a morte como arte.

Nos anos 70, um jovem artista alemão ganhava o primeiro prêmio da exposição "Documenta", a mais prestigiosa do mundo das artes plásticas, exibindo em um vidro de formol um tumor maligno recém-extraído de seu próprio corpo. "Fui eu que fiz isso", dizia orgulhoso, e morria consagrado aos trinta anos, seis meses depois.

Mas, contemporâneo dessa proclamação da morte da arte, García Márquez publicara os *Cem anos de solidão*. O mesmo Márquez, ao receber o prêmio Nobel, encerrou seu discurso de Estocolmo invocando William Faulkner que, no mesmo local, trinta anos antes, declarara: "Nego-me a admitir o fim do homem." E fechou seu discurso afirmando não ser demasiado tarde para empreender uma nova e arrasadora utopia de vida onde ninguém possa decidir pelos outros, até mesmo a forma de morrer, onde o amor seja de verdade seguro e a felicidade possível, e onde as estirpes condenadas a cem anos de solidão tenham enfim e para sempre uma segunda oportunidade sobre a Terra.

Essa é a nossa estirpe de latino-americanos, condenados a muito mais de cem anos de solidão, censurados desde o encontro com a pretensa civilização, mas teimosos sonhadores, ficcionistas e mentirosos. Ainda e sempre, em busca de mais uma oportunidade sobre a Terra.

Tudo sobre os sentimentos

Os artistas são grandes, queridíssimos amigos que não conhecemos pessoalmente. Temos com eles uma vida em comum que eles ignoram, mas nós não, devedores que somos de alegrias, de emoções que nos constroem, de choques que nos destroem também. São amigos constantes e inconstantes, que acompanhamos a vida inteira, mas que somem, às vezes por muito tempo, voltam sem nenhum aviso e nos encontram na espera, na expectativa do que trazem na alma. Alguns, quando morrem, deixam um vazio que, como nos grandes amores, sabemos que não será preenchido por ninguém.

Sei bem que ninguém mais plantará, tão fundo em meu coração, uma faca só lâmina como fez João Cabral. O mesmo João que me ensinou "o que em todas as facas é a melhor qualidade, a agudeza feroz, certa eletricidade, mais a violência limpa que elas têm, tão exatas, o gosto do deserto, o estilo das facas". O mesmo que, talvez sem querer, emprestou o seu corte a toda uma geração, comprometeu-a com a morte e a vida severinas. Nós, os "doutores de anel no anular que, remando contra a corrente da gente que desce ao mar, retirantes às avessas", tiramos os olhos do Sul e do verde e olhamos para o Nordeste, para os cães sem plumas, nós, esses doutorezinhos comovidos, vimos João morrer cego e triste, mão na mão com o amor e com a fé.

No dia em que João morreu, saí à procura de Pedro, outro amigo, já que ele também sabe das vidas severinas, severamente marcadas por carências próprias, que só não sucumbem à seca que lhes impõem o moralismo e a hipocrisia porque ele, Almodóvar, sabe tudo sobre os sentimentos. E é nessa fonte que bebem e se saciam todos aqueles que, a um primeiro olhar desavisado ou advertido pelos preconceitos, mais pareceriam um rebotalho, restos da noite escusa, já feridos de morte e, face a ela, indefesos. E é com esse barro tão frágil, que alguns chamariam de lama, que se esculpem e se entrelaçam personagens incompatíveis com o *prêt-à-porter*, gente de muitas faces, muitos sexos, vidas tantas. A nenhum, a nenhuma, Almodóvar nega o benefício de um sentimento nobre, a sua cota de humanidade.

A ética entra em cena quando menos se espera, naquele exato momento em que a moral se afasta indignada. Entra em cena travestida, travesti, irreconhecível à primeira vista, apenas fazendo agrado a si mesma e aos outros, buscando uma autenticidade que define assim: "Que cada um tente cumprir e se aproximar do que sonhou para si."

Que frescor envolve esse exercício de liberdade. Que sensação de chão firme, esse em que se pisa, levados por um autor que sabe, e não duvida, que o humano não tem fundo, que sempre é possível, nele, mergulhar mais e mais e que nunca deixaremos de reconhecermo-nos, entre nós, qualquer que seja a nossa miséria, como iguais.

Os anti-heróis de Almodóvar são um conforto espiritual.

O filme *Todo sobre mi madre* é uma oração em código, uma tragédia no melhor estilo grego, fatal como as tragédias, só que destinada a um happy end. Melhor dizendo, uma antitragédia retroviral. Esteban III, terceira tentativa de felicidade de uma mulher, herdeiro do mal do século, diz não ao vírus maldito, faz-se soronegativo, reconstrói a esperança no corpinho gorducho de um bebê sorridente. E "é belo porque corrompe com sangue novo a anemia" e porque "não há melhor resposta do que o espetáculo dela, a vida... mesmo quando é a explosão de uma vida severina".

Pedro Almodóvar, Federico García Lorca, Tennessee Williams foram meus amigos da vida inteira. Com eles vivi o dia de luto por João Cabral. Agrado e Blanche Dubois são como primas. Yerma as conhece bem. Manuela chora por elas. E eu também.

Perto de Clarice

Perto do selvagem coração da vida, longe da razão que aplaina o mistério, perto da intuição, de assombros e sobressaltos, longe das definições que explicam o mundo, numa terra de ninguém, território insólito do feminino, raiava em 1944 Clarice Lispector. A expressão é de Antonio Candido, um dos primeiros a reconhecer nessa adolescente de dezessete anos, objeto não identificado das letras brasileiras, a vocação solar que se confirmaria ao longo de quase meio século de escrita.

A crítica da época, afeita a uma literatura madura, voltada para o drama social, previsível em seus conteúdos e realista na forma, foi deixada ao relento pelo transbordamento de uma linguagem em maré cheia, pela fulgurância de uma autora inclassificável, sem passado na história literária brasileira, excêntrica aos gêneros, estrangeira ao meio erudito.

Raiava Clarice Lispector com *Perto do coração selvagem,* título extraído da epígrafe colhida no *Retrato do artista quando jovem,* o que induziu a crítica a encontrar em James Joyce uma influência decisiva em seu estilo.

Toda novidade desnorteia a teoria. *Perto do coração selvagem* desnorteou a crítica que ora pretendia não compreendê-la, ora buscava influências, ora invocava o temperamento feminino: "Apesar da epígrafe de Joyce, que dá título ao livro, é de Virginia Woolf que mais se aproxima a sra. Clarice Lispector, o que talvez se possa assim explicar: o denominador comum da técnica de

Joyce quando aproveitado pelo temperamento feminino", interpreta Álvaro Lins em *Os mortos de sobrecasaca*.

Sabemos hoje, pela própria Clarice, que nem sequer lera Joyce, mas apenas se encantara com uma frase que lhe parecera pura harmonia com o tom de seu primeiro romance. Tampouco sabia, então, da existência de uma escritora chamada Virginia Woolf. Razão tinha, pois, Alceu de Amoroso Lima: "Clarice Lispector não escreve como ninguém, e ninguém escreve como Clarice Lispector." Afirmava, assim, uma verdade simples: a literatura de Clarice vem de dentro dela mesma, sem explicações, assim como não se explica por que uma fonte aparece de repente em determinado lugar e não em outro. O que não significa isolá-la de sua época, ignorando que, como qualquer escritor, ela respira o ar de um tempo que, imperceptível, é, no entanto, vital a sua obra.

Clarice escreve quando o romance moderno, sob impacto de Joyce, Virginia e Proust, derrubara as fronteiras entre realidade e construção do real, entre fato e versão do fato, entre mundo interno e mundo externo. Traços psicológicos definidos ou uma situação social bem desenvolvida não eram mais uma exigência de fidelidade à verdade humana que, fugidia, escondia-se na miríade de impressões fugazes que atravessam subitamente a consciência de um personagem, vindas de algum lugar recôndito do inconsciente, impressões que vão tecendo, às vezes pelo avesso, o tecido do real.

Escreve Clarice quando a linguagem perdera sua naturalidade, desvendada sua natureza ambígua. Linguagem faca de dois gumes: liberdade que constitui o humano e clausura que estabelece os limites de sua expressão. Sua escrita é encenação desse drama, busca inventiva das portas secretas dessa clausura, exploração de um labirinto que, no entanto, fatalmente se fecha. A linguagem em Clarice não é um instrumento submisso de descrição do mundo, mas um espaço de invenção, já que mundo não há além daquele que intuímos, sentimos e, pensando, dizemos. Percurso de acidentes, de renúncias, de impossibilidades, em que se aceita a insuficiência da palavra como continente.

Aprendizado da limitação que ela admitia com humildade: "A palavra tem o seu terrível limite. Além desse limite é o caos orgânico. Depois do final da palavra começa o grande uivo eterno. Mas para algumas pessoas escolhidas pelo acaso, depois da possibilidade da palavra vem a voz de uma música que diz o que eu simplesmente não posso aguentar."

Clarice foi escolhida ao acaso por essa voz. Dizia-se uma pessoa simples, sua obra não lhe parecia hermética ou ininteligível. E não é. Risco é tentar decifrá-la, entendê-la com o instrumento frágil da inteligência, enrugando a fluidez do seu estilo, trazendo-a à força para o território racional de que escapou pelas veredas da iluminação e da sensibilidade. Risco de desencontro, evitável talvez se registrarmos suas palavras. "A melhor crítica é aquela que entra em contato com a obra do autor quase telepaticamente."

Mas essa disposição telepática não é fácil para ninguém. Quem lê um livro chega ao universo do autor levando consigo angústias de seu tempo e de sua vida, procurando nele o que o habita, querendo decodificá-lo segundo seus próprios códigos. Por isso, aceitar a sintonia com Clarice pressupõe condições: criar dentro de si um silêncio em que ela se possa fazer ouvir, uma qualidade de escuta, uma disponibilidade indispensável a esse encontro.

Talvez essa telepatia que Clarice desejava como maneira de ir ao encontro de um autor exija mais um aproximar-se do que um apropriar-se da obra, uma lógica de proximidade e não de propriedade. Como aproximar-se de Clarice e do selvagem coração da vida? A escritora e crítica francesa Helène Cixous queria aproximar-se "claricemente" de Clarice. Como? Talvez prestando a Joana, de *Perto do coração selvagem*, sua primeira anti-heroína, a mesma atenção apaixonada que ela prestava ao mundo.

Perto do coração selvagem é o frasco de essências da obra de Clarice. A maturidade e as experiências da autora misturaram-se a ele e diluíram-no, refinando seus temas e personagens, que se prolongaram em livros posteriores, na Virgínia de *O lustre*, na paixão de G. H. ou no aprendizado de Loreley.

A angústia face à escrita e suas normas, a revolta contra a condenação ao enredo, que fazem de *Perto do coração selvagem* um momento insólito da literatura brasileira, anunciam *Água viva*, momento maior do corpo a corpo da autora com o texto, improviso que se deixa viver e se dita a si mesmo, como um sussurro de amantes que ignoram tudo o que os cerca e que escapa a sua intimidade.

Essa sensualidade na escrita, que obedece ao impulso que vem do corpo, intraduzível sem essa linguagem outra, que Clarice criou, como a transcrição de um sonho sonhado em outra vida, é a marca de sua literatura. É essa marca que reconhecemos, inconfundível, nesse primeiro romance de juventude. Mais do que a atenção, mais do que a concentração telepática que já foi pedida por Clarice, cabe ainda lembrar ao leitor o conselho de um influente teórico da literatura, Jean Starobinski: "Mais vale em certas circunstâncias esquecer-se de si e se deixar surpreender. Em troca, sentir-se-á, vindo da obra, um olhar que nos é dirigido, que não é um reflexo da nossa interrogação, mas o olhar de uma consciência radicalmente outra, que nos fixa, vem ao nosso encontro, nos interroga e nos força a responder. O livro nos interroga."

Abrir-se a esse olhar que *Perto do coração selvagem* lança sobre nós, deixar-se ler por Clarice, assim como ela se deixa ler pelas coisas, talvez seja o modo de aproximar-se "claricemente" de Clarice, acolhendo sensações e descobertas que, ao se incorporarem ao nosso dia a dia, já nos aproximam um pouco mais do selvagem coração da vida.

Pequena alma, terna e flutuante

Por que uma mulher decide vestir a pele de um homem? Marguerite Yourcenar escolheu a primeira pessoa do singular para contar as memórias do imperador Adriano, após uma coabitação espiritual que durou longos anos, e acabou por se transformar numa espécie de possessão, a maneira mais perfeita e acabada de entregar-se a alguém.

É verdade que Yourcenar propriamente não escolheu Adriano, mas foi por ele seduzida, desde que seus caminhos se cruzaram nos jardins da Vila Adriana, nas cercanias de Roma. Como ela mesma explica em *De olhos abertos*, não se escolhe um personagem ou uma época histórica para depois investigar como ele viveu ou como as coisas se passavam naquele tempo. Ao contrário, é a vida que se vive que vai fazendo brotar o personagem, "até que ele saia da terra, como uma planta cuidadosamente regada".

Uma coluna que restou à sombra de árvores que sempre estiveram ali, o busto de um desconhecido que a hipnotiza, a sedução das fontes, as leituras, as viagens, a paixão do Mediterrâneo e seus portos, em que ancorou sua juventude: tudo os unia, sobretudo a poesia.

É o poeta, antes do homem de poder, que a subjuga. *Anima, vagula, blandula, hospes comesque corporis.* "Pequena alma, terna e flutuante, hóspede e companheira de meu corpo..." São os versos de Adriano que servirão de epígrafe à extraordinária reflexão sobre a vida e a morte, o poder e o amor, em que Yourcenar se lançou pela voz de um homem de letras e humanista que, nas moedas que cunhou para celebrar seu império, anunciava o ideal de estabilizar a Terra.

Quando *Memórias de Adriano* vem a público, Yourcenar tem quarenta e oito anos e vive nos Estados Unidos, a Roma de um império que emerge triunfante de um conflito mundial que desestabiliza a Terra. Lê avidamente as recém-publicadas memórias de Churchill, convencendo-se de que um estadista pode narrar com lucidez sobre si mesmo.

Memórias de Adriano começa pelas reflexões de um homem todo-poderoso, que descobre que vai morrer, que "o corpo, esse fiel companheiro que conhecemos melhor que nossa alma, não é senão um monstro dissimulado, que acabará por devorar seu senhor". É nesse momento-limite que o espírito se volta para os mistérios que carregamos conosco e deles toma distância, na esperança de decifrá-los.

O pensamento pousa atento nos gestos banais que garantem a manutenção da vida, nas exigências desse "monstro dissimulado" que é, ao mesmo tempo, o lugar do prazer. A vida se alimenta de um ritual que, duas ou três vezes por dia, alia as alegrias do paladar às necessidades da sobrevivência. "Comer uma fruta é incorporar a si um belo objeto vivo, estranho, alimentado e favorecido, como nós, pela terra; jamais mordi um miolo de pão na caserna, sem me maravilhar que essa massa pesada e grosseira pudesse se transformar em sangue, calor e talvez coragem."

É o espírito, pensando o corpo, quem se deslumbra com o vinho que inicia aos segredos do solo; ou com a água, frescor insípido que umedecerá os lábios na hora da morte; ou com a caça, que enoja alguns "incapazes de digerir agonias".

O mesmo espírito recusa a assimilação cínica, ao comer e ao beber, das alegrias do amor. Nessa assimilação só acreditará "no dia em que vir um gourmet soluçar de prazer diante do seu prato favorito, como um amante num ombro jovem". O amor sexual é bem mais do que o prazer físico, é o ponto de encontro do secreto e do sagrado, uma forma de iniciação.

Os mistérios da carne se encerram no sono, "o inevitável mergulho de cada noite do homem nu, solitário e desarmado, em um oceano em que tudo muda, as cores, as densidades, mesmo o ritmo da respiração, e onde encontramos os mortos".

Acordar e adormecer dos sentidos, vida e morte, o capítulo inaugural das *Memórias de Adriano* corresponde a uma *démarche* cara a Yourcenar: lançar sobre a experiência humana um olhar para além do humano, enraizando o homem nas suas relações com a terra, que o nutre e que ele nutre, levando ao extremo sua dimensão material. E, ao mesmo tempo, alçando-o, além da matéria, à estatura do sagrado. Como se em cada corpo humano morassem ao mesmo tempo a matéria imperecível, que alimenta a terra e é por ela alimentada, e a imperecível interrogação insaciada da alma. Ambas pertencem ao mistério da criação.

Rompem-se assim duas fronteiras que limitam a experiência humana. A do corpo, que tem data marcada e que dela só escapa por uma incorporação na natureza que o precede e sucede. E a do espírito que, aspirando ao sagrado e aceitando a incerteza de seu destino, erra em busca de sentido. Toda a vida de Adriano não é senão uma interrogação sobre o sentido da existência.

O poder tão duramente conquistado, ardentemente desejado, não foi senão uma tentativa de decodificação do enigma da vida. Pacificar a convivência entre os homens e preservar a beleza introduzem harmonia na desordem das coisas. "Eu me sentia responsável pela beleza do mundo", afirma o imperador, enquanto vivia o esplendor de uma paixão. O poder e a paixão são momentos de certeza, e os descaminhos que sucedem às certezas são o trabalho da morte, que confronta o poder à sua finitude e o amor ao luto.

A perda do favorito revela ao imperador sua impotência face ao poder absoluto da morte, sobretudo quando ela é escolhida. Antinoos escolhe o suicídio, na qualidade de animal preferido, que deve ser sacrificado pelo bem do imperador, interrompendo assim uma felicidade que Adriano acreditava lhe ser devida. "Esse corpo tão dócil recusava-se a deixar-se aquecer, reviver. Nós o transportamos para bordo; tudo desmoronava, tudo parecia extinguir-se. O Zeus Olímpico, o senhor de tudo, o salvador do mundo aluíram; de repente, existia apenas um homem de cabelos grisalhos, soluçando no convés de um barco."

Antinoos, apesar de sua passagem relâmpago pelo livro, é, na verdade, *o momento* mais luminoso, como se toda a vida do imperador, incluindo sua escalada de poder, não fosse senão um ensaio para a glória verdadeira da paixão. Mesmo se o imperador viveu quarenta e quatro anos antes de encontrar Antinoos e arrastou mais nove anos de cansaço e disciplina após sua morte, a fulgurância de suas memórias vem desse amor e do desespero infinito que sua perda provoca.

Yourcenar vestiu a pele de um homem e de um imperador para fugir às limitações da vida das mulheres, para escapar desse mundo feminino que considerava restrito e fechado. "Não sei se poderíamos encontrar, onde quer que seja, um personagem histórico feminino capaz de igualar-se, não digo em grandeza (isso é um outro assunto), mas em envergadura." Essa explicação confirma uma intencionalidade: o espaço limitado da experiência doméstica não deixa margem a grandes aventuras, fora do campo do amor. Curiosamente, tendo feito todo o percurso da aventura masculina, o poder, a glória, as conquistas e as descobertas, o saber, Yourcenar coloca a experiência amorosa no ponto de ouro de seu afresco.

Adriano abrigará em um só personagem o que ele tem de mais simples, a sua humanidade no sentido mais comum do termo, e o que ele tem de mais nobre, igualmente a sua humanidade no que a expressão comporta de patrimônio histórico acumulado. É na capacidade de reconhecer no banal uma dimensão de grandeza, e no que se pretende grandioso a banalidade comovente de toda vida humana, que se afirma a excelência da arte do romance em Marguerite Yourcenar.

Talvez só as memórias de Adriano pudessem hospedar a alma de Yourcenar, inconformada com o destino das mulheres, que ela acreditava muito pobre ou muito secreto, incapaz de abrir-se à aventura humana em toda sua plenitude. Com a força do imaginário rompeu as barreiras que a vida real impõe. Suas ambições e sonhos, insubordinados, encontraram na literatura sua improvável encarnação.

Órfãos de Gabo

Nenhum latino-americano escapou de se perguntar, um dia, se a América Latina de fato existe. Não aos olhos estrangeiros face aos quais uma estranheza nos irmana, mas aos nossos próprios olhos, quando nossas diferenças parecem irremediáveis. A cicatriz de Tordesilhas teria tornado o pertencimento latino-americano difícil para os brasileiros, não fora Gabriel García Márquez que, com sua literatura, apresentou a América Latina a seus filhos, transfigurada na força torrencial de seu imaginário.

Nós, latino-americanos, creio que o seríamos menos, não fosse a ficção que escrevemos sobre nós mesmos com a fidelidade perfeita que tem a verdade das mentiras de que fala Vargas Llosa. Vargas Llosa tem razão, toda ficção é uma forma de utopia, nasce de uma relação ao mundo sentida como inconclusa. García Márquez à frente com a estatura maior de sua obra, a literatura latino-americana se fez uma pátria mítica e aproximou identidades.

A ficção de García Márquez transpira esse desejo de viver para contar essas mentiras que dizem a verdade sobre nossas sociedades, nossos países. Sua ficção não conta apenas o que uma sociedade é, mas o que ela gostaria de ser, não documenta somente vidas improváveis, mas também os demônios de uma época que não é feita só de gente de carne e osso, mas também de fantasmas. O fantasma das revoluções e seus comandantes, os caudilhos e anti-heróis, as guerras civis, as ditaduras militares que assombram há mais de cem anos a solidão da América Latina e integram, em *Os funerais da Mama Grande*, o testamento desta que foi "a dona de toda a chuva chovida e por chover".

O século XX foi um tempo de agonia em que a morte veio ao proscênio arrastando consigo os despojos de bom número de convicções. Morte de Deus, morte do homem, morte do sentido. Os próprios artistas proclamavam, então, a morte da arte. Contemporâneo dessa condenação, García Márquez publica, em 1967, um romance prodigioso, *Cem anos de solidão*. O mesmo Márquez que, ao receber o Premio Nobel de Literatura, em 1982, encerrou seu discurso de Estocolmo invocando Wiliam Faulkner que, no mesmo local, trinta anos antes, declarara: "Nego-me a admitir o fim do homem".

Márquez fechou seu discurso afirmando não ser demasiado tarde para empreender uma nova e arrasadora utopia de vida onde ninguém possa decidir pelos outros, até mesmo a forma de morrer, onde o amor seja seguro e a felicidade possível, e onde as estirpes condenadas a cem anos de solidão tenham, enfim e para sempre, uma segunda oportunidade sobre a terra.

García Márquez cumpriu o destino da grande literatura, aquela que capta a cadeia de mensagens que a humanidade ao longo do tempo transmite em código estético e de cuja decodificação se alimentam a memória coletiva e o sentido de pertencimento à aventura humana. Sua noção de cultura registra a herança do passado, a tradição do *Amadis de Gaula* e dos romances de cavalaria – Dom Quixote lia romances de cavalaria – e reconhece no presente o tempo cíclico que, como um cão raivoso, morde o próprio rabo. E que dita o passo de vidas que caminham no fio da navalha entre o fato histórico e o imaginário, convivendo com o mistério integrado ao cotidiano com a naturalidade com que o dia amanhece. Nada fantástico, como erroneamente se disse, apenas lembranças. Não o realismo fantástico e sim os fantasmas da nossa realidade.

Segundo o próprio autor, tudo o que escreveu já sabia ou já tinha ouvido contar quando tinha oito anos, talvez um exagero a mais no que, em sua ficção, é recorrente, associado a uma escrita em ritmo de reiterações superlativas que a faz encantatória. E, estruturante, a dimensão do sonho que alimenta as 32 guerras civis, todas perdidas, do coronel Aureliano Buendía.

Que grande literatura poderá ainda gerar este mundo desencantado que é o nosso, que se satisfaz com as migalhas que o consumo espalha sobre um cotidiano medíocre, pontuado por sonhos esquálidos cuja expectativa de vida não vai além do dia seguinte? Um tempo infenso à aventura coletiva, sem promessas e sem heróis – heróis viraram ditadores, revolucionários se corromperam – um tempo de órfãos da esperança. Um tempo sem sonhos e sem lembranças, que vive no imediato e imediatamente destrói o que viveu.

A morte de García Márquez, a indefinição sobre a quem pertencem suas cinzas que não encontram uma terra sua para adubar, copia como pastiche os seus mais improváveis enredos. Epílogo na história de um personagem trágico, um homem de lembranças, ferido de morte pela doença do esquecimento.

Fênix

O bispo de Santa Severina queimou três Bíblias diante da catedral lá pelos idos de 1600. Junto ardeu o *Amadis de Gaula*, magnífico romance de cavalaria.

Dom Quixote lia romances de cavalaria. "Pior seria se virasse poeta que é doença incurável e contagiosa" comenta um personagem de Miguel de Cervantes que, assim, pisca o olho para o seu leitor. Vê-se que o medo da literatura vem de longe. Walter Sitti, no ensaio *Novel on Trial*, faz um inventário tragicômico.

A sogra de Madame Bovary suspende a assinatura de *Emma*, na biblioteca de Rouen, preocupada com que, sob a influência dos livros, os pecados da imaginação abrissem o caminho aos da carne. E Flaubert foi levado ao tribunal por obscenidade.

Moral da história, livros são perigosíssimos subversivos, inimigos das almas fracas como os índios e as mulheres. Na América Espanhola, romances só foram permitidos no século XIX, confirmando o que dita o senso comum: a imaginação é um vendaval que arrasta tudo.

Todos os tiranos temem o imaginário porque, se conseguem, pela dor e pela tortura, controlar os corpos dos inimigos, a imaginação, essa, transita soberana e intocável pelos territórios livres do sonho e do pensamento. A imaginação é um território liberado.

Ditadores têm uma versão própria do que seja o mundo, que acreditam correta e indiscutível. Organizam a história segundo sua lógica e constroem assim sua própria ficção, que chamam de verdade, enquanto os romancistas escrevem as verdades, que chamam de ficção.

A verdade dos ditadores é única e monolítica, a da literatura abre-se a uma infinidade de possíveis porque é o encontro imprevisível do imaginário de quem escreve com o imaginário de quem lê. Daí resulta um número infinito de combinatórias que, nenhuma, se pretende a Verdade, apenas oportunidades de identificação ou um sonho possível. Ditadores odeiam o imprevisível e vivem da obsessão de controlar e proibir.

Inútil, a literatura é mesmo subversiva e se assim não fosse os aiatolás do Irã não teriam lançado uma *fatwa* contra Salman Rushdie e seus versos satânicos, cujo pecado maior foi ter dito literariamente o que outros já tinham dito em ensaios e artigos teóricos. Quem escreve conhece a divina liberdade de inventar, o exercício de criar mundos e pessoas, guiar seus destinos ou ser guiado por elas. Talvez seja essa a inveja maior dos ditadores que, para mexer na realidade, têm de derramar sangue, montar polícias e acender fogueiras, enquanto o talento do escritor tece o mundo que deseja e, pior, serve de exemplo e excita os sonhos de olhos abertos com que se faz a vida real.

Ser outro é ser menos escravo ainda que ao risco de experimentar a liberdade, nos garante Vargas Llosa. Seu livro *A cidade e os cachorros,* inspirado em suas memórias do Colégio Militar, foi queimado por oficiais e cadetes, que se reconheceram e se sentiram humilhados. Mais lenha nas fogueiras.

Quem queima livros não percebe a força da metáfora viva que cria. Quer reduzir a cinzas o que existiu como se cinzas fossem sinônimo de aniquilamento. Só que cinzas são um bom adubo e assim como, na natureza, nada se perde, tudo se transforma, livros queimados, sonhos queimados costumam fertilizar novos sonhos, que nascem ainda mais frondosos. Aos militares que queimaram *A cidade e os cachorros,* Vargas Llosa presenteou, anos depois, com *Pantaleão e as visitadoras,* uma hilária farsa sobre os senhores fardados. Incorrigíveis escritores.

Perdi, na vida, uma biblioteca inteira, jogada ao mar por quem quis me proteger contra a polícia que invadiu a minha casa. Eram livros queridos que contavam minha jovem história. Sofri com a perda desses amigos de infância e juventude, afogados como criminosos na avenida Niemeyer.

Mas a ditadura foi abaixo e eu não. Fiz outra biblioteca, que me invade a casa sem cerimônia, se infiltra em todo espaço vazio e que conta agora, abertamente, a história já longa e madura de minhas escolhas e paixões, meus mestres e inspirações. A ela se incorporaram os livros que eu mesma escrevi.

Incorrigíveis leitores que viram escritores.

O pacto entre quem escreve e quem lê não queima no fogo da opressão. É uma Fênix irreverente e fiel.

Inquietações a propósito de galinhas

Galinhas sempre contaram com a minha simpatia. Tanto assim que a primeira batalha por direitos iguais foi contra os meninos, a quem era dado o privilégio de limpar o galinheiro e, portanto, a oportunidade de ascender à suprema felicidade: encontrar um ovo entre os gravetos imundos atrás do poleiro. Na forma perfeita, as galinhas escondiam o indizível deleite, o desfilar de uma ninhada de pintinhos, recém-saídos da casca. Tantas alegrias me deram que mereceriam, de minha parte, senão gratidão, pelo menos maior compaixão. Que não tive.

Nem um minuto pensei nesses favores infantis que lhes devia cada vez que, debaixo do meu nariz, passaram à panela. Ao contrário, eu adulta, elas mortas, comia-as distraída, com desdém, e se me tivessem perguntado, jamais as incluiria entre as aventuras da mesa, e talvez as tivesse mesmo desqualificado como uma carne de terceira. Não fora aquela noite em Sedengal.

Sedengal fica no coração da Guiné-Bissau, a muitos e muitos quilômetros de lugar nenhum, e lá se ia por uma picada que atravessava a selva, montando uma Landrover, que empinava a cada cratera, desviando dos macacos que fugiam esbaforidos, convencidos, à nossa passagem, de que a guerra recomeçara. Eu dirigia, pensando no que faria com o bebê de um ano o que a mãe jogara no colo da minha guia e que, me explicaram, com naturalidade, ia também para Sedengal. Sozinho. Quando o carro – e disso eu tinha certeza – soçobrasse em um dos muitos rios que vadeamos, o que fazer da menininha e sobretudo da jornalista alemã, os olhos azulíssimos brilhando em lágrimas, o pavor estampado na cara devorada pelos mosquitos, sussurrando a pergunta que eu também me fazia: que diabo nós viemos fazer aqui? Inútil, há caminhos sem volta. E sabíamos muito bem que para além dos baobás, que voltavam à terra e se recriavam em malhas de raízes retorcidas, lá onde morava o Irã, o deus do mal, no fundo da floresta nos esperava, com fanfarras, um ministro da Educação inflado de orgulho, pois iria mostrar à imprensa europeia os gatos pingados que, com supremo esforço, eram capazes de escrever o nome. Um deles, me lembro bem, chamava-se Fodebalde.

Sucederam-se os galões de gasolina que um guineense prestativo, mas potencialmente explosivo, fumando sem parar, derrubava no tanque. Na undécima quinta hora servi à minha amiga um Valium 5, lamentando o rombo na minha provisão para viagens de avião. De repente, um círculo de fogo surgiu na escuridão. Chegamos a Sedengal perto da meia-noite, uma vila cercada por fogueiras que espantavam as feras, detalhe que, na tradução, poupei à minha amiga.

Na África, o caminho mais curto entre dois pontos é a curva. Não há ângulos retos nas tabancas, e as casas redondas, arrumadas em círculo, criam um pátio interno onde um outro círculo de africanos, sentados no chão, em torno a uma grande fogueira, nos esperavam para jantar. Tinham esperado a noite toda e esperariam ainda que eu cumprisse o longo ritual que, bem-educada para a sociedade africana, eu aprendera. Quando o forasteiro chega ao seu destino conta por onde passou, os rios, as gentes, os bichos que encontrou, pois só assim se sabe que veio pelo caminho da paz. Morta de fome, encurtei as desventuras. E foi então que trouxeram a galinha. Joguei a cabeça para trás, sentindo o cheiro delicioso de churrasco na brasa e vi não o céu, mas o firmamento.

No coração da selva, no breu da noite sem eletricidade por perto, o céu se exibe em galáxias, um céu de acreditar em Deus.

Sob este céu, comemos com as mãos a carne tenra das galinhas que não eram de angola, mas guineenses, criadas ali naquela lonjura, ciscando de tudo um pouco, gordíssimas, temperadas no piripiri, uma pimenta de lá, mais feroz que a nossa mais picante malagueta. Sentada no chão da África, entre africanos de bubu, cercada de fogueiras, ouvindo o grito dos animais, sob uma abóbada de estrelas, achei que comer com as mãos era a única maneira civilizada de viver e que o começo dos tempos era bem melhor do que o que veio depois. A Landrover, nesse cenário, ganhava um quê de nave espacial, tamanha era a sua incongruência, talvez só comparável à da amiga alemã que, sucumbindo aos efeitos do Valium e da digestão, dormia no chão, um anjo barroco fugido da cúpula de Ottobeuren, anjo caído em terra africana.

Impossível não pensar no que se fez do mundo, no Hades em que se transformaram as cidades, impossível não alimentar um sonho melancólico de volta à natureza nua. Romântica, anotei no meu diário de bordo, "na solidão da África, no país mais pobre do mundo, na aldeia mais perdida e miserável, vi a noite mais linda, encontrei a mais cálida hospitalidade e serviram-me a melhor galinha da minha vida".

Tudo na África é superlativo, nada é domesticável e também eu fui superlativa na minha adesão à vida selvagem. A África é, sim, pura solidão, a Guiné, pura pobreza, o fim do mundo é em Sedengal, a noite, ah, essa, não haverá mais linda, ninguém é mais meigo que a gente dessa tabanca, mas galinha encontrei melhor. A civilização vingou-se em Bourg en Bresse.

Um tapete de autoestradas, cercadas de montanhas nevadas e campos de mostarda, leva a essa cidadezinha sem graça nenhuma na entrada da Bourgogne. Sumiria do mapa não foram as joias da cultura que oferece: o monastério de Brou e a *poularde* de Bresse. Fui lá em busca do primeiro e conheci a segunda.

Há anos me intrigava a divisa que Marguerite da Áustria escolheu para si e espalhou por todo canto no monumento funerário que erigiu ao marido, morto aos vinte e quatro anos, ainda em tempos de lua de mel, vítima de uma água gelada que bebeu em límpida fonte, voltando de uma caçada. *Fortune infortune fort une.*

Há quatro séculos divergem traduções e interpretações que explicariam a mensagem da rainha ao jovem morto. Falaria do destino que a teria duramente infelicitado? Ou estaria prometendo que na felicidade ou na desgraça continuaria a mesma? Ou que felicidade e infortúnio são a outra face um do outro? O mistério decora um dos mais belos monumentos do gótico *flamboyant* que, segundo se sabe, foi construído ao longo de toda a vida da rainha, que lá também está enterrada.

Sempre me intrigou essa mulher que esteve no centro de todas as intrigas políticas no período tumultuado de passagem do fim da Idade Média ao Renascimento, talvez o personagem de maior poder na cena política da época, uma volta por cima inesperada em um clássico destino feminino: dada em casamento na infância, repudiada na adolescência, viúva aos vinte anos de um segundo casamento. Em vez de recolher-se a um convento, como tantas outras, tomou gosto pelo poder e lutou por ele.

Não sou a única interessada em seu destino insólito. Uma homônima sua, Yourcenar, acompanha seus passos em *A obra em negro*, fazendo-a pernoitar na casa de Zenon em seu périplo em busca de dinheiro para construir o monumento ao amor perdido.

Seguindo os passos de ambas, cheguei a Brou no momento certo, a primavera, e na hora errada, quando o monastério fechara para almoço. Do outro lado da rua, uma insígnia discreta anunciava o Auberge Bressane. Atravessei a rua sem saber que visitaria um outro templo.

O mês de abril ainda pede uma ligeira calefação. Primeira sensação de conforto, o calorzinho discreto. Discreta também a decoração das mesas amplas, distantes umas das outras, a porcelana fina, os talheres pesados, os guardanapos generosos. No menu, a *poularde* de Bresse.

Tive que argumentar com o garçom que hesitava em me receber. Estava cinco minutos atrasada. Convenci-o, explicando de quão longe eu vinha, fiz o caminho mais acidentado que a chegada a Sedengal. Mal-humorado, puxou-me uma cadeira. Encurtei a conversa: uma *poularde à la creme*, especialidade da casa, fórmula razoavelmente segura quando não há maiores expectativas. Abriu-se em seu rosto um sorriso inesperado e, muito gentilmente, pediu-me licença para sugerir um vinho. Trouxe à mesa um vinho branco do Jura, um Château-Chalon, cuja história desfiou enquanto eu descobria no fundo do copo reflexos dourados como nunca vira antes. Envelhecido seis anos em um tonel especial, acompanhava com perfeição a galinha, que também tinha uma história.

Segundo ele, a fama dessa gorducha galinha branca remonta ao século dezessete. Era tão especial que sua criação obedecia a regulamentações estritas e gozava do atributo de uma *"appelation controlée"*. Vivia em liberdade como qualquer galinha africana, mas somente por quatro ou cinco meses, com um mínimo de dez metros quadrados para cada uma, o que a fazia, nos tempos que correm, latifundiária. Terminava a vida em gaiola para melhor ser engordada. Daí para a panela e da panela para a mesa, devidamente banhada em molho delicioso, que também tem história, mas que não vale contar, pois já está em qualquer bom livro de receitas.

Sentindo-me profundamente infiel, tive que admitir que a carne tenra e o molho untuoso batiam a galinha de Sedengal. Aquela galinha vinha precedida de muita ciência mas era pura arte. Não era uma ave arisca, caçada no mato, assada num braseiro ancestral. Era fruto de um longo aperfeiçoamento, era fato cultural. Tanta história não tinha sido em vão. Da janela olhei a fachada do monastério, o rendado gótico, o extremo requinte de cada forma cuidadosamente esculpida. E, a contragosto, rendi-me à evidência dos méritos da civilização.

Tanta coisa eu trazia na bagagem, a paixão frustrada de uma jovem rainha, a literatura de Yourcenar, o amor do gótico, tantas ocasiões de fruição e de alegrias, e agora a *poularde* de Bresse. Levava de volta uma crise de identidade.

Os anos se passaram sem que jamais me fosse dada a solução do enigma: quantos somos? Por que os contrários coabitam em nós como desejo? Aquele céu africano só existe na escuridão da selva. O monastério devia tudo à matemática. Em um mundo sem tempo me esperaram horas. O mundo que conhece o tempo espera seis anos por um vinho. Estragamos o mundo ou, ao contrário, o sofisticamos cada dia?

Concluí que devo às galinhas algumas de minhas reflexões mais inquietantes. Como quando me perguntei por que só os meninos podiam limpar o galinheiro.

Calder, Mário Pedrosa e os exus

No começo dos anos setenta, saí de Genebra e fui buscar Mário Pedrosa em Paris, para descermos o vale do Loire rumo à casa de Alexander Calder, que o convidara para almoçar.

Para Mário, um passeio sem mistérios. Eram amigos há muitos anos, recebera-o quando de sua estada no Brasil, convivia com sua obra com a intimidade do crítico de arte. Tinham afinidades políticas. Calder fora um dos signatários da carta que um conjunto de artistas, entre os quais Picasso e Henry Moore, mandou ao general Médici, responsabilizando-o pela vida e pela segurança de Pedrosa. Para mim, caloura no exílio e nas artes, era quase um convite para a última ceia.

Mal saída da adolescência, entrei na casa de Mário, na Visconde de Pirajá, e vi, pela primeira vez ao vivo, um móbile que, ao longo de infindáveis conversas políticas, me raptava para outro mundo, hipnotizada pelos desenhos do vento naquelas lâminas brancas. Devo ter prestado mais atenção à poesia desses metais esvoaçantes do que aos riscos da oposição à ditadura, pois acabamos todos perseguidos e exilados. Agora, lá íamos nós, pelo *doux pays* de France, em plena primavera, ao encontro da majestade dos *stabiles* que, sobre a colina, demarcavam os territórios de Alexander Calder, no minúsculo vilarejo de Saché.

Saché não existiria no mapa se Balzac não tivesse andado por lá, fugindo dos credores e, grato pela acolhida, situado ali seu belo romance *Le Lys sur la Vallée*. O genro de Calder, o escultor Jean Davidson, descobrira o lugar, a vista do alto da colina e ali fizera seu ateliê. Calder veio em seguida e construiu um ateliê para si, imenso, iluminado pela claridade do vale, onde criou algumas de suas obras mais importantes. Ao lado, a casa onde iríamos almoçar. Contra o céu, *stabiles* e móbiles monumentais.

Ao meu lado, Mário cantarolava a letra de "Eles", de Caetano Veloso. No banco de trás, minha irmã, Mariska Ribeiro, fazia coro. "Eles são os que não preferem São Paulo, nem o Rio de Janeiro, apenas têm medo de morrer sem dinheiro. Aqueles que vivem à sombra do arvoredo, longe da maçã, para quem a vida começa no ponto final. Os que têm certeza do bem e do mal."

Mário considerava esse rapaz genial, joia que a música brasileira produzira nos últimos tempos. Eu pensava apenas no encontro com Calder, sem suspeitar que não seriam nem móbiles nem *stabiles* a surpresa do dia.

Calder mais do que falava, grunhia. Sua mulher, Louise, sobrinha-neta de Henry James, gentilíssima, nos introduziu em um espaço único, generoso, dividido apenas pelos tapetes que ela mesma tecia com os desenhos e as cores do marido. Andávamos, assim, pisando em arte, embora o meu fascínio se concentrasse na cozinha incorporada à sala, de onde pendiam panelas vermelhas, azuis, amarelas, transformadas, por um jogo associativo de cores, em citação da obra de Sandy.

Aquele menino descomunal, de cabelos branquíssimos, rubicundo, trouxe na manopla um bichinho de arame torcido e me disse algo parecido com cachorrinho. Depois perguntou se alguém jogava bilhar. Para sorte minha, eu tivera, na infância, o dissabor de furar o pano da mesa de meu avô, o que me valeu para sempre o exílio da sala de jogos e a confirmação de que aquilo não era brinquedo para meninas. Confiante no taco das mulheres, aceitei, de pronto, ser parceira pela glória de jogar bilhar com Alexander Calder. Ele, na verdade, jogava sozinho, com uma concentração absoluta no movimento das bolas que corriam sobre o pano e que, só então percebi, tinham as cores brilhantes e esmaltadas de um verdadeiro Calder. Na parada para um gole de uísque, sorriu para mim, e eu soube que vivia um grande momento, ao som seco das bolas em ricochete.

Quando voltamos para a sala, a conversa prosseguia, alegre. Um personagem recém-chegado juntara-se ao grupo, Elise, a viúva de André Breton, uma mulher cujos traços resistiam à idade, iluminados por olhos cinza-esverdeados ou de uma cor que mais ninguém possui. Envolta em um xale vermelho, seduzia com o hábito de uma beleza excepcional, que ironizava o tempo.

Falavam de música brasileira, Mário contava sobre a nova estrela, Caetano Veloso, Louise Calder se divertia. Era uma mulher marcada pelo samba, pelos pontos de macumba, que aprendeu no Rio, pela amizade com Heitor dos Prazeres, cuja banda tocou a noite inteira na festa de despedida que Sandy ofereceu aos amigos quando deixaram a cidade. Mário lembrou que nessa festa em que não havia mais móveis na casa – havia esteiras espalhadas pelo jardim –, bebeu-se e dançou-se madrugada adentro, ao som da banda e no ritmo do rebolado das dezesseis cabrochas do Heitor. Estavam nessas reminiscências, Calder parecendo ausente, o olhar embaçado pelo uísque, quando se levantou, foi buscar um disco não identificado e, simplesmente, explicou que era música brasileira e que, dessa, gostava muito.

Um silêncio reverente esperou a escolha do gênio. Irrompeu uma voz quebrada, de palhaço, cantando "ei você aí, me dá um dinheiro aí, me dá um dinheiro aí". E como Mariska, animadíssima, completasse "você vai ver a grande confusão, que eu vou fazer bebendo até cair", Calder tirou-a para dançar e lá foram os dois, aos requebros, pela casa afora.

Teria sido a chegada de Elise Breton que soltou na sala o fantasma do surrealismo? O peso dos mistérios se abateu sobre mim. Como aquele disco teria ido parar em Saché?

Com o passar dos anos, fui percebendo os laços de Calder com o Brasil. Segundo Elisabeth Bishop, ele e Louise teriam ido ao desfile de escolas de samba com Lota Macedo Soares e se esbaldado. Bishop, que os achava simpaticíssimos, lembra a maior calça jeans que viu em sua vida, a que Calder esqueceu na casa delas.

Para além do anedótico, a verdadeira intimidade com o Brasil, a memória da cultura brasileira na obra de Calder foi Mário Pedrosa quem desentranhou. Quando Calder lançou seus *critters*, exibindo-os primeiro em Nova York e depois na França, Mário percebeu neles não só o movimento mas a malícia dos exus, e até mesmo um passo de capoeira em uma dessas estranhas criaturas nascidas na última quadra da vida de Calder. Mário não gostava de explicar os artistas e, por isso mesmo, não lhe ocorreria atribuir a apenas uma herança a gênese dos *critters*. Mas sabia que Calder, pelos fios invisíveis da simpatia e da intuição, se mantém constantemente em contato com os rituais, as artes, as religiões e as culturas que se fazem, se desfazem e se refazem, na periferia das metrópoles brancas.

No ensaio publicado na revista *Derrière le Miroir*, da Fundação Maeght, Mário surpreendeu o deslocamento de Sandy dos personagens do circo para esses seres, ainda mais surpreendentes, que brotam das sombras das sociedades, dos núcleos marginais, que se isolam para melhor se preservar ou manter a efervescência da contracultura.

Não sei por que caminhos, acho que foi um presente do artista, chegou a ele a perna de um desses *critters*, ou exus, ou diabos, que, no dia em que voltava ao Brasil, depois do longo exílio,

Mário tentou levar consigo. O excesso de peso criou um caso no embarque. Até hoje não sei como a história se resolveu, nem que destino teve a perna do exu. Virei as costas e me afastei para não ver Mário partir.

Museu

Tenho com os museus um relação ambígua. Corri o mundo fazendo escalas, de museu em museu, em constante encantamento e, ao mesmo tempo, um mal-estar como se visitasse um cemitério. As obras estão ali, numa solidão patética, longe de onde nasceram, exiladas de suas razões de ser. Por que alguém pintou esse quadro? Por onde andava a alma do artista, com quem ele conversava, dormia, sofria ou ria? Tudo tão longe e a história da arte, tão precária, inventando explicações que Deus sabe que pouca relação tem com a emoção verdadeira de quem esculpiu esses mármores.

Quando uma obra de arte vai para o museu de certa forma perde, no caminho, a sua alma. Máscaras africanas sem os rostos, santos sem igrejas nem fiéis, eles que foram um dia objetos de devoção e culto. Quanta gente chorou de joelhos diante dessa anunciação que o japonês fotografa com o celular, o corpo meio de lado já olhando o próximo objeto dos seus milhões de fotografias. Comovida, estabeleço uma cumplicidade com esse anjo que Fra Angélico criou com a mais pura e etérea fé e que agora dorme numa parede, iluminado por uma luz fria quando antes vivia de uma luz divina que só um devoto enxergava. Eu, tão incapaz dessas visões e devoções, abro uma exceção para receber sua extraordinária beleza e acompanhar sua solidão.

Picasso dizia que a arte não é feita para decorar os apartamentos: é uma arma de defesa e de ataque contra o inimigo. Será para isso que serve a arte? Todas essas obras que se amontoam nos museus, leiloadas a milhões de dólares, têm um passado totalmente desconhecido, uma vida secreta que os críticos não penetram. Como terão vivido antes de entrar no museu?

Se Picasso tem razão – e acho que tem – o grande inimigo sempre foi a morte. Sobreviver, a missão essencial. No fundo das grutas de Lascaux e Altamira, bem escondidas, as imagens que exorcizam o risco de extinção e marcam uma presença no mundo já anunciavam esse destino da arte que, posteriormente, faz chover, invoca a fertilidade, entra no fluxo da vida como proteção contra o desconhecido e ataque contra o inimigo, a natureza. Tive um privilégio na vida, eu vi Altamira, lá dentro, onde poucos entraram, mas isso é outra história.

De lá para cá a arte sempre foi um jeito que encontramos para suportar a vida cotidiana. Tanto mais dura quanto incerta sobre nossa origem e destino. Tanto mais invivível quanto expostos às tempestades, aos animais selvagens e às doenças que devastavam os povos antigos. Desamparados, invocavam os ancestrais, os mortos, únicos que poderiam negociar, com esse outro mundo desconhecido que agora habitavam, alguma proteção contra os flagelos. Essas estatuetas sem vida que me olham de dentro de uma caixa de vidro já foram animadas pelo espírito de algum ancestral, já impediram alguma tempestade e garantiram a colheita. Incompreendidas, aprisionadas em caixões transparentes, desprestigiadas em seu poder, desacreditadas por quem as olha como uma curiosidade, elas me dão pena.

Fico mais perto de Tápies, um gênio contemporâneo que ainda acredita no poder de cura da obra de arte. Declarou que, se você tiver uma dor de cabeça e puser um quadro seu sobre a cabeça, ele pode curá-lo. Coisa parecida fazia Matisse, que levava seus quadros para os amigos doentes acreditando que assim eles melhorariam. Ambos tinham conhecido doenças graves.

Pelo avesso dessa fé, a arte dos ex-votos se fez dando graças por curas alcançadas ou desejos realizados. Os mais antigos que vi datam da época galo-romana, os mais recentes, agora mesmo vi na igreja do Senhor do Bonfim. A fé tem uma natureza imbatível.

Do fundo da ignorância e do medo, todos querem falar com Deus, se ligar com um ser superior, protetor e compassivo, mas como falar com quem não tem rosto? As religiões inventaram esses rostos de santos que são uma versão humana da divindade e que nos aproximam do invisível. Por mais que isso fira minhas convicções antirreligiosas não há que negar que a fé gerou extraordinárias obras de arte exatamente nesse limbo entre o humano e o divino.

Mas não só a sentimentos nobres serviu a arte. Serviu também a fins bem práticos como criar um portfólio de princesas casadoiras oferecidas aos príncipes como pretendentes. Ao tempo que as alianças se faziam pelo casamento, nenhum príncipe viajaria a cavalo à Europa inteira para escolher a que mais lhe falava ao desejo. Lá vinham os retratos, possivelmente bem melhorados, tentando vender uma imagem desejável. Dizem as más línguas que D. João VI, ao ver em carne e osso, Dona Carlota Joaquina, que aceitara por esposa, pôs-se em lágrimas e soluçou uma semana. O pintor caprichara na imagem e a verdade era outra. Propaganda enganosa.

Quaisquer que fossem os objetivos, a arte até o século vinte procurou a beleza ou o quer que se entendesse por isso. O *David* de Michelangelo é a realização perfeita desse ideal herdado dos gregos. Um homem como Gustave Klimt afirmava que a arte o conduzia a um reino supremo, o único em que encontrava "pura alegria, pura felicidade e puro amor". Seu testemunho está espalhado em todos os museus da Europa, desencarnado dessa felicidade, tentando ainda falar à nossa aspiração à alegria.

A arte como documento, registro da natureza, da história, do universo conhecido, perdeu para a fotografia quase ao mesmo tempo em que um senhor Freud descobria o inconsciente e a física decretava existente o infinitamente pequeno, o invisível. Mudam os objetos e, mais que isso, o objeto passa a ser o próprio sujeito, o pintor ou escultor com seus medos e seus delírios, suas expressões e impressões.

Munch, que se perdeu da mulher que amava nas ruas de uma grande cidade, pintou um grito desesperado que ele dizia poder escutar e nuvens vermelhas como sangue. "As cores berravam", explicou. De lá pra cá, os registros do mundo são também os do mundo interior, expressão de sonhos e convite aos sonhos, arte maior de Chagall.

Todos lá, morando em uma mesma casa, o museu, essa imensa família de artistas que conta, a seu modo, a história humana. Por isso gosto dos museus, os artistas são meus amigos. Mas quando penso neles, no que viveram e sofreram para fazer o que fizeram e o que fizeram estar ali, como um cemitério em que os mortos falam, aí tenho vontade de chorar. Nada que o ar fresco do mundo reencontrado e um bom café na cafeteria não curem.

Simone e Fernanda

A voz era de Fernanda Montenegro. Um convite para ir à sua casa ler um texto sobre as cartas de Simone de Beauvoir que pretendia encenar. "Viver sem tempos mortos" seria o título. Saí de lá, nove horas depois, com o compromisso de, terminada a encenação, fazer uma palestra sobre Simone e debater com a plateia.

Um convite de Fernanda não se recusa. Falar sobre Simone me entusiasma. Começava ali uma das mais fascinantes viagens que fiz na vida: a travessia da liberdade na periferia do Rio. Fernanda quis começar pela Baixada Fluminense. O existencialismo não é tema corriqueiro por aquelas bandas, o feminismo então nem se fala. Melhor assim, polêmica não faltaria.

Horas de estrada e engarrafamentos quilométricos, toda noite o cenário de horror das cidades periféricas e a experiência do que é a tortura diária de milhões de pessoas. Casas lotadas, essas mesmas pessoas torturadas durante o dia, ali, em filas que davam volta, na luta por uma senha para ver Fernanda.

Depois os bastidores, a mágica do camarim, as luzes que se apagam e um facho de luz sobre ela, sobre Simone e os acordes de "Feuilles Mortes". Terá sido a única peça a que assisti mais de cinquenta vezes, cujo texto sei de cor.

Cada noite descobri, na sutileza de uma entonação da atriz, de um meio sorriso, um novo segredo da mulher que eu pensava que conhecia tão bem. Sim, eu conhecia Simone de Beauvoir, sabia quão ardente e apaixonada ela tinha sido sob sua aparência glacial, seu ar bem-comportado de professora do interior e seus arroubos revolucionários. Mas Fernanda conhecia melhor, depois de um corpo a corpo diário com as palavras que ela deixou, a profundidade e intensidade de suas emoções. A cada noite Simone, revisitada, fez-se, a mim, mais humana e sedutora. Fernanda também.

Os caminhos da liberdade são tortuosos e improváveis. Simone de Beauvoir não deixou nenhum mapa senão memórias de sua própria vida – cinco volumes de memórias – e uma obra literária e ensaística que se mesclam para afirmar, a cada gesto e momento, a construção de sua liberdade.

Dizia, "a liberdade comanda, ela não obedece". Só que a liberdade não é fácil para ninguém, nós que nascemos sem ser consultados, em famílias, países, tempos históricos que não escolhemos. Não escolhemos nada, nosso sexo, nossos rostos. Daí pra frente, abre-se o cenário de nossas vidas, um sursis, uma liberdade condicional entre o nascimento que não pedimos e a morte, incontornável, que recusamos.

Simone acreditava que cada um não é senão o que faz de si mesmo, ainda que o acaso tenha sempre a última palavra. Sem um Deus para nos dizer o que é certo ou errado, o que é justo ou injusto, a moral se constrói no embate diário da existência. Recusando casamento e filhos, paradoxalmente construiu com Jean-Paul Sartre uma relação de vida inteira, uma fidelidade insólita que não excluía outros laços, todos contingentes face a esse amor necessário.

Quando publicou *O segundo sexo*, já lá se vão sessenta anos, convidando as mulheres à autoria do feminino, partiu ao meio o século vinte. Demoliu um paradigma milenar que separava a vida de homens e mulheres em rigorosa hierarquia sendo o homem o Absoluto e a mulher o Outro.

Não, as mulheres não são nem o avesso nem o contrário dos homens, não se definem por uma natureza feminina que as precede, mas pela existência que constroem. O feminino será o que cada uma delas fizer de si mesma.

Então, da plateia, uma moça, na força do seus vinte anos, pergunta: "Simone não terá sido uma escrava da liberdade?" Uma filósofa se escondia na periferia!

Outra não compreende como ela pôde escolher um homem feio como Sartre, que não transava com ela, contra o belo Nelson Algren, escritor de talento e ainda por cima um gatão, que lhe dava orgasmos inesquecíveis.

Talvez no incompreensível resida a liberdade.

Essas plateias fervem e é sobre a vida e os sentimentos, de homens e mulheres, que se fala terna e apaixonadamente, na zona mais pobre e violenta do Rio. Inesquecível. Andamos por lá Simone, Fernanda e eu.

Vestida de Armani

Imprevisível, inventiva e descartável, Nova York, ao primeiro fôlego perdido, desorienta. E hoje, aqui, não é metáfora dizer que foge debaixo dos pés o chão que já não se vê, sob um metro de neve acumulada, floco a floco, aproveitando o silêncio da noite.

Não é verdade que Nova York não dorme. Dormia profundamente nessas horas em que a neve caiu e criou outra cidade, irreconhecível, não fora a soberba com que as torres do World Trade Center enfrentaram a tempestade e amanheceram garantindo: ainda e sempre aqui estamos, em Nova York.

Atravessar o Central Park como um campo nevado qualquer, como outros já vividos ao longo dos anos, não teria graça se ao fim do caminho não despontasse o Museu Guggenheim, a última e desejada escala nesse dia de impossíveis táxis, por demais belo para perder-se na escuridão suja do metrô.

O museu hoje parece diferente: vestiu-o Giorgio Armani, com seus tecidos translúcidos que mais revelam do que escondem formas. Assim está o corpo do museu, suas linhas recobertas por dentro, como só Armani sabe fazer.

O Museu Guggenheim quis expor a obra de Giorgio Armani. Armani começou a exposição por vesti-lo com seu mistério.

Entra-se. São quase vultos esses corpos sem cabeça, fantasmas decapitados, envoltos em beleza tom pastel. Essa arquitetura do corpo quase transparente assina-a um gênio que testemunha sobre a herança e permanência de todas as culturas na arte do Ocidente, desfilando nas ruas, nas festas de gala, a história de todos os tempos e todos os lugares. Ali revivem os vestidos das mulheres de Giotto. Mais adiante, Suleiman, o Magnífico, empresta sua túnica de homem audaz à audácia de outro homem.

Armani, ao longo de 30 anos, disse a sua verdade. Revolucionou os gêneros, pôs saia nos homens e terno nas mulheres, blazer nos homens e gaze nas mulheres. Atualizou o passado, fez da moda uma filosofia e um discurso.

Não por acaso, o museu mais provocativo da mais provocante cidade abriu o milênio dando a ver uma obra perecível, de imperceptíveis costuras, em tecidos moles, de improvável futuro.

Giorgio Armani pisou muitas terras, amou o contraditório. Culto é quem transita com facilidade entre muitas culturas e goza das delícias de múltiplos viveres. Humilde, reconhece sua influência maior: Morandi. Como eles se parecem!

Quem se habituou a pensar a moda como consumo, costureiros como símbolos da vaidade, tropeça aqui no outro lado da moeda. A arte mora de aluguel no design, como a poesia mora na música popular.

Armani é um grande artista plástico, criador de peças únicas ou múltiplas, como todo artista da era industrial. Por isso mereceu os espaços nobilíssimos do Guggenheim.

Assim, coberta de branco nessa manhã de inverno, Nova York ganhou contornos simples e uma insinuação de neblina. Nesses dias que abrem o ano, por acaso ou por pura elegância, Nova York parece vestida de Armani.

PANDORA À SOLTA

Terra cheia, terra nova

Um brinquedo moderno, de controle remoto, desgovernado e tonto, bate numa pedra. Insiste, a pedra resiste e ele, ali, empacado, meio torto, espera socorro de longe para encontrar o caminho. O "Descobridor de Caminhos" descobre, assim, que "no meio do caminho tinha uma pedra, tinha uma pedra no meio do caminho". Quantas ainda encontraremos nesta andança cósmica que nos chega como mais uma das desordenadas informações que o *zapping* joga nos nossos tapetes.

Já há alguns anos perguntei a amigos onde passaríamos o Réveillon do ano 2000. Nenhuma das sugestões, então, me seduziu tanto quanto a minha própria, a ilha de Philaé, em pleno Nilo, que abrigou egípcios e romanos e submergiu como fazem os mundos que se prezam. Para voltar à tona quando os egípcios de hoje, construindo a represa de Assuan, mudaram o curso das águas, arrancaram das margens colossos milenares que, pedra a pedra, transferiram e sentaram nas encostas de Abu-Simbel, num trabalho magnífico de preservação da memória humana. Philaé tem a magia, a paz e a sabedoria dos lugares que já viram tudo, que aprenderam o relativismo que o tempo impõe, e a calma dos que tantas vezes assistiram ao fim do mundo. Nesses terraços de pedra polida por tantos milênios, veríamos entrar mais um século, como se fora apenas mais um ano, aos sons e luzes dos fogos de Copacabana.

Hoje estou certa de que alguém, não eu, que tenho as asas quebradas pelo medo de voar, mas alguém da têmpera de Marco

Polo ou Colombo, passará o Réveillon com o namorado ou o robô preferido, sentada nas pedras enferrujadas de Marte, olhando a Terra cheia ou a Terra nova, dependendo de onde lhe joguem os ventos da sorte ou os cálculos da Nasa.

Não fosse a visceral covardia de quem odeia tirar os pés do chão, este seria talvez o único Réveillon à altura da data que nos espera, ponto de vista privilegiado sobre o futuro.

Porque, apesar da relativa banalidade com que a imprensa tratou a Pathfinder, diluindo-a nas palpáveis e urgentes misérias quotidianas ou nas convocações extraordinárias do Congresso, o fato é que esse brinquedo moderno, voyeur desajeitado que vai, às tontas, pelo solo de Marte, esse brinquedo é um presente que o século merecia. Não por seus méritos, que não diria tantos, mas como prêmio de consolação pelos muitos projetos falidos, pelas revoluções arrependidas, pela pobreza insistente, pelas dores da ambiguidade dos que não sabem se estão vivendo um novo Renascimento ou um tropeço da evolução em que despencamos numa espécie de seleção natural – que de natural não tem nada – a produzir sem piedade dejetos humanos.

Merecíamos o fascínio do novo, mas precisávamos também do mal-estar que, de alguma maneira, o robozinho Sojourner provocou em nós. Pois, afinal, que notícias nos mandou? Um chão como o nosso, que terá passado por outras vicissitudes, onde morou ou ainda mora alguém que, como nós, vicejou entre pedras e respirou outros ares, cresceu como pôde, com a forma que encontrou ou conseguiu dar-se, na luta pela Vida, que nossa espécie conhece tão bem.

Um planeta entre outros, uma vida entre outras, vai talvez a Terra resignar-se à insignificância de um país, de uma cidade, de um bairro. Outros terão sonhado conosco, inventado no seu imaginário ou no equivalente do mundo dos sonhos personagens terráqueos quiçá diferentes da garota de Ipanema. Talvez deles não saibamos nada, pois já terão virado pedra oxidada, meteorito que, de quando em vez, alguém encontra nos gelos da Antártida. E é isso que aflige, não saber onde estamos. Antes ou depois?

Pathfinder e Sojourner acabaram com as fantasias de marciano que, alegres, vestíamos no sábado de carnaval. O que não impede que o robozinho acorde e se ponha em marcha movido a um samba de Beth Carvalho.

Utopia virtual

Folheio um número especial do *National Geographic* dedicado aos lugares incontornáveis do mundo, os que devem ser vistos pelo menos uma vez na vida. Misturado com o Rio de Janeiro, Veneza, as pirâmides de Gizeh e a muralha da China, para minha surpresa, aparece o ciberespaço, apresentado como localidade sem similar, entre as já visitadas pelos humanos. Sim, esse lugar virtual tornou-se uma das viagens imperdíveis, com o que certamente concordarão os adeptos da internet.

Essa utopia, no sentido etimológico da palavra, esse não lugar, esse mundo irreal tecido pela virtualidade, sem tempo nem espaço, sem espessura, onde cada um está em todo canto ao mesmo tempo, portanto em lugar nenhum, onde cada pessoa ocupa um lugar imaterial e múltiplo, essa utopia existe, incorporou-se ao nosso mundo. O relato entusiasta de sua incorpórea população, que a descreve como o espaço da liberdade, da não hierarquia, da possibilidade criativa para todos, sem governo, sem centro, sem autoridade, torna pálida a ilha perdida de Thomas More e seus sonhos de um governo e instituições perfeitas, capazes de pôr nos trilhos a errática natureza humana.

A utopia virtual veio substituir as velhas utopias, gastas nas promessas não cumpridas de encarnação histórica.

Esses fracassos transformaram uma palavra que queria dizer uma sociedade ideal numa geografia imaginária, em sinônimo de impossível. O adjetivo utópico perdeu sua conotação de inédito, portador de esperança, e ganhou a de irrealizável, quiçá indesejável.

À contracorrente de toda uma história de desenganos, seria o ciberespaço enfim uma utopia realizada, por obra e graça não de revoluções sociais mas tecnológicas?

Quando a internet, com velocidade até então desconhecida, atropelou os intelectuais, herdeiros de outras ilhas utópicas, alguns deles, fascinados, defenderam a construção e a ordenação do ciberespaço, em que as tecnologias de comunicação não fossem apenas o condutor de uma enxurrada de informações, mas servissem para navegar no saber e pensar em conjunto, gerando uma inteligência coletiva. Este seria, segundo eles, o principal projeto arquitetônico do século XXI. Contavam com a informática, não para descartar os homens graças à inteligência artificial, mas para desenvolver o potencial de conhecimento de cada um. Mas os desígnios da intelectualidade esbarram na força das coisas, e a Coisa mostrou sua natureza rebelde às normas da arquitetura. Imaterial e incontrolável, a internet assusta, e por isso atraiu para si a crítica radical dos que a descrevem como capitulação do humano em face do eletrônico, desqualificação e atrofia dos sentidos, que traz consigo a ameaça de uma mutação na qual as gerações já não se reconhecem entre si. Como se os habitantes do ciberespaço, invertendo a lenda, expulsassem do seu paraíso os avós e todos os ciberanalfabetos que não provaram do fruto do conhecimento. Esses mutantes seriam não humanos que, acreditando se apropriar da tecnologia, em vez disso, fossem por ela cavalgados. Quem dominaria, então, não seria a humanidade florescente, mas a tecnologia supra-humana, sedutora princesa das trevas que, à revelia dos homens, se apropriaria de seus corpos e almas.

Entre inferno e paraíso, o que se vai vivendo tem bem mais a ver com a Terra.

Pouco a pouco cada um foi tendo seu endereço nesse não lugar, e enfeitando seu site como se decorasse uma casa, *open house* para os desconhecidos que virão.

Manda-se um e-mail como antes se telefonava ou escrevia. Cada um foi instalando seu negócio, colocando seus letreiros, os bancos, as livrarias, comércios de todo tipo. Quem joga aí seu cartão de crédito para fazer compras corre o risco de ser assaltado por vigaristas, com a mesma audácia com que lhe arrancariam a bolsa numa rua mal iluminada. Assalta-se também nas esquinas escuras da cidade ideal.

Em poucos anos, como em outros projetos de reinvenção do mundo, sinais inquietantes vão surgindo e lembrando que, como em toda prática humana, as zonas de sombra, mais cedo ou mais tarde, se manifestam.

Hackers, pornografia, pedofilia, intolerância racial convivem na mesma tela com deslumbrantes passeios por museus e bibliotecas, informações médicas preciosas, chats onde se fazem amigos e se consolam solidões.

Nada mais humano, nada mais parecido com o mundo material, cheio de contradições, que abriga o bem e o mal, esse que conhecemos tão bem e que, com os mesmos gestos, recriamos na Internet.

Já se impõe, agora, a necessidade de um direito internacional nessa terra de ninguém, regulando nossa acidentada convivência global, como lembrou Derrida em sua passagem pelo Rio.

Mais uma utopia naufragada? Talvez. É melhor assim. Tinha razão Oscar Wilde: "Um mapa-múndi que não inclua a utopia não merece um olhar sequer, porque deixa de fora um país em que a humanidade está sempre aportando. E uma vez no porto, olha em volta, vê um país melhor, e enfuna as velas. E é isso o progresso."

Incorpórea população

Nos anos 60, os astronautas buscavam vida em outros planetas. Meio século depois é aqui mesmo que se descobre um outro tipo de vida: a incorpórea população que habita o ciberespaço.

As ideias, como as gerações, envelhecem e morrem. Maneiras de sentir e de ver o mundo têm prazo de validade. Confundidas com um trivial choque de gerações, as transformações profundas que estão em curso constituem uma mudança de era. São o sintoma da emergência de uma civilização desconhecida.

Em menos de duas décadas, as tecnologias que revolucionaram a comunicação deram ao mundo uma forma inédita cujas consequências são de difícil apreensão, em particular pelas gerações que estão a cavaleiro entre esses dois tempos, antes e depois da internet. O mundo virtual tornou-se parte da vida real e já não é possível separá-los ou estabelecer, entre eles, uma hierarquia. A vida de cada um gira cada vez mais em torno de duas pequenas telas: o computador e o celular. Quem mergulha nestas telas cai, como Alice, do outro lado do espelho.

Testemunha-se qualquer fato onde quer que ele se passe. A globalização não é mais um conceito abstrato, é uma experiência cotidiana, irreversível, de um mundo vivido virtualmente. Quem não fala digital nativo passa seu tempo correndo atrás de tecnologias que, mal acabamos de dominar, já mudaram e cobram, em tempo, o preço do próprio tempo que elas prometiam nos poupar. Imigrantes no futuro, não estamos bem situados para entender essa civilização recém-descoberta. Tampouco sua incorpórea população, aderida alegremente ao seu múltiplo e lúdico fazer, entende a si mesma, já que não parece propensa a grandes interrogações sobre o sentido das coisas.

Paradoxo: essas tecnologias que supostamente nos aproximam do que é longínquo nos afastam dos mais próximos. A internet e os celulares nos oferecem tudo, salvo pessoas em carne e osso. O SMS economiza a viva voz como os twitters economizam os pensamentos. Conversamos com alguém do outro lado do mundo, vemos sua imagem, mas não sentimos o calor de sua presença.

Atropelando direitos, ignorando autores, o Google age como uma superpotência e contra esse poder avassalador já se insurgem Estados como França e Alemanha. O ciberoráculo responde a qualquer questão, salvo de onde viemos e para onde vamos.

O mundo se expande e encolhe ao mesmo tempo. Arte e política se submetem ao novo modo de viver. No país de Proust, um concurso literário desafia escritores a um conto de 140 toques. Políticos comprimem, em frases amputadas, receitas para salvar seus países do caos.

Na ausência de comunidades reais como as famílias ou companheiros de um projeto político ou religioso que nos ultrapassa, quando os laços de pertencimento se esgarçam, amplia-se o mercado das relações virtuais, a rede de amigos que se contam em milhares, virtualidades deletáveis em um clique indolor. O Facebook – jogo divertido de comunicação sem relação – ultrapassou a cifra de um bilhão de usuários. O conceito qualitativo de amizade, privilégio durável de uns poucos escolhidos, nessa nova civilização dilui-se no quantitativo efêmero.

O ciberespaço abriga zonas de sombra. A identidade de sua população é improvável, lábil, cambiante. Pode ser e não ser.

Qualquer um pode ser muitos, se desdobrar em quantas vidas adote. Um nunca acabar de encontros pode se dar entre personagens ficcionais, cada um escrevendo o romance de uma vida. No ciberespaço quem é o Outro com quem nos relacionamos sem que tenhamos por ele responsabilidade?

As balizas de tempo e de espaço não vigoram no ciberespaço. O lugar do interlocutor é indefinido, o tempo pode ser inventado, relativizando essas dimensões com que sempre trabalhara o pensamento na construção da ideia mesma de real.

Essa população que se delicia no anonimato se quer também inimputável, sem lei, sem superego, sem tabu. Em boa hora, o Congresso brasileiro acordou para este problema, aprovando projetos que penalizam crimes praticados na rede. Outros, em pauta, propiciam a discussão sobre os limites ao vale-tudo nessa terra de ninguém.

O ciberespaço é habitado por nós mesmos, desmaterializados, é um rebatimento do mundo real, sem instituições, sem códigos de moral ou ética, de relacionamento entre pessoas, sem os interditos civilizatórios que domesticam a fera que dorme em cada um.

Esse inventário de perplexidades é herdeiro de um tempo em que estas questões eram relevantes. Daqui pra frente ainda encontrarão eco nos espíritos ou parecerão cada vez mais anacrônicas e desprovidas de sentido?

Digite sua senha

Quem você pensa que é? A pergunta grosseira brota, às vezes, no calor de uma discussão. Todos estamos convencidos de que sabemos muito bem quem somos. Ou porque a autoestima é alta ou porque anos de análise ajudaram a mergulhar fundo nas dúvidas que pairavam sobre a identidade.

Eu também pensava que sabia muito bem quem era. Tenho certidão de nascimento, carteira de identidade, passaporte e título de eleitor. Tenho livros publicados e na capa vem escrito o meu nome. Se alguém me encontra na rua e me chama, eu respondo. Daí minha tristeza quando, de uns anos pra cá, cada vez mais frequentemente ao longo do dia, quando digo meu nome já não basta. Uma lacônica gravação lacônica ordena: digite sua senha.

É quando os números se embaralham na cabeça: é a senha do banco, a da companhia de seguros, a que abre o computador ou a que tranca o cofre do hotel? A do cartão de crédito ou do caixa eletrônico? E o programa de milhas, maldita impostura que ninguém consegue abrir. Não, não me digam que é simples, que basta usar sempre a mesma. Aniversário não vale, endereço também não, telefone nem pensar, ingenuidade demais. Há que ser engenhoso. Começa o calvário: quatro dígitos ou seis dígitos, com letra ou sem letra? Que número escolhi em cada caso, o que começa ou termina aquela senha "sempre a mesma"?

Na floresta digital, vaga perdido um indivíduo humilhado, checado a cada passo, bandido ou hacker potencial, condenado a provar sua identidade para muito além das letras que lhe atribuíram na pia batismal. Esse pobre-diabo carrega consigo pesadas correntes de números desconexos, que se desmentem e nos desmentem à menor hesitação do dedo ou da memória. Um dígito em falso e lá se vai, engolido, o seu cartão.

Os números tomaram o poder e depuseram as palavras. Já não existe um homem ou uma mulher de palavra. Quem você diz que é? Pois digite a sua senha, insiste a metálica voz eletrônica. Esqueceu? Perdeu! Deixou de ser alguém.

Senha já foi uma palavra mágica, encantatória. Remete a tempos heroicos, às vidas clandestinas dos que queriam salvar o mundo, onde os nomes contavam pouco e uma palavra aproximava desconhecidos, provando que partilhavam um mesmo destino, que tinham um escuso ou alucinado projeto em comum. O famoso Dia D, o desembarque na Normandia que começou a pôr fim à abominação do nazismo, foi anunciado pela rádio por um poema de Paul Verlaine. Na minha juventude revolucionária, era por uma senha que, trêmulos, nos reconhecíamos nas esquinas onde trocávamos uma mala de roupa por outra, abarrotada de panfletos contra a ditadura.

Na vida amorosa, a senha era a chave que desvendava o mistério de um encontro. Uma palavra excitante, com ressonâncias de transgressão e de pecado, avalista de um segredo, de um amor proibido. Uma vez ou outra na vida lancei mão de uma senha.

Odiada palavra dos tempos que correm. Não me serve para encontrar alguém mas para me perder. Tenho medo de um dia ficar presa dentro de mim mesma, do meu eu virtual, incapaz de comunicação com tudo e com todos, dependendo de uma senha que remete a outra que remete a mais uma, que volta à primeira, fechando o circulo diabólico de que nunca sairei.

Esse pesadelo cibernético acompanha quem vive em um tempo de ameaças e medos e transita pelas vias eletrônicas infestadas de falsos egos. Nelas ninguém existe de verdade e talvez venha daí minha estranheza.

Para seres mais práticos e objetivos do que eu as senhas são simplesmente boas amigas e uma segurança indispensável ao funcionamento do mundo contemporâneo.

Incrédula, pergunto: onde terão ido parar as senhas que bloqueavam os computadores das embaixadas americanas? Um hacker diabólico expôs ao mundo todas as feridas da diplomacia mundial e ameaça destruir nada menos que os maiores bancos do mundo. Como terá ele se apropriado da senha de todas as senhas, esse Assange Bin Laden, que bombardeia a América com bombas virtuais. Inexpugnável segredo. De uma pessoa? De um grupo? Que senha os protege?

O memorioso

Foi Jorge Luis Borges quem usou a palavra "memorioso". Joia literária, *Funes, o memorioso* conta a história de um homem que se lembra de tudo e, à força de tanto lembrar-se, já não vive. Apenas registra, nos mínimos detalhes, as datas exatas, todos os traços, mesmo os menos relevantes, em suma, tudo o que há para lembrar. E por isso já não pensa, já não conhece a alegria das abstrações, dos devaneios, das livres associações que habitam nosso espírito, com a irreverência e a ilogicidade dos sonhos acordados.

Funes saiu do fundo da minha deficiente memória quando ouvi, com grande interesse, a exposição de um técnico em computação sobre as possibilidades de armazenar no computador toda a informação disponível sobre uma instituição de história recente que, ao ouvi-lo, parecia ter produzido uma carga histórica maior que aquela contida nos seis volumes das memórias de Churchill, um de meus livros prediletos, que cobre uma guerra mundial.

Garantiu-nos o rapaz que nada, nada se perderia, que qualquer pronunciamento de qualquer membro da equipe, escrito ou falado, qualquer documento, circular, bilhete, recado, tudo o que um dia se produziu ou se produziria naquela instituição ali estaria, armazenado para sempre, disponível, podendo ser por qualquer um acessado, citado, retransmitido, jogado na rede, intranet, na internet, lido pelo mundo inteiro, podendo provocar respostas, feedbacks, links, chats, novos sites.

Uma boca imensa, insaciável, abriu-se na minha imaginação meio adormecida por um almoço mineiro e dois copos de vinho. Eram três da tarde, o sono se impunha, indecoroso, e aquela boca enorme, faminta de detalhes, ali, ocupando a sala inteira.

É preciso alimentá-lo. Por isso cada membro da instituição deve receber uma circular estipulando que tudo deve ser informado, que nada pode ou deve acontecer sem que ele, o memorioso, tome conhecimento.

A luz vermelha da intuição, que sempre me acorda, mesmo nos momentos de modorra, acendeu-se e vieram-me ao espírito, desordenadamente, algumas aflições que, prudente, calei. Imaginei todos e cada um, gente ocupadíssima, que trabalha doze horas por dia, informando sobre cada passo, cada espirro, cada documento. Pensei na inutilidade de quase tudo que acontece, na necessidade sadia que temos de esquecer, nesse divino mecanismo com que fomos dotados de selecionar por critérios muito próprios o que é ou não importante. E dei graças a Deus, no sentido mais literal, graças a esse deus que, se existe, foi genial dotando-nos do esquecimento, aliviando nosso disco rígido do flagelo da memória inteira. Deixando-nos o dom da seleção.

Quem escolherá o que dar de comer ao monstro? Por que critérios? Quem é capaz de dizer o que tem ou não importância? E para quem? Quem deleta quem? Ou o quê?

Inescapável a pergunta angustiante: Se a história não fosse a da instituição, mas a da minha vida, que informações daria eu ao monstro para que ele, para sempre, rigidamente, registrasse, catalogasse, distribuísse? O que jogaria eu no meu lixo virtual? Deletei a pergunta. Mas ficou comigo o sentimento de estranheza.

O técnico embalou-se em entusiasmos: "Mandem tudo para mim." Tive a certeza de que chegávamos ao limite, um passo em falso e mergulharíamos no abismo da desrazão, da biblioteca de

Babel que o mesmo Borges inventou, o que seria o fim da instituição. Memoriosa, já não saberia viver. Ocupada em lembrar-se, escapar-lhe-ia o tempo presente. Fui-me embora.

Não é a primeira vez que o encontro com os milagres da informática me confunde. Quero crer, por funda ignorância, ou excessiva curiosidade. Já há anos George Bateson, eminente professor americano, relatou um caso que me encantou. Um aluno lhe perguntou sobre a inteligência virtual, do que era e do que não era capaz, quais as semelhanças e dessemelhanças com nosso modesto aparelho intelectual. Humanista que era, Bateson buscou um exemplo que salvaguardasse algum privilégio da inteligência humana e, não por acaso, foi buscá-lo lá onde a inteligência mergulha no obscuro mundo dos sentimentos, no fundo do mar da razão que é o inconsciente, lá onde os mistérios associativos se embolam ao impacto das ondas na superfície. "Ah, isso me lembra uma história..." Essa frase, que uma outra frase, ou perfume, ou um gosto puxa para desfiar o fio de um destino, essa frase o computador não sabe ou não pensa, disse Bateson.

Sei que talvez Bateson, e mais ainda eu, ele morto, calado, eu viva mas ignorante, malformada nesses assuntos, possamos ser mil vezes contestados. Pouco me importa, isso me lembra outra história.

Um amigo viajava de avião com outro amigo, este um desses infelizes aterrorizados pelo voo. Em meio à turbulência, meu amigo viu que o outro lia o jornal de cabeça para baixo.

Insensível, não se deu conta de que o outro distraía o medo. Pediu o jornal emprestado, e, como o outro recusasse, insistiu: "Mas você já leu!" "É, mas agora estou deslendo", argumentou o outro, revelando-se um produto acabado da era virtual. E um sábio.

O tempo dos selfies

O autorretrato foi para os mestres da pintura que viveram antes do advento da fotografia a maneira de revelar não só o mundo que viam e como o viam em cores e formas, mas o lugar íntimo de onde viam, a densidade de seu olhar. Obras-primas nasceram do pincel de um Rembrandt ou de um Van Gogh, que legaram ao futuro seus rostos em várias idades, impregnados de suas angústias.

O autorretrato foi sempre um momento maior na carreira de um artista. Buscavam a imortalidade na grande arte e a grande arte no autorretrato. Tinham a dimensão da história.

Hoje o autorretrato é o exercício preferido de qualquer anônimo que estenda o braço com o celular na mão e lá vem mais um selfie. Um exercício lúdico e narcísico cujo destino é ser deletado ou, com sorte, fazer um imprevisível caminho na rede. Uma ou algumas caras, talvez caretas, sem contexto, sem profundidade, imagens deixadas ao efeito de luzes e sombras eventuais.

O selfie não quer fixar nada senão uma informação fugaz sobre o momento vivido e compartilhá-la com o maior número de pessoas. Não sei se é um brinquedo inofensivo ou metáfora do tempo presente em que a instantaneidade, a quantidade e o descompromisso com a qualidade são a regra.

Vivemos um tempo sem memória que tudo registra para logo tudo esquecer. Um eterno presente que capta a instantaneidade do fato e se alimenta da velocidade da informação. Sem passado, que não se cristaliza, diluído em uma renovação permanente de notícias, nem futuro que, sem tempo para amadurecer, é uma ausência. O momento seguinte não tem tempo nem razão para amadurecer.

Marc Zuckerberg, perguntado sobre o objetivo do Facebook, respondeu: "Conectar-se." Para quê? "Para conectar-se."

O cotidiano vivido cada vez por mais pessoas e por mais tempo entre as telas do celular e do computador vai moldando uma percepção do mundo que é tão alheia ao mundo pré-virtual quanto um autorretrato de artista a um selfie. O *snapchat*, que envia uma foto que dura segundos e se autodeleta, é a última flor dessa língua cada vez menos compreensível para a geração do porta-retrato.

A intensa vida virtual atualiza palavras como presencial, um adjetivo que hoje qualifica a natureza excepcional de um encontro entre gente de carne e osso. Manifestações de rua são presenciais. As outras são simplesmente o dia a dia de quem vive no mundo virtual, onde a opinião é produto do dilúvio de informações, muitas de origem aleatória ou autoria incerta. A quantidade dessas informações, em que a qualidade não é um critério, quando mal digerida é tóxica. Essa é a face oculta de uma admirável democratização do direito de expressão.

Para o bem ou para o mal, a sociedade está mudando mais pela tecnologia do que pela política, desfigurada em partidos carcomidos pela corrupção. Transformados em ajuntamentos de interesses pessoais, sem valores, sem compromisso com o interesse público e sem visão de futuro, recolhem a aversão como sentimento comum à população. A política desliza, então, para outras formas de expressão e entre elas está certamente o fervilhar de debates na comunicação virtual, com os prós e contras desse mundo e de sua incorpórea população.

O Brasil vive um momento de selfies. Um eterno presente em que os fatos e as fotos se sucedem sem contexto e sem enredo. Tudo se esgota no escândalo do dia, no toma lá dá cá, nos implantes de cabelo, na roubalheira da véspera, na amante do doleiro cantarolando Roberto Carlos na CPI, no ex-presidente que se expõe malhando, suando e dizendo banalidades sobre vida saudável.

Autoridades viram piadas corrosivas na rede onde a derrisão é a regra. O falso revolucionário, que antes cerrava o punho, hoje atravessa a tela com os pulsos algemados. Amanhã é o CEO engravatado da grande empresa que explica, com ar compenetrado, como dar propina. Delata-se. Deleta-se.

O Brasil entrou na era do desnudamento. Nas redes, tudo se sabe, se compartilha, se comenta. Pouco se interpreta. Menos ainda se entende. E amanhecemos em um presente sem futuro.

A cultura virtual está se tornando a Cultura. Há uma armadilha, que precisa ser desarmada, em sua relação com o tempo. Ela impõe uma vida acelerada que não pensa o amanhã.

Falar em dimensão histórica soará estranho a ouvidos jovens. Este texto é longo para quem se exprime em twitter e whatsapp. Mas é preciso que eles saiam do eterno presente, conheçam o passado e assumam o compromisso com o futuro. Façam projetos ditados por valores. O país precisa deles para superar a esclerose. O futuro será o que eles fizerem.

Grifes

O segredo das grifes não é difícil de desvendar. Alguém a convence de que comprando uma bolsa, dentro vem um mundo de elegância, um homem lindíssimo que a ama, uma casa ampla e um jardim deslumbrante. Com a bolsa, supostamente, você compra um estilo de vida, alguma coisa parecida com a felicidade.

Quantas vezes olhando vitrines de grifes famosas me aconteceu de ou achar feio ou sem graça ou simplesmente parecido com o que oferece o armarinho da esquina. Teoricamente os preços altíssimos garantiriam que me engano, que sou eu que, sem nenhum refinamento, sou incapaz de avaliar a excelência de um produto pelo qual tantas mulheres estão dispostas a entregar um punhado de dólares.

Para evitar mal-entendidos ou suspeitas de algum desvio politicamente correto me empurrando no sentido de chatíssimas críticas ao consumo, esclareço que incluo entre os grandes artistas do século passado Yves Saint-Laurent. E que uma das mais belas exposições que vi em minha vida foi uma retrospectiva da obra de Cartier, muito mais que um joalheiro, um cultíssimo conhecedor da arte de ornamentar-se, tão velha quanto a história humana, e que ele cita melhor do que ninguém. É que talento e grife muitas vezes se confundem, mas nem sempre.

Nada disso impede que as grifes continuem exercendo uma atração incontrolável, não só sobre quem pode pagar por elas, mas sobretudo em quem não pode, e deve ser isso que explica o próspero negócio dos camelôs, bem conhecido das calçadas brasileiras. O que não é uma especialidade nossa.

Na Ponte Vecchio, tesouro da arquitetura de Florença e coração turístico da cidade, misturados aos joalheiros que lá estão há alguns séculos, senegaleses emigrados oferecem uma gama diversificada de sacolas e carteiras Vuitton e Ferragamo. A três quadras dali, instalada em um esplêndido palácio florentino, a verdadeira Ferragamo tenta resistir a uma concorrência que rima com as hordas de turistas que desfilam pela ponte a cada dia, mais interessados na oferta dos senegaleses do que nas deslumbrantes perspectivas de pontes que se sucedem, refletidas todas no espelho do rio Arno.

Mas nada disso se compara a um camelô brasileiro. Nada supera a lucidez sobre o seu mercado do homenzinho que, instalado no centro do Rio, imprimiu catálogo anunciando a variedade de seus produtos, onde não falta nenhuma grife que mereça esse nome, só que precedidos de uma clarificação: genérico de fulano de tal.

Posta à parte a injustiça aos genéricos, que nada têm de falsificação, ao contrário, são tão bons quanto os outros remédios, o que o homem está dizendo é que não é necessário pagar tanto para se ter o mesmo efeito. O que não sendo verdade, mas um elogio à falsificação grosseira, serve como revelador porque, na certa, há quem compre os "genéricos" que ele anuncia.

São falsificados, imitações de vidas. Gente querendo ser o que não é.

Se a publicidade consegue convencer a massa de uma sociedade de que a posse de um determinado badulaque é um símbolo de sucesso e, melhor, se consegue convencer cada um que ele será melhor que o vizinho ou colega se possuí-lo, o badulaque ele mesmo já não tem importância, importa a sua função psicológica de promoção social ou de autoafirmação.

O desejo de possuir bens não nasceu hoje, nem tampouco inventou-o a publicidade. É um desejo perfeitamente legítimo, alheio ao ascetismo que, este, está mais próximo da santidade e do religioso do que do humano banal. O que mudou foi a campanha ideológica que instalou a competição como uma aferição de valor, afastando cada um da fonte do seu próprio desejo. Uma grande parte do consumo é motivada pela comparação com os outros, emulação que a publicidade cria desqualificando quem se recusa a jogar este jogo. Se você não acompanha a moda é porque lhe faltam recursos e se lhe faltam recursos você fracassou já que o sucesso, nessa lógica, mede-se pela quantidade de dinheiro que se consegue ganhar. É então que, para provar que não fracassou, você segue a moda, os padrões de consumo, que lhe são ditados de fora, aceita esse barulho que ensurdece o seu próprio desejo, renuncia a seu próprio gosto.

As grandes firmas multinacionais já não precisam garantir qualidade, elas são a qualidade. Elas não precisam produzir beleza, o que elas produzem passa a ser a beleza. A beleza é, por definição, o que elas produzem. Uma vez conquistada a fama, seu valor simbólico é muito maior que seu valor real. Para além do produto elas vendem símbolos, marcas, cuja assimilação ao sucesso o marketing se incumbe de construir. Vivem do aluguel de suas marcas que, mundo afora, seus locatários reproduzem sob o nome de franchising. Às vezes essas marcas não são alugadas, mas simplesmente ocupadas por um mercado de contrabando que expõe nas calçadas o luxo que pelo preço seria reservado a poucos. A contrafação de marcas mundialmente famosas é a prova do sucesso desses símbolos que os mais pobres querem ostentar, mesmo sabendo que se trata de um produto falso. Uma vez mais, não é o produto que conta nem a sua qualidade, é a aparência, é o simbólico.

As grifes ocupam o imaginário de todos, invadem esse imaginário, mas deixam uma estreita margem em que o desejo e o gosto de cada um podem se manifestar em liberdade. Curiosamente, a pletora de produtos que o mundo industrial e capitalista oferece sempre foi associada à liberdade, ainda que não seja novo o fato de que a publicidade molda os desejos, o que foi largamente demonstrado por Naomi Klein, no livro *No logo*.

A verdadeira questão que inquieta é: uma sociedade de massas, moldada pelo marketing oferecendo uma pletora de produtos que cada indivíduo supostamente escolhe, é isto a liberdade?

Um trilhão de nada

Eu era bem pequena quando perguntei a meu avô o que era um trilhão.

Ele começou uma longa explicação e, percebendo meu desinteresse, tão grande quanto o seu, concluiu entediado: "De toda maneira você nunca vai usar isso. Não existe um trilhão de quase nada."

Não pensei nessa história ao longo da vida inteira até porque nunca, de fato, usei a palavra trilhão senão em exageros bem latino-americanos como um trilhão de desgraças ou um trilhão de pessoas na fila do ônibus. Jamais para expressar uma realidade. Só recentemente comecei a ver impressa essa palavra e em contextos que não estão para brincadeiras, como as páginas econômicas de respeitadíssimos jornais. Tratava-se de dinheiro, um dinheiro que supostamente existia em algum lugar, embora sob forma de papéis que, ao fim de cálculos complicadíssimos e oscilações de um mercado chegado a crises de nervos, se atribuíam valor.

Macaca velha, nunca acreditei nessa história – quem frequenta a minha casa é testemunha – e me habituei a ser chamada de primitiva quando, honrando a estirpe de meu avô, afirmava que "esse dinheiro não existe". Coerente com a minha tese, desacreditava também das fortunas de muitos e muitos bilhões que foram se tornando lugar-comum no noticiário sobre o *jet-set* internacional. Tanta riqueza acumulada me parecia conter uma boa dose de impostura. Talvez pensar assim me poupasse de um ataque de indignação já que a comparação entre essas hiperfortunas e a hipermiséria que nos atropela nas esquinas punha à prova, duramente, o meu senso moral.

Preferia acreditar na megalomania de nosso tempo, produzindo um mundo de ficção, uma ficção perversa, feita de enriquecimentos ilícitos, de desvalorização do trabalho e do salário, em favor de ganhos faraônicos nas roletas das bolsas. Achei que as pessoas estavam enlouquecendo de vez, quando um amigo vendeu todos seus imóveis para jogar – ele diz investir – na Bolsa.

Ontem ele veio me contar sobre o fim do mundo. Olhei para esse menino que acreditara ter desenterrado um tesouro com uma ponta de piedade. Considero falta de caráter a frase "eu não disse?". Calei a boca e ofereci café feito na hora e broa de milho quente. Ficamos assim, numa tarde de inverno, gelada para o limiar da primavera, tomando lanche, esquecendo por algumas horas o Apocalipse. Ouvimos música, ele tocou piano, o que não fazia há muitos anos. Que música é essa, perguntei? Acabei de inventar, respondeu, não tem nome. E eu, malvada, "será Sonata para o fim do mundo"? Serei eu uma incurável otimista?

Contei-lhe então que meu avô dissera que quase nada se conta em trilhões e que, de uns dias pra cá, eu procurava o que, afora os dinheiros que brotam do nada e se desfazem no ar, poderia ser contado em tantos zeros. Os grãos de areia, talvez. As folhas das árvores de toda a Terra, sugeriu. As notas musicais tocadas desde o princípio dos tempos, disse eu. Os beijos, os beijos trocados em toda a história humana, retorquiu vitorioso e assim fomos em um jogo que batizamos de jogo do trilhão e que ninguém ganhou, porque morremos de rir com a nossa capacidade de dizer besteira no dia do fim do mundo.

O jogo do trilhão tem uma única regra, exigi: a coisa contabilizada tem que ser real, não valem papéis que não correspondem a nada. Fiz mal de invocar esse princípio, um rosto desfeito se reapresentou diante de mim. Cabisbaixo, foi logo embora.

Continuei a jogar sozinha e fui descobrindo um trilhão de coisas boas que a vida real oferece aos cinco sentidos. Mas como toda regra tem exceção, esbarrei no que a humanidade mais acumulou e que não são coisas reais mas podem ser boas: as ilusões. De ilusões vivera meu pobre amigo, do sonho infantil do seu tesouro escondido.

Jogando comigo mesma, decidi ater-me às regras, deixei de fora o trilhão de ilusões que o mundo acumulou. Um certo mundo que, segundo alguns, chegou ao seu fim. Pouco sei sobre o fim dos mundos, fui sempre especializada na fundação de novos. Fico desarmada nestas situações. Mas não posso deixar de pensar com reverência na sabedoria de meu avô. Pois, afinal, de todos os trilhões que se esfumam, dos traumatismos planetários tão previsíveis e desnecessários, o que restou? Um trilhão de nada.

Pecados capitais

Só não vê quem não quer. O medo do futuro está arruinando as alegrias do presente. Quanto mais floresce a ideologia do *carpe diem* mais o cotidiano se enreda em pequenas e grandes angústias, estados de alerta que atropelam a degustação de hoje em nome de amanhã. Um espírito religioso que já não fala de céu mas de paraíso na terra, desde que não seja imediato, impõe-se graças a pecados capitais, revisitados em versões modernas e difusas.

Como bicho assustado na selva, à escuta do menor ruído, o jovem executivo espreita a ascensão do colega que vai roubar-lhe o lugar, a promoção e o salário, a ele que não soube competir. Insone, os sustos do futuro habitam sua noite inteira, sua vida inteira, assombrada pelo pecado da inveja.

Quem acorda revolvendo-se nas complacências do pijama arranca-se da cama, do calor do amor e de si mesmo e vai correr quilômetros, pedalar no vazio, levantar halteres, bufando, que com a saúde não se brinca e, como todo mundo sabe, a indolência de hoje é o infarto de amanhã. Sua a camisa, apostando nesses anos a mais, terra prometida aos que não sucumbirem, hoje, ao imperdoável pecado da preguiça.

Quanto à mesa, o pão nosso de cada dia fez-se crime contra a estética. Um pãozinho quente é a certeza de mal envelhecer, perigo supremo quando o objetivo é garantir uma vida cada vez mais longa. A relação à mesa passou do prazer cúmplice e competidor da sexualidade – a quem deliciosamente acompanhava, no desvario e desmedida – a uma relação cerimoniosa, discreta, feita de medidas certas e precauções, feita de cálculo, seja de calorias, seja de quantidades, um enunciado secreto de proibições, de autoflagelações que adivinham e antecipam a crítica no olhar alheio.

Às repressões do sexo que os mais velhos conheceram, ao medo de ser tachada de vagabunda que impunha a frustração e o autocontrole, deu lugar a vergonha intolerável de ser chamada de gorda. No lugar de um grande Bordeaux, um Gatorade, um olhar para o lado meio amargo e a sensação de dever cumprido contra o pecado da gula.

A moral perdeu para o desejo. Liberdade sexual faz parte do capital de uma nova geração, herdeira da pílula, do feminismo e das políticas do corpo que chamaram assim o que antes era o pecado da luxúria. De lá pra cá, fica-se com quem bem o atrai mas não sem medo. Em tempos de Aids, a luxúria é comedida, o desejo normatizado por regras de conduta estritas – e ainda bem que é assim – porque são mesmo indispensáveis. Ironia de mau gosto a do destino que nos deu a liberdade para depois impor incômodos e suspeitas. O sexo deixou de ser um pecado moral e virou um risco sanitário.

E no capítulo dos riscos, aceita-se a convivência com as mesas de operação, repetidas vezes, quantas forem necessárias, para corrigir os equívocos da natureza, que ela cometeu em quem se queria e sonhou sem falhas e não pode aceitar o traço rombudo que a genética, às vezes, imprime no destino de cada um. Sem eufemismos, ninguém quer ser feia e responde a essa injustiça assumindo o pecado da vaidade e pagando o preço que ele custa no mercado da beleza.

E como ninguém também quer ser pobre, trata-se de ganhar dinheiro, não para gastar, mas para que o dinheiro se transforme em mais dinheiro, e investimentos estão aí para operar esse milagre, enquanto o futuro se impõe mais uma vez, à espera da ação que um dia vai valorizar, adiando os prazeres para não mexer no capital, fazendo cálculos mirabolantes para garantir uma rentabilidade que chame mais dinheiro, enquanto o dinheiro dorme nos bancos ou viaja nos computadores, longe do prazer imediato, diferido, tangenciando o pecado da avareza. E depois de tudo isso, de se estressar na competição, esfalfar nas ginásticas, torturar nas dietas, transar com medo, fazer plástica e sofrer com as oscilações da Bolsa, nossos heróis modernos, esses que, aqui e agora, se acreditam livres mas são escravos do futuro, dificilmente, e com razão, deixarão de sucumbir ao pecado da ira.

Pandora à solta

O merecido escárnio que pesa sobre os políticos, acusados de maiores ou menores falcatruas, já seria em si preocupante, quando se sabe que eles legislam sobre uma boa parte de nossas vidas. Mas assustador é pensar que essas mesmas pessoas opinam sobre temas para os quais não estão minimamente qualificadas.

Vivemos um problema maior, que não é só brasileiro, um problema do nosso tempo e que se reveste de características dramáticas. Acontece que a ciência avança bem mais rápido em suas descobertas aterradoras do que progride moralmente o espírito humano. De tal forma que se torna quase inconcebível colocar em mãos humanas as descobertas do seu próprio gênio científico.

O caso da clonagem é emblemático. Coexistem no tempo a incrível performance da ciência que desvenda o código da vida, permitindo a sua recriação, e os mais medíocres e baixos instintos que, em torno da clonagem, se vêm manifestando. Em suma, como espécie, não estamos à altura de nós mesmos, e se a clonagem é uma aventura perigosa, a não ser tentada, não *é só* por causa dos clones e sua aura de mistério, mas pela ameaça dos que não são clones e que expõem claramente suas sinistras intenções face à nova técnica.

Daí que a interdição da clonagem reprodutiva seja antes de mais nada uma precaução social, que talvez não dure para sempre, como esperam os que acreditam num possível aperfeiçoamento do espírito e da conduta humanos.

Enquanto isso, vamos assistindo ao desfile patético dos fantasmas mais primitivos dos inconformados com a morte, que projetam nos genes as propriedades da alma, tão caras aos religiosos: imortalidade e reencarnação.

Confundem corpo genético e consciência, como se, por obra e graça de um código genético que se perpetua, se perpetuassem também as trajetórias, as dores e alegrias, os desejos e a memória, prometendo um renascimento, realizando o sonho da continuidade. Projetam-se sobre as moléculas tudo que as tradições mais ancestrais disseram sobre a alma. Mas o DNA não tem nada a ver com isso...

Não, ninguém reencarna em um clone, mas esses subsolos do debate impedem que venha à tona a enormidade dos problemas ligados à clonagem reprodutiva.

O primeiro deles, a ausência de filiação. Se um dia afligiu alguém a situação de pai desconhecido, aqui se trata de mãe e pai inexistentes, pelo menos no sentido em que simbolicamente entendemos a filiação. A prática da clonagem reprodutiva atinge de maneira devastadora os sistemas simbólicos fundados no parentesco.

Paira o mistério sobre o que seria afetividade ou a identidade de um ser nascido fora da ordem simbólica que identifica os seres humanos. Não é impossível que uma outra ordem venha a se gerar, redefinindo então o que chamaremos doravante filiação. Mas hoje essa ordem está fora do horizonte de nossa imaginação e o que nos sugere essa entrada na vida é uma espécie de deriva identitária de um ser totalmente só, totalmente individualizado.

Ora, o destino humano é bem mais do que uma evolução biológica. É essa ordem simbólica. É construção de sentidos, de fronteiras e limites, aceitação de tabus, traçado de uma linha moral. Daí que a ideia mesma de humanidade seja a do inacabado, mais sonho do que realidade, exposta a uma dose necessária de acaso que inspira a própria noção de igualdade, de dignidade entre diferentes.

Nasce o humano no reconhecimento das diferenças entre os seres humanos, diferenças de sexo, de uns face aos outros, dos vivos face aos mortos.

O processo de clonagem reprodutiva é assexuado, rememora o mito do andrógino, sem a sua poesia. Gera um ser individualmente absoluto e alimenta fantasias de vitória sobre a morte. Quebra o aleatório, equivale a uma técnica de fabricação humana com enormes riscos de instrumentalização de todo tipo. Esses riscos serão tanto maiores quanto mais corrupta for uma sociedade, quanto mais movida a lucro, a princípios totalitários.

As mazelas da política e da sociedade, nosso impressionante atraso social, recomendam que a clonagem humana reprodutiva seja objeto de sanções em um pacto internacional. Sendo considerada tratamento desumano ou degradante, os Estados que a permitem sejam passíveis de sanção. E, como prática em larga escala, seja crime contra a humanidade, o que permite perseguir e condenar os que a praticam. Ninguém sabe hoje, proibição ou não, onde tudo isso vai parar.

Incontornável, pois, a menção à Pandora, aquela, a da caixa que continha todos os males, que ela, curiosa, deixou escapar. Também ela nascida de um processo artificial, fabricada com a argila de Hefaísto, a beleza de Afrodite, a astúcia de Hermes, o sopro vital de Atena. Quis saber demais, soltou as misérias guardadas na caixa. O que nos consola, se consolo há, é que, no fundo da caixa, soterrada por todos os males, lá estava a esperança que, mesmo esmagada, custando a sair, a duras penas também escapou.

O destino não é mais o que era antes

O destino vem sofrendo rudes golpes. Mudanças comportamentais e inovações científicas transformam a fatalidade em escolha.

É no corpo humano, a mais permanente de nossas memórias, que uma impressionante revolução está refazendo o desenho original, tornando movediço o terreno do biológico e substituindo o destino pela liberdade.

Outra não é a ambição da decodificação do genoma humano pela qual se quer mapear virtualidades de doenças, possibilitar previsão e cura, introduzindo nos espíritos mais ambiciosos a ideia de longevidade, quiçá da imortalidade. Que estranha sensação provoca o olhar cândido de Dolly, esse *Agnus Hominis* que, sem saber, terá tirado os pecados do mundo, tornando concebível a clonagem de seres humanos, quem sabe isentos de alma, quem sabe isentos de culpa.

A pílula e as diabruras do movimento feminista já haviam zombado do destino que Freud acreditava inscrito no corpo das mulheres e aberto o leque das escolhas sobre o rosto de uma mulher até então desconhecida. O feminino em movimento levou de roldão o masculino e lá se foi por água abaixo a sacrossanta imagem da família tradicional. Feminino e masculino buscam hoje autoria e definição nas complexas vivências de homens e mulheres.

Já diz bem pouco o corpo sobre a sexualidade. Se há dois sexos no mundo, as sexualidades, elas, são múltiplas, confessas e aceitas, com maior ou menor facilidade segundo o quórum da *Gay Pride Parade*. Os dois sexos já não comportam a diversidade sexual, a fertilidade da fantasia e do imaginário.

Assim também, juventude e velhice. A indústria farmacêutica beneficiou-se, nos últimos anos, da venda de potência sexual, o Viagra, corrigindo uma das mais inconsoláveis fragilidades do destino dos homens. A cirurgia plástica, cujos maiores consumidores hoje são os adolescentes e as mulheres de meia-idade, oferece um paliativo a quem ainda não gosta de si ou já não gosta de si, a tentação de um outro começo ou de um recomeço.

A ciência oferece e a sociedade aceita entorses ao destino, o que vem confirmar a máxima do Prêmio Nobel Jacques Monod: "O destino se escreve na medida em que se cumpre, nunca antes."

Confrontados com essa vertigem de mudanças, entre o fascínio e o medo, somos chamados a formular juízos de valor. Onde há abertura, possibilidade, incerteza, a escolha se instala, trazendo consigo o seu complemento, esse sim inescapável, a interrogação ética.

Os progressos da ciência, que são também os da nossa ignorância, como uma vela na catedral, mais do que iluminar dão a ver a amplitude da escuridão, do que não conhecemos. Daí a angústia do nosso tempo.

Abandonados pelo destino, que era cruel mas incisivo, aqui estamos, diante da nossa liberdade, responsáveis pelo que der e vier.

Onde estão os limites a não serem ultrapassados e quem os fixa? Com que autoridade? Outorgada por quem?

Quem toma as decisões sobre temas fundamentais como o sigilo das informações contidas no código genético de cada um? Como protegê-las de companhias de seguro ou dos empregadores? Como garantir a privacidade dos genes? Como se elaboram as normas em tempos de mudança tão vertiginosamente rápidos?

As estruturas da sociedade evoluirão com a mesma rapidez e refinamento com que evolui a ciência? Se assim não for, essa defasagem não poderá ser senão geradora de desastres. Deixará vazios que abrigarão todos os abusos, todas as intolerâncias, todos os arbítrios.

Que estruturas de debate público, de deliberação coletiva, de informação e de educação sustentarão o campo argumentativo necessário ao acompanhamento dos progressos da ciência? Comissões de ética, por melhor constituídas que sejam, com os mais ilustres especialistas e pensadores, não bastam. Há que estimular a capacidade das pessoas comuns de elaborarem, discutirem, confrontarem seus juízos de valor, como já vêm fazendo ao tomar decisões de cunho pessoal, delicadíssimas às vezes, como romper um casamento, interromper uma gravidez não desejada, fazer uma vasectomia.

Uma fronteira tênue mas inegável separa a autonomia que rege as decisões individuais, como as relativas ao exercício da sexualidade, das que afetam o perfil de toda uma sociedade. Doar órgãos é uma decisão individual, vendê-los é dar a última volta de parafuso na lógica perversa do mercado. A proibição da venda de órgãos é uma decisão de interesse coletivo que responde a critérios éticos.

O fato é que, tanto no plano das relações privadas quanto no das relações sociais, nosso tempo impõe uma ética do debate, onde prima o valor do argumento, da troca de opiniões, da transparência dos problemas. Exatamente o contrário do anátema, da proibição e da censura.

Na sociedade do conhecimento, a democracia se pratica com reflexão, com o reconhecimento da complexidade do que nos é dado viver. A complexidade das questões contemporâneas é uma faca de dois gumes: fascinante pelo seu caráter inaugural de uma nova era, ameaçadora pelos riscos de manipulação da ignorância e pelo espantalho do obscurantismo.

Os medos, justificados aliás, que as novas tecnologias biomédicas inspiram, só podem ser enfrentados com progressos no campo do espírito, tão revolucionários quanto as possibilidades do corpo.

Não há por que atribuir às novas tecnologias um gosto faustiano de pacto com o diabo. É possível que sejamos capazes de elaborar lugares e processos de debate e decisão sem, por isso, renunciarmos a elas como se fossem demoníacas, nem tampouco a elas aderirmos com a sofreguidão de nos improvisarmos em deuses. Tentemos apenas ser humanos. Artistas a braços com a sua própria obra.

De Hipócrates à hipocrisia

Planos de saúde ofereceram uma melhor remuneração, denominada "consulta bonificada", a médicos que pedissem menos exames a seus pacientes. A Associação Médica Brasileira denunciou a prática como antiética e a Agência Nacional de Saúde proibiu sua utilização. Em tempo.

Se um médico pede um exame é porque julga necessário. Não pedi-lo em troca de dinheiro seria pôr em risco a saúde do paciente. Por outro lado, se não era necessário e mesmo assim pediu, por que o fez? A quem interessava o pedido indevido?

A confiança na palavra do médico, ponte entre a vida e a morte, é a essência da relação com o paciente. É gravíssimo desmoralizá-la a troco do que, em profissões menos nobres, se chamaria gorjeta.

Essa relação tem uma origem sagrada. Deus tutelar da medicina, Esculápio viveu em Epidauro e foi elevado ao Olimpo por suas práticas curativas, misto de conhecimento e deferência com o sofrimento humano. À sua morte espalharam-se pelo mundo antigo templos em seu louvor, construídos por discípulos e sacerdotes aos quais acorriam peregrinos em busca de alívio para seus males. Neles havia espaço para que pernoitassem e repousassem durante a convalescença. Nasciam os hospitais e seus médicos.

Gerações mais tarde, um descendente de Esculápio, Hipócrates, abre caminho para a medicina moderna anunciando que os males não vinham dos deuses mas da natureza e que, descobertas as causas do mal, na própria natureza encontraríamos seu remédio. Nascia o diagnóstico. Os escritos de Hipócrates são o fundamento da ética médica.

A travessia da dor e da morte empresta à relação médico – paciente um caráter de confiança mesclada de gratidão. Transformada em prestação anônima de serviço, essa relação está adoecendo. Quem não teve, em um hospital ou posto de saúde, a experiência de ser atendido por um médico, depois controlado por outro, e mais tarde por um terceiro, desconhecido? Quem não sentiu, então, a vertigem do desamparo? Onde a intimidade que unia o paciente ao médico, autorizando a nudez do corpo e da alma fragilizados?

Mais que um serviço, o que se poderia explicar pelas necessidades do atendimento de massa, contaminada pela lógica do mercado, a medicina corre o risco de se tornar um produto.

O episódio da consulta bonificada fere a dignidade dos médicos e o direito dos pacientes. A solicitação de exames desnecessários, por sua vez, suscita interrogações sobre a medicina tecnológica. Apesar dos inestimáveis serviços que presta, sobretudo na prevenção de doenças como o câncer de mama, estaria a medicina tecnológica induzindo a um hiperconsumo de exames oferecidos por uma pletora de empresas?

Onde a verdade, onde a impostura? Não estaria o paciente sendo vítima do fogo cruzado de uma sombria batalha por lucros? Essas dúvidas só a ética médica pode dirimir.

Segundo ato, a definição mesma de doença. Antes uma sensível pane do corpo, hoje ela se define como um avesso da expectativa da saúde perfeita, horizonte marqueteiro que recua quanto mais nos aproximamos dele. A cada item dessa pauta inesgotável corresponde uma oferta terapêutica, um produto novo colocado no mercado ou um serviço que alguém se dispõe a prestar. Afinal, não é a oferta que induz a demanda?

Prospera a invenção das doenças. A criança travessa, diagnosticada como hiperativa, precisa supostamente de atendimento psicológico ou de tranquilizantes. E há quem, sem necessidade de cuidados especiais, pague a um personal – esse anglicismo abreviado que se incorporou ao nosso vocabulário – para simplesmente caminhar a seu lado, já que o exercício diário é necessário e, se não praticado, mandamos para nós mesmos a conta da culpa.

As farmácias assépticas que substituem nas esquinas a alegria dos bares são o depoimento urbano sobre a medicalização da vida e a ampliação do mercado da saúde. Os filósofos iluministas já desconfiavam que esse negócio iria prosperar. Voltaire, na rubrica "doença" de seu Dicionário Filosófico põe na boca de um médico: "Nós curamos infalivelmente todos aqueles que se curam a si mesmos." Rousseau, no *Emílio*, é ainda mais categórico: "Impaciência, preocupação e, sobretudo, remédios mataram pessoas que a doença teria poupado e o tempo curado."

A saúde é, hoje, uma caixa preta a ser aberta pelos médicos que honram o juramento de Hipócrates e por pacientes inseguros que querem se defender das hipocrisias. Ela guarda as duas faces perversas de um mesmo negócio: a deriva da medicina de mercado e o mito da saúde perfeita. Em todos os sentidos, ambos nos custam caríssimo.

Fatores de risco

O dr. Knock foi exercer a medicina em uma aldeia de montanha onde todos os habitantes eram sadios e não iam ao médico. Seu antecessor, um doutor arruinado chamado Parlapaid, foi logo avisando que ali teria a melhor clientela, a que o deixaria em paz. Só que o dr. Knock não queria paz, queria dinheiro. Como convencer essa gente sadia a ir ao médico?

Começou pelo professor a quem convenceu de alertar o povo sobre o risco dos micróbios, perigosíssimos seres invisíveis. Pagou a um sujeito para tocar tambor e anunciar na aldeia que o doutor convidava a todos para uma visita grátis com o intuito de "diminuir a inquietante propagação de doenças de todo tipo que, de uns anos para cá, se estende a nossa região antes tão sadia". A sala de espera se encheu de gente apavorada. Knock diagnosticou sintomas estranhos e recomendou exageradas cautelas. Uma parte da população se enfiou na cama e só bebia água. A aldeia virou um hospital, o farmacêutico ficou rico, o hoteleiro também, já que sua pousada usava os quartos para acolher os doentes como um hospital de campanha. Em todas as casas as luzes tinham que ficar acesas até dez horas e termômetros a postos nas cavidades do corpo. Knock, vitorioso, exclama: "Todos os de luz acesa me pertencem. Os doentes apagam a luz, dormem no escuro, esses não me interessam!"

Não paro de pensar no dr. Knock, personagem de uma peça de teatro do escritor francês Jules Romains, *O triunfo da medicina*, um sucesso de público imbatível na França dos anos 20 que ficou quatro anos em cartaz. A peça até hoje é mostrada nos colégios e nunca foi tão atual.

O dr. Knock fez escola. A obra de Jules Romains deveria ser ressuscitada por aqui, já que trata dessa arte tão moderna de transformar gente sadia em paciente. Está sendo alimentada uma neurose coletiva em relação à saúde. E essa, sim, pode se transformar, a golpes de angústia, em grave doença.

A medicalização da vida vai tomando formas tão assustadoras que, no fim das contas, o indivíduo sadio é o que não foi bem investigado e a saúde se transforma em um estado ideal que ninguém consegue alcançar. Multinacionais inventam doenças e seus remédios milagrosos: para a criança levada, agora diagnosticada com a síndrome de déficit de atenção e hiperatividade, tranquilizantes psiquiátricos. Já os mais quietinhos, ou simplesmente introspectivos, na certa merecem um diagnóstico, são hipotônicos.

Gravidez, envelhecimento, processos naturais na vida viram estados patológicos, perigosíssimos.

Uma coisa é se informar sobre uma alimentação sadia, fazer algum exercício, bater pernas uma meia hora por dia, já que a opinião parece ser unânime de que vale a pena não ficar sentado o dia inteiro. Evitar os cigarros ou dezenas de cafezinhos, não pesar 100 quilos parecem ser medidas de mínima prudência. Outra coisa é a obsessão com a saúde que o poderoso marketing da indústria farmacêutica supostamente está criando já que ela vende – e muito bem – remédios e serviços médicos.

Voltaire dizia que a arte dos médicos era distrair os doentes até que a natureza os curasse. Um velho doutor alemão, meu amigo, que completou cem anos e, desses, setenta de clínica, afirmava que ninguém deve se preocupar com um mal-estar antes de uma semana. É o corpo tentando se entender consigo mesmo. Se não passa, aí sim, vai-se ao médico.

Sem subscrever totalmente essa receita do século passado, olho com desconfiança a atitude de convencer as pessoas de que a natureza vai constantemente ameaçá-las com novas doenças, de que só uma parafernália de exames e muitas consultas médicas protegem contra a terrível ameaça que representamos para nós mesmos. De uns anos para cá passamos a vida sendo radiografados, investigando se não há nenhuma coisa fora do lugar e a isso se chama medicina preventiva. A cada dia surge uma doença nova – e, é claro, seu tratamento –, aumentando a taxa de angústia de quem corre atrás de uma espécie de perfeição do corpo ou do sentimento de responsabilidade sobre si mesmo. Se você adoece, a culpa é sua, porque não se cuidou. Ninguém tem pena, o acusam. Além de doente é culpado do crime de irresponsabilidade.

Tive avós e pais longevos que viveram em tempos em que essas tecnologias não existiam. Não me lembro deles como pessoas angustiadas, tão obcecados pelo medo da doença e da morte como nós somos. A espera trêmula e angustiada do resultado dos exames, a culpa que nos rói a alma quando engordamos dois quilos, a constante companhia da ideia da doença e da morte, não serão esses os verdadeiros inimigos, os grandes fatores de risco para a saúde de todos nós?

Liberdade moral

Não é de hoje que conhecemos o abismo entre a lei e a sociedade. Sempre se disse que, no Brasil, a lei é mais moderna que a sociedade e que as leis aqui não pegam porque são ideias fora do lugar. Nada disso é verdade quando se trata de questões chamadas morais, em que a lei brasileira é retrógrada face aos costumes. Quando o divórcio foi, enfim, admitido, ninguém mais esperava por ele para se separar e ir viver com quem amava. A retirada do adultério do Código Penal provocou uma enxurrada de piadas sobre o número de criminosos à solta até esse momento.

Essa defasagem entre a lei e a realidade é bem mais dramática quando se trata de assuntos dolorosos, como a interrupção voluntária da gravidez ou o momento em que, em condições insuportáveis, um doente tem o direito de não mais viver. A autoridade de legisladores e juízes ainda pretende se exercer sobre o direito de cada um à escolha de seu próprio destino sem perceber a inutilidade de remar contra a corrente de um tempo marcado pela autonomia de decisão.

Com lei ou sem lei, quem decide interromper a gravidez o faz mesmo correndo os riscos inerentes à clandestinidade, que são expressivos e constituem um injustíssimo divisor de águas entre quem tem e quem não tem dinheiro. Quem toma conhecimento do fato, companheiros, maridos, amigos, membros da família, quem quer que seja, aceita a condição de "cúmplice". Por ano, no Brasil, estima-se um milhão de "crimes" desse tipo, contando com, em média, quatro a cinco milhões de cúmplices. A lei, inútil, injusta e autoritária, fica aí, como uma espécie de fantasma do tempo em que o pai, o padre ou o juiz ainda eram senhores absolutos do destino das mulheres. Lei não apenas inócua mas odiosa, servindo apenas, enquanto ainda se arrasta, para pôr em risco a saúde e a vida de quem é pobre e indefesa.

O mesmo acontece com a decisão extrema de continuar ou não a viver. O filme *Mar adentro* trouxe à tona uma realidade conhecida de muitos que acompanharam doentes terminais, atravessando a dor, não só da perda mas do calvário de entes queridos. Quando alguém decide que não quer mais continuar a sofrer, com que direito negar-lhe a dignidade e o alívio da morte? Quem pode arrogar-se tão desumano poder?

Esses temas têm gerado uma infinidade de debates de caráter religioso ou filosófico, o que é saudável e necessário. Enquanto isso, o que amadurece é a prática da deliberação, a afirmação progressiva da liberdade moral. É esse fato que ainda não foi suficientemente entendido.

As decisões de natureza privada são hoje tomadas em consulta com as pessoas mais próximas, mais queridas e de maior confiança. As tradições, religiosas ou não, já não têm a força normativa ou impositiva que tiveram no passado. Suas diretivas estão sujeitas à crítica e à apreciação e só vigoram quando conseguem convencer. Já não se age porque tem que ser assim, como acontecia em tempos de hierarquia, mas age-se porque se decide que assim seja, porque alguém se convenceu, na discussão com aqueles em quem confia, do acerto de uma opção. O que não está sendo claramente percebido é o irreversível processo de alargamento da liberdade moral, do direito e da capacidade de cada um de deliberar autonomamente sobre sua vida.

Essa nova maneira de se conduzir é o contrário mesmo da leviandade. Torna as pessoas não só mais maduras, como também mais responsáveis, na medida em que não apelam para argumentos e razões herdados, sobre os quais não refletiram, sendo, ao contrário, forçadas a elaborar seu código moral, assumindo as consequências de suas escolhas. Amadurecem nesse processo não somente os indivíduos, mas sobretudo as sociedades. Já não é possível colocar tarja preta sobre nenhum assunto. Da interrupção voluntária da gravidez, ao direito de morrer no momento de sua escolha ou de viver com quem bem lhe apraz, a liberdade moral continua a se exercer graças à solidariedade dos mais próximos, e a ser defendida no amplo campo argumentativo que são as democracias modernas.

Políticos que, traficando votos ou comprando opiniões, pensam silenciar debates ou deter, pela força de leis enferrujadas, o processo de modernização da sociedade, estão dando murro em ponta de faca. Esse processo é muito mais profundo do que imaginam, não se refere a um ou outro tema específico, mas constitui a maneira de viver do mundo contemporâneo.

Nas sociedades em transformação, as instituições só se legitimam se forem capazes de, honestamente, aferir os desejos e necessidades dos cidadãos e trabalhar para que lhes seja dado um estatuto legal. No que concerne à intimidade dos indivíduos, elas podem ser interlocutoras, jamais censoras ou polícia. Na ausência dessa sintonia com a realidade vivida tornam-se irrelevantes, como estranhas ao cotidiano das pessoas.

A que instituição você atribuiria autoridade para lhe dizer se pode ou não interromper uma gravidez não desejada? Ou para determinar se sim ou não se desligam as máquinas que mantêm vivo, ou melhor, não morto, alguém que você ama? Ao Congresso Nacional?

Paradoxos da igualdade

A primeira clonagem da história foi um ser extraído da costela de um homem, nascida sem pai nem mãe, sequer certa de ser filha de Deus. Uma pequena "modificação genética" no projeto inicial lhe permitiria cumprir funções específicas como amainar a solidão do paraíso, engendrar uma espécie, devorar maçãs do amor e, ávida, pagar por isso com o seu próprio sangue, por muitas e muitas gerações, em suaves prestações mensais.

E assim foi ela, essa mulher, pela terra afora, bem cumprindo seu destino quando, lá pelos fins do século XVIII, em meio ao turbilhão em que os homens inventavam o Homem, decapitavam reis e afirmavam direitos universais, esse ser calado, doce e dissimulado caiu em perplexidade profunda e justificada melancolia.

Os homens, que reclamavam para si mundos e fundos, queimavam abadias e entravam na história como fundadores da humanidade e senhores da Razão, não deram às mulheres, como gorjeta de tal fortuna racional, nem mesmo o mísero direito de voto.

De volta da surpresa, elas correram atrás, comendo a poeira da história e, somente em fins do século XIX, voltou-se a falar nesse assunto. As pobres sufragetes roeram o pão que o diabo amassou pelo direito de escolher, em nome da igualdade, em que homens iriam votar. Os ciclos femininos na história parecem durar cem anos.

Ora, ao que tudo indica, estamos começando um ciclo particularmente interessante. O espírito *fin-de-siècle* que vivemos permite às mulheres a originalidade de, sem medo, declararem que a mulher não é um homem como os outros. O que também significa que a "modificação genética" produziu corpos, almas, histórias, vidas diferentes, mas um mesmo desejo: a aspiração de ser reconhecida como gente, como um ser humano, mulher.

O problema está em que, para atingir esse ideal, vamos atravessar o paradoxo de afirmar a diferença para chegar à igualdade.

Nós, livres, nós que tomamos aviões, que cruzamos continentes, que não temos o microfone, de nós, do mundo, o que faremos? Encontrei, entre mulheres de tantos países que conheci, denominadores comuns, semelhanças, simetrias.

Exemplo: uma incompatibilidade tão antiga quanto nós mesmas condena o militarismo. Incompatibilidade arquetípica, consagrada já nas pedras das frisas romanas, hoje visíveis nas colinas gregas de Delfos, onde o perfil de mulheres atiradas à terra, invisíveis aos cavalheiros, agarradas às patas dos cavalos, contam a história de uma luta muito antiga para impedir a partida de exércitos gloriosos que se alimentam da guerra.

O horror do militarismo e de sua mais perversa expressão, o nuclear, é unânime, mas mais alto falam as mulheres americanas. Sobretudo elas, que nasceram com a bomba atômica e já viúvas de um soldado desconhecido, que cresceram temendo os mísseis que viriam do frio, que correram as ruas da juventude, *making love not war*, sobretudo elas pregam a deserção, em caso de armas voltadas contra povos injustiçados.

Da criação dos filhos, o mais privado dos redutos do Privado, ao *lobby* parlamentar, o mais público dos corredores do Público, as mulheres prometem uma oposição (quero escapar às metáforas da guerra), uma luta contra o militarismo que deveria transferir seus recursos para o que chamam de maneira intraduzível *life-enforcing programs*. São princípios muito antigos os que se reencenam aqui. E que ganham particular importância quando uma noção equivocada de igualdade entre homens e mulheres já levou à aberração de certas demandas de postos militares também para elas.

Nas frisas romanas, na ancestralidade dessa incompatível relação das mulheres com a guerra, talvez resida uma melhor solução para a igualdade e a cidadania das mulheres do que quatro estrelas no peito e uma vocação de generalato.

A liberdade comanda

Foi no Teatro Jovem, uma sala minúscula no canto da praia de Botafogo, que vi Nathalia Timberg pela primeira vez. Nathalia foi a Antígona dos meus vinte anos. Lembro-me dela, jovem e bela, as mãos espalmadas para o alto, dizendo algo como "com as minhas unhas quebradas e as mãos sujas de terra, eu sou rainha e você, Creonte, o rei, é um escravo que só pode me condenar à morte". A jovem princesa tebana, selvagem filha de Édipo, desafiava o poder, era a imagem mesma da rebeldia. Quando escrevi meu primeiro livro sobre a rebelião das mulheres, pensei em dedicá-lo a Nathalia que, sem saber, com seu talento de intérprete, plantara em mim essa imagem da ousadia e da coragem.

Fernanda Montenegro foi a Simone de Beauvoir da minha idade madura. Noites seguidas assisti à peça *Viver sem tempos mortos*, a história de Simone na voz de Fernanda. Terminada a encenação, eu fazia um comentário sobre a autora e abria-se um debate com a plateia. Durante meses, ouvi Fernanda repetir com a mágica que têm as entonações precisas dessa formidável atriz: "A liberdade comanda, ela não obedece." A cada vez eu concordava com ela.

Nathalia e Fernanda são mulheres luminosas, trajetórias impecáveis de talento, dignidade e honestidade. Elas são o melhor do Brasil, patrimônio da nossa arte, ainda mais preciosas e exemplares neste momento em que a política chafurda o país na mentira e na intolerância. Hoje, aos oitenta e cinco anos, elas estão em cena na novela *Babilônia* vivendo duas idosas que mantêm uma relação amorosa estável há mais de 40 anos.

Os personagens de Estela e Teresa estão provocando a ira de pastores de fancaria e outros moralistas de todo gênero, que esbravejam em nome da defesa da moral e da família. Houve notas de protesto contra o erotismo das senhoras. O tom nas redes sociais deslizou para a brutalidade vulgar. Nem a pessoa das atrizes foi poupada.

O que chocou tanto essas pessoas? Ignoram, vivendo no Brasil e não no Estado Islâmico, no ano de 2015, que os direitos de casais homossexuais são reconhecidos pela lei brasileira, assim como na grande maioria dos países civilizados? São numerosos e, vivendo abertamente suas vidas amorosas e familiares, vão saindo progressivamente de um lugar de negação e vergonha, de não eu, em que a hipocrisia da maioria os colocava, para afirmar um outro eu. Denunciam, assim, a intolerância à alteridade, que nos leva a ver o nada no que não nos reflete e descreve o diferente como ausente.

Pessoas que eram definidas de maneira negativa e patológica – e, humilhadas, se autodefiniam assim – passaram a se afirmar, a encarnar um código próprio, expondo e legitimando uma possibilidade existencial outra. Iluminaram as zonas de sombra e proibição onde, desde sempre, se escondia o lado "inconfessável" da sociedade. O que se vê, agora, não é nada extraordinário, é a mesma realidade de carinho, apoio mútuo e também desavenças, encontros e desencontros em que todos os casais se reconhecem. É essa banalidade dos personagens de Estela e Teresa que desmonta os interditos e maldições que pesam sobre os casais do mesmo sexo.

A dramaturgia de *Babilônia* tira a tarja preta de um tipo de relação humana entre muitas outras possíveis. Os gays estão em todos os estratos sociais, etnias e religiões. Por que ainda assustam e despertam tanta agressividade? Fica claro que a patologia não está neles nem em suas vidas. Está em quem derrama o veneno do ódio sobre o amor alheio. O papa declarou: "Quem sou eu para julgar?"

Além do preconceito contra homossexuais, nos ataques às personagens Estela e Teresa se manifesta outro preconceito, contra a sexualidade dos idosos sobre a qual ainda pesa um silêncio constrangido ou a acusação de despudor. Mais que a decadência das formas é o olhar dos outros, condenatório, que proíbe aos corpos envelhecidos, sujeitos à impiedosa escultura do tempo, o alumbramento diante da vida. Felizmente, o ardor resiste, já que é feito de matéria não perecível. Quem não se reconhece nas fotos, se reconhece nas emoções que persistem e que são vividas na alegria. Queiram ou não, os que digerem mal a liberdade.

Quem já foi Antígona, quem já foi Simone de Beauvoir, na certa não teme representar nenhum papel. Não são as novelas que mudam a sociedade, é a sociedade que já mudou que dá veracidade às novelas. A sociedade brasileira muda para melhor quando, em todos os planos, quer a verdade. De nada adianta políticos canastrões, campeões da hipocrisia, desarquivarem projetos de lei anacrônicos. A liberdade comanda, ela não obedece.

Um tempo sem nome

Com seu cabelo cinza, rugas novas e os mesmos olhos verdes, cantando madrigais para a moça do cabelo cor de abóbora, Chico Buarque de Holanda vai bater de frente com as patrulhas do senso comum. Elas torcem o nariz para mais essa audácia do trovador. O casal cinza e cor de abóbora segue seu caminho e tomara que ele continue cantando "eu sou tão feliz com ela" sem encontrar resposta ao "que será que dá dentro da gente que não devia".

Afinal, é o olhar estrangeiro que nós faz estrangeiros a nós mesmos e cria os interditos que balizam o que supostamente é ou deixa de ser adequado a uma faixa etária. O olhar alheio é mais cruel que a decadência das formas. É ele que mina a autoimagem, que nos constitui como velhos, desconhece e, de certa forma, proíbe a verdade de um corpo sujeito à impiedade dos anos sem que envelheça o alumbramento diante da vida.

Proust que, de gente entendia como ninguém, descreve o envelhecer como o mais abstrato dos sentimentos humanos. O príncipe Fabrizio Salinas, o Leopardo criado por Tommasi di Lampedusa, não ouvia o barulho dos grãos de areia que escorrem na ampulheta. Não fora o entorno e seus espelhos, netos que nascem, amigos que morrem, não fosse o tempo "um senhor tão bonito quanto a cara do meu filho", segundo Caetano, quem, por si mesmo, se perceberia envelhecer? Morreríamos nos acreditando jovens como sempre fomos.

A vida sobrepõe uma série de experiências que não se anulam, ao contrário, se mesclam e compõem uma identidade. O idoso não anula dentro de si a criança e o adolescente, todos reais e atuais, fantasmas saudosos de um corpo que os acolhia, hoje inquilinos de uma pele em que não se reconhecem. E, se é verdade que o envelhecer é um fato e uma foto, é também verdade que quem não se reconhece na foto, se reconhece na memória e no frescor das emoções que persistem. É assim que, vulcânica, a adolescência pode brotar em um homem ou uma mulher de meia-idade, fazendo projetos que mal cabem em uma vida inteira.

Essa doce liberdade de se reinventar a cada dia poderia prescindir do esforço patético de camuflar com cirurgias e botoxes – obras na casa demolida – a inexorável escultura do tempo. O medo pânico de envelhecer, que fez da cirurgia estética um próspero campo da medicina e de uma vendedora de cosméticos a mulher mais rica do mundo, se explica justamente pela depreciação cultural e social que o avançar na idade provoca.

Ninguém quer parecer idoso já que ser idoso está associado a uma sequência de perdas que começam com a da beleza e a da saúde. Verdadeira até então, essa depreciação vai sendo desmentida por uma saudável evolução das mentalidades: a velhice não é mais o que era antes. Nem é mais quando era antes. Os dois ritos de passagem que a anunciavam, o fim do trabalho e da libido, estão, ambos, perdendo autoridade. Quem se aposenta continua a viver em um mundo irreconhecível que propõe novos interesses e atividades. A curiosidade se aguça na medida em que se é desafiado por bem mais que o tradicional choque de gerações com seus conflitos e desentendimentos. Uma verdadeira mudança de era nos leva de roldão, oferecendo-nos ao mesmo tempo o privilégio e o susto dela participar.

A libido, seja por uma maior liberalização dos costumes, seja por progressos da medicina, reclama seus direitos na terceira idade com uma naturalidade que em outros tempos já foi chamada de despudor. Esmaece a fronteira entre as fases da vida. É o conceito de velhice que envelhece. Envelhecer como sinônimo de decadência deixou de ser uma profecia que se autorrealiza. Sem, no entanto, impedir a lucidez sobre o desfecho.

"Meu tempo é curto e o tempo dela sobra", lamenta-se o trovador, que não ignora a traição que nosso corpo nos reserva. Nosso melhor amigo, que conhecemos melhor que nossa própria alma, companheiro dos maiores prazeres, um dia nos trairá, adverte o imperador Adriano em suas memórias escritas por Marguerite Yourcenar.

Todos os corpos são traidores. Essa traição, incontornável, que não é segredo para ninguém, não justifica transformar nossos dias em sala de espera, espectadores conformados e passivos da degradação das células e dos projetos de futuro, aguardando o dia da traição.

Chico, à beira dos setenta anos, criando com brilho, ora literatura, ora música, cantando um novo amor, é a quintessência desse fenômeno, um tempo da vida que não se parece em nada com o que um dia se chamou de velhice. Esse tempo ainda não encontrou seu nome. Por enquanto, podemos chamá-lo apenas de vida.

PINDORAMA

Cafés

No caos urbano, cada um, como um bicho assustado, procura o seu lugar. Uns preferem os botequins, outros um banco de praça, um guarda-sol na areia. Meu lugar são os cafés.

Carioca sequelada por muitos anos de exílio europeu, o café é o meu meio natural, onde entro como quem chega em casa e me sento à mesa como na minha sala de jantar. Ali me sinto autorizada a estar e a ficar uma tarde inteira se bem me aprouver. Há uma cultura própria ao povo dos cafés que, não sei por quê, associo a livros e jornais, talvez pelos muitos que consumi nessas esquinas da cultura. Afinal, em um café, Sartre escreveu um tratado de fenomenologia e Simone sete volumes de autobiografia vivida de um café a outro.

George Steiner, um europeu de boa cepa, define a Europa antes de tudo como um continente que se pode percorrer a pé, indo de café em café. Ali tudo se passa, o complô, a paquera, a boataria, ali se espera o grande amor. Poetas e filósofos tomam notas em moleskines.

No Rio, o café é instituição recente que pegou como um rastilho. Nos cafés da moda, rapazinhos antenados ensaiam negócios que vão falir enquanto o que resta dos intelectuais, uma espécie em extinção – meus pares – insistem em redesenhar o mundo à sua imagem e semelhança. Sei, sabemos, que nunca será assim, mas o café existe para isso, para suportar os fracassos das revoluções.

Muitas, algumas de grande sucesso, foram tramadas em cafés como o Landolt de Genebra onde Lênin jogava xadrez com Trotssky e escrevia uns papeizinhos que anos depois seriam lidos no mundo inteiro. Nos anos em que fui professora da Universidade de Genebra, a cada dia atravessei a rua e sentei-me a essa grande mesa de canto, quadrada, onde uma plaquinha registrava a passagem dos bolcheviques. Ali tramei com um grupo de mulheres, revoltadas com a condição feminina, uma revolução bem mais amena mas talvez mais subversiva e que faz seu caminho, está em curso até hoje, dividindo civilizações.

Como felizmente não só de revoluções vive o mundo, o café du Flore, no Boulevard Saint Germain, foi teto de muitos amores, ponto de encontro de uma intelectualidade que marcou o século XX. Ali também uma plaquinha marcava o lugar cativo de Simone de Beauvoir que, em tempos de guerra, sendo rara a calefação, aquecia-se com um bom café e o calor da presença dos amigos. Ali souberam que os alemães entravam em Paris.

Um café, e esse é sem dúvida o meu preferido, só conta a história do prazer e da beleza, dos que se deslumbram com a Piazza San Marco e não se importam de pagar por uma taça o preço de um almoço contanto que possam ficar ali, no eterno clima de lua de mel, ouvindo a orquestra de violinos que arranha um repertório romântico. Momento de graça, o café Florian foi para mim a prova mais certa de que a vida vale a pena. Onde a minha própria vida mais valeu a pena. Ali encontrei, no carnaval de Veneza, o Rei Sol e sua Corte. Saudamo-nos com a cumplicidade dos que frequentam esse ponto de ouro da terra e se reconhecem em seus indiscutíveis privilégios que tomam por não mais que merecidos.

As pessoas que amo se dividem entre Florença e Veneza. Eu, veneziana, às vezes a traio quando, na madrugada de Florença, a cidade há muito adormeceu, o Arno reflete como um espelho as pontes que se sucedem, invertidas, como em um delírio psicótico. Nessas horas de silêncio e mistério, o Ponte Vecchio me parece guardar a remota possibilidade de que seja ali a entrada de um outro mundo. É quando o sino do Duomo soa três badaladas. Então me abandono a Florença.

Volta o dia. No Rivoire, Piazza della Signoria, admito que esse simpático café não vale um milésimo do Florian. Nele não se fica, apenas se descansa das longas caminhadas. Acaba aí a infidelidade da madrugada.

Na metade do século passado, quando o Rio de Janeiro não conhecia cafés, enquanto Sartre e Simone escreviam em Saint Germain, minha avó, uma senhora muito elegante, distante de qualquer existencialismo, que nutria a cultura dos cafés, levava à Confeitaria Colombo a neta maravilhada com os espelhos que se refletiam ao infinito. A Colombo foi o primeiro e inesquecível café de minha vida e mesmo se hoje o mau gosto a transformou em um restaurante a quilo, frequento-a, como quem visita uma grande dama empobrecida e decadente, a quem não conseguiram roubar a elegância. E que ainda estimo, *in memoriam*.

Na Colombo não grassou o existencialismo, ali apenas se sassaricava e o que de mais próximo se ouvia sobre essa escola de pensamento era a Chiquita Bacana, existencialista, com toda razão, que só fazia o que mandava o seu coração.

Hoje, meu coração carioca aporta no Garcia e Rodrigues onde o decorador fez uma releitura da velha Colombo para plantar no final do Leblon. Ali funciona, no segundo andar, o meu escritório, em uma mesa redonda, de canto, que me serve de mesa de reunião em um tempo deselegante no qual o café da manhã mais serve ao universo tenso e angustiado do business do que ao sabor das torradas e das geleias. Tristes tempos.

Volto à tarde e tomo então, sozinha, um verdadeiro café. Redenção desses tempos de vulgaridade.

Morrer na praia

Não sou romântica. Se fui olhar o pôr do sol no Arpoador foi por um hábito antigo que me vem da infância praieira, de guarda-sóis coloridos, mar azul e gente bonita quando a praia ainda era a Praia do Diabo. Saía do Posto Seis com uma babá que, antes do jantar, me levava à beira-mar para assistir àquele espetáculo em ouro e vermelho-sangue.

Na Praia do Diabo tinha meus encontros clandestinos com Deus. Ao longo dos anos sempre fiz assim, essa romaria a um lugar que, para mim, tinha algo de sagrado. Aos poucos, a invasão de surfistas, banhistas, turistas de bermudão, sandália e meias, vendedores de tudo liquidou com a sacralidade do lugar que se tornou apenas um canto bonito de ver o pôr do sol, depois de um dia de trabalho.

Como instalaram ali um bar na calçada, busquei uma mesa para sentar e tomar um drinque. Não havia. Um garçom distraído e mal-humorado anotou meu nome em um papel e apontou com a cabeça para um banco de praia em que eu poderia esperar. Sentei, nada descontente, porque o sol caía, o rastro prateado fulgurava nas águas e a vida me parecia um presente que não se recusa.

A felicidade vem sem avisar, como uma brisa que acorda os sentidos, uma lufada súbita de vento, aquele traidor de que falam os marinheiros. Como um exército de fantasmas, os brancos guarda-sóis do restaurante avançaram contra mim e se abrindo os braços afastei duas destas lanças, uma terceira, escondida atrás dos outros, me acertou o peito como um tiro. Caí e deve ser assim quando se morre, achei que tinha morrido, mas não sentia dor. Só não sabia onde estava nem quem era, e deve ser assim quando se morre, um lugar nenhum e um ser ninguém.

A dor custou a chegar e, como esta eu conhecia, me lembrou como é estar viva. Repeti meu nome, procurando por mim. Algum alvoroço, muita gente em volta, alguém chamando de anjo da guarda uma senhora que, correndo o risco de ser ela mesma arrastada, segurara, na queda, a minha cabeça. O anjo da guarda me trouxe um copo d'água e, como não havia nem sangue nem cadáver, logo não interessei mais a ninguém. Continuei sem mesa, no mesmo banco, o sol já mergulhado, o peito trespassado por uma dor sem corpo, a mágoa da felicidade perdida.

Ao meu lado, as muitas vidas que vivi e as mortes também. Quatro dedos acima e me cortaria o pescoço, contei a uma das mortes que sacudiu a cabeça, incrédula. Tentei contar a algumas vidas que não quiseram ouvir, são vidas jovens, feitas de alegria e de otimismo, que nunca tinham sido degoladas. Então, fiquei calada. E só pensei. É no silêncio que se morre em paz, só você mesma sabe o quanto é duro morrer, assim, na praia, na hora do pôr do sol. A morte é essa solidão, uma dor que ninguém divide. Nem o Diabo, nem o anjo da guarda.

Alguém, na certa eu mesma, chamou um táxi e deu meu endereço. Alguns quarteirões e caímos em um bloco de carnaval, cantando o amor que se acabou. Em casa me disseram que plantasse uma arruda no jardim ou tomasse um banho de sal grosso.

Não sou supersticiosa. Se voltei no dia seguinte à praia do Arpoador e molhei os pés no mar antes de me sentar na areia e esperar o pôr do sol é porque já morri. É o que me protege.

Desmaia na rua a jovem faminta

Lendas não faltam nas ruas do Leblon. Vão dar todas na praia do café Severino. Minha amiga abriu o nosso rotineiro almoço com a frase bombástica:tem uma mulher morrendo de fome ali, e apontava na direção da Ataulfo.

Pensei logo nela, aquela mulher que não me sai da cabeça. Diz a lenda que foi uma divina cozinheira, de forno e fogão, capaz de ignorar solenemente um micro-ondas. Enorme, como costumam ser as boas cozinheiras, que exibem carnes de tia Anastácia como os dentistas dentes perfeitos, e os dermatologistas peles de pêssego. São, *in vivo*, o seu próprio marketing, ou eram quando comer ainda era um prazer, quando ainda se usava a obscena expressão dar água na boca. Antes que a higiene e a medicina preventiva – e punitiva – impusessem seus desígnios e condenassem à tortura da balança e ao exílio da beleza quem desafia suas leis. Nos casos mais graves de subversão, a pena irrecorrível de morte prematura.

Foi exímia cozinheira, já não é. Quem sabe por qual desgosto, perambula pelas esquinas do bairro, aceitando esmolas que não pede ou mesmo um prato de comida e dando ordens às autoridades, um solilóquio de rara eloquência em que se misturam projetos urbanísticos e políticas de segurança. Nada mais descabelado do que o que normalmente se lê nos jornais, mas sem audiência ou interlocutores, foi desistindo também dessa vocação. Muda, virou pintora. E como a gente não quer só comida, alguém lhe deu umas telas e umas tintas. Um bendito banco de rua servindo de apoio, montou, ali mesmo, seu ateliê. Tenho em casa um quadro seu. E pensei que era ela.

Que nada, é uma mulher jovem, bem bonita, elegantíssima, que caiu na rua, lá mesmo, perto do ateliê. E – assim continua a lenda –foi minha pintora quem salvou a jovem bela e elegantíssima, alvoroçando a rua toda, exigindo a presença de um guarda, do Corpo de bombeiros, de uma ambulância, enfim de todos os serviços públicos que podem intervir quando uma bela jovem cai dura na calçada do Leblon. Dessa vez sua autoridade foi acatada e os lojistas da rua conseguiram trazer não só o guarda mas a ambulância do Corpo de Bombeiros. Diagnóstico, fome. Desnutrição.

Deitada nos braços da ex-cozinheira ensandecida, a jovem faminta compunha uma Pietá surrealista ou, talvez, mais para Almodóvar que para Buñuel ou Salvador Dalí. Descida da cruz do seu regime, depois de um calvário de vários meses agonizava nos braços de uma mendiga.

Se alguém inventasse essa história não teria a menor graça, seria perfeita demais para uma fábula moralista. Sendo verdade, e contada na hora do almoço, deu o que pensar.

Alguma coisa está saindo pela culatra no nosso cotidiano. O Produto Interno de Felicidade está cada vez mais irrelevante, enquanto crescem a taxa de sacrifício de cada um, e os juros escorchantes que cobra de nós um credor invisível, tanto mais oculto quanto interiorizado, agiota que se faz passar por nossos próprios desejos.

A astúcia da ideologia sempre foi se fazer passar pelo senso comum. Fica assim escondida enquanto ideologia.

O que hoje se apregoa como escolha individual esconde uma desconfortabilíssima massificação, um comportamento estandardizado que aprisiona todos e lhes oferece a imensa liberdade de escolher entre uma dezena de dietas para emagrecer, uma centena de cirurgiões ou outras tantas cirurgias estéticas.

Um novo filão do consumo, o consumo de si mesmo em novas e diferentes versões, ao sabor das estações, leva milhares às mesas de operação, pelo próprio pé, para arriscar horas de anestesia geral, meses sem sol, hematomas deformantes. Tudo aparentemente em plena liberdade.

Para agradar aos outros, possivelmente bem mais do que a si mesmo, os sacrifícios autoimpostos são similares ao pezinhos amarrados das chinesas que, no século passado, mal conseguiam andar, mas impediam, assim, o crescimento de um pé normal. Isso que foi depois chamado de sadismo e violência contra as mulheres, foi, à época, simplesmente um pequeno incômodo a que se submetiam as meninas por razões de elegância.

No espaço de uma geração, envelhecer, estar fora das medidas, tornou-se mais do que deselegante. Uma vergonha. Vergonha porque pecado. Não o nosso bem conhecido pecado católico como a gula ou desejar a mulher do próximo, confessado a um padre roliço e vagamente lúbrico. Não, um pecado protestante, a pessoa entregue a si mesma, batendo na própria cara, encarnando ao mesmo tempo o réu e o juiz.

Ninguém mais envelhece porque assim é feita a natureza, ninguém é vítima da invencível deterioração da idade cujo desfecho é bem conhecido. Criou-se o mito de que envelhecer é um desleixo, uma preguiça, e que cada um é culpado de seu próprio naufrágio. Da própria morte, por imbatível, é de bom tom nem falar...

A onipotência é o fundo da cultura moderna que, embalada pelas façanhas da ciência, promete tudo e torna imperdoável não ir atrás de todas as oportunidades. Mas que cansaço! Desmaia na rua a jovem faminta, incapaz de completar sua maratona rumo à beleza.

A grande sacada da sociedade de consumo foi perceber que as necessidades tinham limites mas o desejo, não. Começou aí a escravidão moderna alegremente fantasiada de liberdade, em que somos nós mesmos os feitores. E uma insólita definição de felicidade que já não tem a ver com o bem-estar, os gostos, os gozos ou com a sensualidade, mas com o triunfo sobre as limitações com que outras gerações conviveram, não sem alguma dor ou frustração. Mas sobreviveram, sem apostar corrida consigo mesmas, sem se esfalfar nas academias, sem arriscar a vida nas mesas de operação.

Homens e mulheres estão sofrendo um suplício para manter a autoestima. Aceitaram ou não perceberam que, quem tem produtos ou serviços para vender, lhes dite as normas do cotidiano. E o que é patético, convencidos de que são senhores de seus dias e horas, escolhendo seu estilo de vida.

Já não é possível comer sem nutricionista, andar na praia sem personal trainer, amar sem o conselho de quem conhece cem maneiras de enlouquecer um homem na cama. A cada gesto corresponde um profissional ou um produto já que, sobre cada um de nós, pesa a suspeita de incompetência para os mais corriqueiros atos da vida. Sem um especialista por perto já não se ousa espirrar. Viver a si mesmo como um bem de consumo tornou-se uma condenação em massa.

Nunca a relação com o próprio corpo foi tão central na vida das pessoas e tão tirânica. Uma tirania de mercado, exercida por interposta pessoa, cada um sobre si mesmo. A sociedade do *feel good* instaurou padrões de qualidade que para serem atendidos tornam a vida um inferno. (Fim de citação da diatribe que imponho a minha amiga perplexa.)

Levanto a cabeça, lápis e papel na mão, a mocinha espera que eu faça minha escolha. Submissa, encomendo um sanduíche *diet*, de olho na broa de milho que me levaria de volta à infância, aos lanches na casa de minha avó onde a mesa era sagrada e se praticava o *slow food* por civilidade, sem precisar argumentar nem desafiar o *Mac World*. Sem que para comer em paz fosse preciso criar um movimento social, como quem começa uma revolução.

Uma questão me intriga: por que é sempre na mesa dos restaurantes que, pelos mais tortuosos caminhos, se acaba por discutir dietas?

Um crime de lesa-cidade

Não havia, na certa, carnavalescos entre os que tentaram instrumentalizar a greve da polícia do Rio para sabotar o carnaval. Se houvesse saberiam que com o carnaval não se brinca. Essa instituição milenar que sobreviveu à travessia de oceanos, que, em nossas plagas, vicejou como em nenhum outro lugar graças à afortunada mistura de culturas e cores de peles de que somos feitos, não é, simplesmente, passível de sabotagem.

Tampouco havia entre esses pescadores de águas turvas quem de fato conheça o povo carioca. Enquanto políticos oportunistas tentavam detonar a festa, sacudindo o estandarte do caos e manipulando a dura e, sem dúvida, mal paga vida dos policiais, o Bola Preta, sem medo de ser feliz, desfilou na sexta-feira em que a greve foi decretada, abrindo a folia e apostando na alegria contra os maus presságios.

Essa respeitável agremiação popular que há 94 anos mostra um poder convocatório superior ao de qualquer político – põe dois milhões de foliões na rua – se alimenta do mistério do carnaval. Vive da fantasia, não só daquela que veste, branca com bolinhas pretas, mas da fantasia ancestral que renasceu a cada século, habitou tantas épocas e povos e que nos leva, durante alguns dias, a viver outras vidas, o que ajuda a suportar, no resto do ano, a áspera vida real. O caos dos blocos tem uma natureza que lhe é própria – é o caos do imaginário e nele é banal encontrar-se um xeque abraçado a uma índia de espanador. E segue o cordão que vai por aí, colhendo nas calçadas barbados de meia arrastão. É graça dada aos carnavalescos acreditar em fantasias, a eles é dada a pele colorida dos arlequins.

Políticos de diminuta estatura, que pouco se importam com o destino do Rio, apenas com suas próprias medíocres ambições, esquecem que aqui vive um povo que encarna e leva a sério o carnaval. Mesmo se é pra tudo se acabar na quarta-feira, a força do Bola, do Simpatia, do Boitatá e de tantos outros é maior que a insensatez dos que cometeram um verdadeiro crime de lesa-cidade.

No magistral filme de Nelson Pereira dos Santos, *A música segundo Tom Jobim*, o desfile do maestro na Passarela do Samba, com seu terno branco e chapéu de malandro, como um imperador dos trópicos encarapitado em uma profusão de verde, sintetiza a glória que cobriu sua vida. Esse *gran finale* enche de orgulho o espectador: orgulho de Tom, de Nelson, do Brasil.

Darcy Ribeiro, ele mesmo um personagem arlequinal, mineiro que dizia ser o Rio a mais bela província da Terra, a contragosto dos caciques das escolas de samba legou-nos o controverso Sambódromo. A passarela é hoje um panteão a céu aberto onde se inscrevem nas retinas e memórias de milhões de pessoas imagens e nomes dos que fizeram a história política ou cultural do país, homenageados e recriados pelo talento dos que continuam a escrevê-la.

Pouco importa se a evocação de heróis deve menos aos historiadores do que a Stanislaw Ponte Preta. Ali se encontra de Ana Botafogo à Intrépida Trupe puxando uma comissão de frente. Ali se exerceu o gênio barroco de Joãozinho Trinta. Ali se produz o milagre das Escolas de Samba e sua multidão de figurantes, onde se misturam moradores de todos os bairros, onde a cidade, por algumas noites, se encontra, se recompõe e acena com a promessa do que poderia ser e ainda não é. Mas, como Darcy gostava de dizer, "havemos de amanhecer".

Há uma beleza única nas madrugadas de carnaval, nos arredores da passarela, onde pássaros de todas as plumagens, as asas quebradas pelo cansaço depois de um voo cego sobre a avenida, pousam no asfalto e adormecem. Manhã de carnaval.

Era dever das autoridades proteger essa festa como o rico patrimônio cultural que ela é, luminosa fantasia com que o Rio se veste e se apresenta ao mundo. Sabotar o carnaval é, sim, um crime de lesa-cidade, no momento em que ela, mais do que nunca, busca afirmar-se e ser respeitada como metrópole global.

Frente à chantagem, o comando da polícia militar deu uma prova de firmeza e sentido de responsabilidade: a ordem seria mantida. Quem saiu às ruas confiou no que lhe foi prometido. Ganhou a cidade.

A alegria da população, o desejo de paz e a civilidade são valores que vão falar cada vez mais alto. A cultura, entendida como os modos de ser e de fazer de uma sociedade, irrompe na cena política como um fator determinante do futuro do Rio. Quem a despreza ignora o que move a cidade e por onde ela se está movendo.

Não havia no bloco dos desmancha-prazeres ninguém capaz de avaliar a que ponto o Rio está mudando e para melhor.

O medo e os muros

O medo é o sentimento mais bem distribuído no mundo, mesmo se a cada um cabe um muro diferente.

Há os que, como os cariocas, temem a violência da cidade. Estes experimentam na pele uma inversão histórica: as cidades que originalmente se construíram para dar segurança, no interior de seus muros, aos que ali viviam, deixando do lado de fora os inimigos, hoje se transformaram em campos de batalha entre seus habitantes.

Aqui o asfalto teme a favela, que teme a polícia, que teme o bandido, que teme a polícia, que teme a favela, que teme o asfalto. Os muros crescem em torno das casas, dos prédios e condomínios. Mas não só aqui. Nos Estados Unidos, oito milhões de pessoas vivem em condomínios com segurança privada e câmeras.

Arquitetos e urbanistas aderem à estética do medo, suas paredes são muros com pequenas escotilhas. Brian Murphy, arquiteto americano, construiu uma casa de luxo entre as paredes de um edifício em ruínas e cobriu-a de grafites para melhor disfarçá-la, integrada na decadência da rua. Se a arquitetura oferece um completo painel da barbárie à civilização, o contrário também é verdadeiro.

Crescem os muros dos presídios de segurança máxima na mesma velocidade em que se cavam túneis.

Crescem muros nas fronteiras de povos inimigos, como na Palestina, mas também lá cavam-se túneis para ir buscar do outro lado reféns e vítimas.

Muros separam países amigos como o México e os Estados Unidos, tão amigos que os mexicanos querem ir morar lá e morrem no deserto às portas da terra prometida.

Um muro separa a Espanha daquele ponto em que seu litoral quase toca a África, o continente dos imigrantes náufragos que se esgueiram onde encontram uma praia para atracar seus barcos e sonhos.

Uma injustiça inerente ao mundo globalizado permite que o capital viaje sem passaporte e sem alfândegas, escolha onde se instalar, aufira lucros e vá embora enquanto quem trabalha fica confinado às suas fronteiras, forçado a aceitar as condições adversas que a mobilidade do capital impõe. É pegar ou largar. No fim das contas, ser largado. Mais um náufrago em terra firme.

A desigualdade que se aprofunda entre países ricos e pobres, entre ricos e pobres dentro de um mesmo país, explica as migrações e as favelas, o que já foi dito e redito. Todos sabemos que a desigualdade é a argamassa dos muros.

Onde crescerão os próximos muros? Eles são a metáfora do medo onipresente. Paradoxalmente, enquanto o mundo virtual aproxima os distantes, a vida real constrói o muro que separa os mais próximos.

Imperceptíveis, crescem dentro de nós muros de indiferença, que nos separam uns dos outros. Rompidos os laços de pertencimento, estamos condenados à dança das cadeiras da competição.

Desunidos, o sentimento de ameaça pousa no corpo. Nem na nossa própria pele estamos seguros. O medo da doença se faz, então, obsessão preventiva. Tudo é perigoso, o peso, a pressão, o colesterol, o sexo, a comida envenenada, as artérias esclerosadas pelo sedentarismo. A prevenção não diminui a angústia. Aumenta o consumo de drogas e de antidepressivos. O corpo é a última fronteira contra a ameaça de morte que representa o fato de estar vivo.

De onde provém toda essa ansiedade que constrói muros internos e externos? Que mundo demente está gerando tanto medo, um tal produto de infelicidade bruta? Do que sofremos, afinal? De depressão ou de legítima tristeza?

Chamar a depressão de tristeza já é recuperar a lucidez. A tristeza tem causa e pede reação. Não é a neblina da depressão, quando aceitamos como fatal e inevitável o que estamos vivendo dentro de nós mesmos, em nosso país e no planeta. Se antes anunciávamos com a força da fé que a história estava do nosso lado e que os amanhãs cantariam, deprimidos, com a mesma força dogmática, afirmamos que ela está contra nós. Daí a paralisia. O contrário simétrico do sentido da história é a história sem sentido. "Cheia de som e de fúria", um baile funk.

Ora, a história não fala antes da hora, não promete nenhum paraíso. Resta viver sem bússola nessa bola girando, sem que saibamos por quê, no universo indevassável. É nesse mar de incertezas que construiremos alguma alegria.

E se o mundo regido pelo lucro estiver redundando em imenso prejuízo? E se fosse melhor para todos diminuir desigualdades criando um mundo não de iguais – que felizmente não somos – mas de semelhantes? E se puséssemos nisso toda a energia e uma inteligência coletiva inventando soluções nunca exploradas? Se começássemos, modestamente, pela nossa cidade?

Edgar Morin, no seu *Evangelho da perdição*, enfrenta o "silêncio desses espaços infinitos" que amedrontava Pascal. Sua pregação é simples. Sejamos solidários, não como acreditam os religiosos, para nos salvarmos, mas porque estamos perdidos. E só temos uns aos outros, partilhando o que sobrou – água, terra, energia – de um planeta finito e solitário.

Impraticável? Esperemos que não. Porque, caso contrário, o resto será o silêncio nas ruínas dos muros.

Pindorama, adeus

Nevou sem parar na noite do domingo de carnaval. A praça amanheceu tarde e vazia, montes de neve em forma de automóvel quebrando a monotonia de um campo gelado. Uma criança solitária construía um boneco de neve bem maior que ela e se aplicava, agora, a plantar-lhe no rosto uma cenoura pontuda. Nevasca e o habitual recolhimento das manhãs de domingo paralisavam a rua como um filme interrompido.

Olhou para a cama desfeita e pensou em enroscar-se nas cobertas e desistir do dia, como se não tivesse a noite toda esperado o momento de livrar-se daqueles cobertores que pesavam demais e se prendiam entre suas pernas como cordas. Esperara ansiosa a luz do dia e agora olhava para o mundo real como se fosse um sonho. Não existia aquele domingo de carnaval, dentro de um pijama de flanela, batendo queixo no quarto mal aquecido, esquentando as mãos na xícara de café com leite. Do quarto ao lado algumas notas mal ouvidas, lembrando "Os bosques silenciosos", anunciavam algum ser vivo conhecedor de Bruck, alguém que nunca brincara carnaval, que também não existia, que no corredor lhe daria bom dia em voz baixa sem levantar os olhos.

Não tinha existido o telefonema anunciando que Pedro viajara por muito tempo, que ninguém sabia quando voltaria. Nem a semana inteira que passara naquele quarto arrumando na mala as roupas de Pedro como os objetos de um morto. O pacote que chegou pelo correio, sem remetente, trazia um disco de Joan Baez, uma cruzinha vermelha chamando a atenção para uma faixa. The *wood is full of shining eyes/ The wood is full of creeping feet/ The wood is full of tiny cries/ You must not go to the wood at night.* Yeda também não existia, trêmula, em lágrimas, tentando abraçá-la e gemendo lamento muito, muito, pedindo cuidado, telefone nunca, cartas tampouco, não ponha ninguém em perigo. Nem para mamãe? Nem para ela.

Os bosques silenciaram no quarto ao lado. Vestiu um mantô de pele de carneiro comprado na Argentina na primeira vez em que saiu do país, umas botas ralas que usava por puro charme no inverno do Rio, bateu a porta e pisou no chão gelado. O chão existia. Compraria luvas para não oferecer ao coronel mãos congeladas, além do rosto tresnoitado e dos olhos secos, que há dias só olhavam para dentro. Amanhã se apresentaria à polícia.

Amanhã chegou, ao fim de outra noite de insônia. Sabia muito bem o que fazer, o advogado lhe explicara detalhadamente enquanto esvaziava a garrafa de uísque olhando para as suas pernas. Bastava dizer com clareza, *J'y suis, j'y reste*, espécie de senha formal para pedir asilo. A quem diria essa frase curta? Alguém do outro lado da mesa a olharia com o olhar azul, vazio como um nazi de filme? Fabulava, apertando o passo. Aqui estou, aqui fico, daqui por diante, desde o domingo de carnaval, quem sabe para o resto da minha vida. Pindorama, adeus.

Atrás da mesa, um velhinho, Papai Noel de Disneylândia, sorriu-lhe um sorriso doce e pediu seu passaporte. Entregou como se fosse sua inteira identidade que desapareceu em um saco de plástico transparente. O policial explicou com o mesmo sorriso que ali ele ficaria bem guardado para lhe ser devolvido logo, porque "como a senhora sabe, *vous, là-bas*, hoje vocês são refugiados, amanhã são ministros". Não lhe escapou atrás da bonomia uma ponta de ironia, talvez desprezo. Estranhou quando percebeu que não se ofendia. Era assim mesmo, esse urso rubicundo não levava a sério nossa tragédia histórica. *Vous, là-bas.* Riu pela primeira vez. *J'y suis, j'y reste.* Longe da areia e do carnaval.

Nenhum problema, explicou o urso fardado, a quota latino-americana de refugiados estava vazia. Se fosse uma tcheca, aí se complicava, não havia mais vagas para tchecos ou romenos, todos pulando o muro da cortina de ferro no sentido contrário ao meu. Asilo concedido, um passaporte novo, azul, de lugar nenhum, com uma tarja preta.

Là-bas desfilavam na avenida as mulheres nuas, bebia-se cerveja a rodo, voltejavam no asfalto esses pássaros coloridos, plumados pelo arco-íris, pássaros de uma noite, indo morrer nas calçadas, na madrugada, abatidos pela exaustão.

Aqui o barulho seco de seus passos na neve fresca e o silêncio das ruas. Pindorama, ponto final.

ns da política
AS CAVALARIÇAS DA POLÍTICA

As cavalariças da política

Quem leu *Os doze trabalhos de Hércules* vai se lembrar do quinto desafio: limpar as cavalariças do rei Áugias que abrigavam a mais numerosa manada de cavalos da Grécia Antiga. Como o rei não limpava as estrebarias, ao longo do tempo foi se acumulando uma espessa camada de esterco que exalava terrível mau cheiro. Qualquer tentativa de remover a imundície liberava gases venenosos. Hércules encontrou uma solução original: desviar o curso de dois rios que, com o ímpeto de suas águas, limparam as cavalariças.

Enfrentar a corrupção, remover esse esterco é trabalho hercúleo. Vai exigir de nós, brasileiros, uma energia que, distraídos e conformados, não temos demonstrado. Por que aceitamos a corrupção? Como não percebemos, pobres otários, que nos batem a carteira?

Faltava estabelecer o elo de causa e efeito, que a mídia vem sublinhando, entre o desgosto cotidiano com os serviços públicos e os patrimônios privados que se multiplicam surfando em um mar de lama e cinismo. Talvez fosse a ausência desse elo que explicasse o aparente imobilismo.

Ainda não nos habituamos a reconhecer nos que, ocupando postos públicos, roubam, deixam roubar ou não punem quem rouba, os bandidos que são. Mais do que falsos espertos que nem as tragédias comovem – ao contrário, delas se aproveitam – são criminosos de alta periculosidade. Cada brasileiro está sendo assaltado por um bandido sem revólver.

A corrupção faz escola e impede que se façam escolas. Crianças e doentes são as principais vítimas como *O Globo* mostrou em recente reportagem.

Reagimos a cada nova denúncia como se fossem fatos esparsos, fragmentos de mais um dia. Não são. A corrupção é um só e imenso escândalo em vários atos em que se vai desvelando a transformação do Estado e da política em balcão de negócios. Cada obra pública, uma oportunidade para um malfeito. Cada cargo público, um lugar privilegiado para vantagens ilícitas.

Tudo isso num clima de deboche, de magoados fazendo muxoxos porque perderam postos e ameaçam se vingar tornando o país ingovernável. Tudo às claras porque a plateia, que somos nós, está ali para assistir, rir ou chorar... e pagar.

A corrupção é a grande ameaça que pesa hoje sobre o nosso futuro. O Brasil vem desfazendo sucessivos nós. A pobreza mobilizou a indignação dos que a recusavam como parte da paisagem e a paisagem mudou. Na ditadura militar descobrimos que a liberdade é como ar que só parece indispensável quando nos falta. A censura encobria não só a tortura, também a corrupção. Restabelecemos a democracia.

A estabilidade econômica deu um golpe certeiro nas malandragens instaladas nas brechas da desordem da inflação. A exasperação da sociedade com a violência urbana, a honestidade e a coragem de um secretário de Segurança desmentiram lendas sobre exércitos mais bem armados do que o próprio Exército e territórios inexpugnáveis.

Assim foi-se construindo o país de que hoje começamos a nos orgulhar. O enfrentamento da corrupção é condição de preservação da democracia e esperança de regeneração da política. Contanto que superemos o sentimento de impotência e desesperança que a impunidade espalhou.

Foi duro para os signatários do Ficha Limpa ver um bando de Ali Babás sendo empossados. Não falta indignação, faltam os mecanismos que facilitem a coagulação desse sentimento fluido, falta como traduzir um desejo latente em ação eficaz.

Contamos com aliados preciosos. A mídia que, atenta, denuncia; o Ministério Público, que investiga; a parte viva do Judiciário que, como uma célula-tronco, pode regenerar seus tecidos mortos, punindo sem conivências.

Mas falta alguém. A presidente da República que, em seu discurso de posse, prometeu ser implacável com a corrupção. No Ministério dos Transportes está cumprindo a palavra. Se assumir essa tarefa hercúlea, catalisará o que há de melhor no país, em todos os partidos, gêneros e gerações. Criará um fato político inaugural, colhendo um apoio amplo e surpreendente na sociedade.

Os políticos se habituaram a negociar na viscosidade dos conchavos de gabinete onde a chantagem é a regra. Quando a sociedade entra no jogo, se movimenta, é como um rio em cheia capaz de dispersar esses gases venenosos. A presidente terá desviado o curso dos rios.

Caso contrário, temo – e lamentaria – que seu governo, refém de um sistema político caduco, se estiole numa sucessão de escândalos que faria do futuro uma volta ao passado. Sua biografia não merece esse desastre. Nem aqueles que esperam tanto de uma mulher no poder.

As vítimas falam por si

Elie Wiesel, sobrevivente de Auschwitz, Prêmio Nobel da Paz, perguntado se falava em nome dos mortos respondeu que não. "Ninguém fala em nome dos mortos, os mortos falam por si." E acrescentou: "Resta saber se os vivos são capazes de ouvi-los." Ninguém fala em nome dos mortos, desaparecidos e torturados, vítimas da ditadura militar brasileira. Eles falarão por si mesmos agora que o Estado brasileiro finalmente decidiu-se a ouvi-los.

Há quem critique a criação da Comissão da Verdade que estaria reabrindo inutilmente uma ferida. Enganam-se. A ferida existe e não há remédio para cicatrizá-la senão a memória e a verdade. Ou alguém acreditou que mortos sem sepultura se calariam?

Cada geração, atravessada pela tragédia, reencena sua Antígona, a recusa visceral de deixar insepultos os entes queridos. Uma geração foi ferida pela tragédia e precisa enterrar seus mortos, em sentido estrito e metafórico. Ao contrário do que se teme, este é o caminho da verdadeira reconciliação, ainda que seja, e é, um caminho doloroso. Se a comissão não tem o poder de punir, no sentido de processar criminalmente e condenar, as verdades que virão à tona punirão, sim, com a condenação moral.

Os atos bárbaros que foram perpetrados pela ditadura militar e para os quais seus agentes, sem assumi-los, invocam justificativas – estranho paradoxo: atos que não teriam existido são justificados – de tão vergonhosos se praticavam em porões e casas vazias. Apagavam-se os traços, silenciavam-se as vozes, abafavam-se os ecos. Inconfessáveis, eram atos fronteiriços entre o aniquilamento do opositor – mesmo quando armado apenas com argumentos – e o sadismo, entre a guerra suja e a deriva mental.

Deles há, sim, que se envergonhar. As penas que a Comissão pode infligir não estão na Lei e sim na Moral. Seu caminho é o inverso do seguido pela repressão: as testemunhas falarão e serão ouvidas à luz do dia, os traços reconstituídos, os resultados tornados públicos.

Os desaparecidos da vida não devem desaparecer da história e os trabalhos da Comissão talvez venham a ser a maneira mais honesta de lhes dar, enfim, uma sepultura digna. Essa é a moral da história.

Por definição, só os sobreviventes têm o dom de perdoar. Ao fazê-lo, afirmam sua irredutível diferença frente aos que negaram sua humanidade. O dom de perdoar não implica o impossível dever de esquecer. Anistia não é amnésia, sintetizou Adam Michnik, ilustre dissidente polonês. É o que repete incansavelmente o reverendo Desmond Tutu, também Prêmio Nobel da Paz, com a autoridade de quem comandou a Comissão de Verdade e Reconciliação, criada por Nelson Mandela, na África do Sul.

A liberação da memória não é um preito ao passado, é uma ponte para o futuro, o cuidado com a transmissão da herança de uma geração a outra. A rememoração atualiza o esquecido, o ocultado ou ignorado, preenchendo um vazio de compreensão sem a qual a juventude é expropriada de uma dimensão de sua vida que, embora não vivida em primeira pessoa, sofre os reflexos e consequências do que foram os gestos de seus antecessores. Como pode um jovem entender o Brasil de hoje, ouvindo dizer que a presidente da República foi torturada e passou anos na prisão, não sabendo como, quando nem por quê, sem lucidez alguma sobre o passado e sua carga traumática?

A grande nação democrática que o Brasil está se tornando não pode comemorar apenas seus sucessos. Tem a obrigação de visitar suas zonas de sombra para que esses fatos jamais se repitam. Se formos capazes de aprender as lições do passado – tortura, nunca mais, em prisão alguma – essa será a derrota última dos torturadores e a missão cumprida da Comissão da Verdade. Frente a isso empalidece o sentimento de revanche. A vingança é uma inspiração arcaica que não rima com o momento promissor que vive o país. O sucesso do Brasil democrático é o mais duro castigo que a história impõe a quem apostou na barbárie dos porões.

O Estado brasileiro tem que fazer o seu trabalho de memória, encarando e admitindo os crimes que cometeu, fazer seu luto, convivendo com a tristeza pelo irreparável e tentando reparar o que ainda é possível: dizendo às famílias e amigos o paradeiro dos seus.

Avessa aos ódios que, no passado, levaram alguns a ver no opositor um inimigo, no inimigo uma coisa desprezível, no limite o "sub-homem" de que fala Primo Levi, a nova sociedade brasileira poderá, então, encontrar a paz da reconciliação. Inescapáveis, verdade, luto e reconciliação são momentos fecundos na história de cada um e de uma nação.

Uma renda tão fina

O governo iraniano executará Sakinet? Só a um criminoso sanguinário ou a um louco ocorreria apedrejar uma pessoa até a morte. Linchamentos são manifestações da fera ancestral que escapa à domesticação que o mundo civilizado impõe. Uma criança é repreendida duramente se joga uma pedra em um cachorro. Aprende cedo que esse ato revela crueldade. Há uma herança da civilização a ser preservada.

A interminável controvérsia sobre o relativismo cultural absolve o costume de mutilar o sexo das mulheres, desfigurá-las, embrulhá-las, em vida, dos pés à cabeça em mortalhas. Um crime repugnante é explicado como escolha de sociedade, uma entre outras, nem melhor nem pior, apenas diferente. A indignação seria fruto da cultura ocidental que se pretende melhor que as outras.

Na vida das iranianas, a teoria do relativismo cultural se encarna em uma sequência de brutalidades que desembocam – quando o corpo se revolta – no apedrejamento. Essa prática tem suas raízes no deserto da Arábia do século VII. Explicá-la ao mundo globalizado do século XXI com o argumento cultural é acintoso.

Na história brasileira, já houve antropófagos. Substituímos a antropofagia real pela metafórica. Comemos de todas as culturas e mudamos o menu. Se as culturas fossem intocáveis, estaríamos até hoje devorando os descendentes do bispo Sardinha.

O presidente Lula disse que não se devem "avacalhar" as leis de outros países. Durante o regime militar, a comunidade internacional interveio condenando a prática da tortura que se intitulava interrogatório. Essa "avacalhação" salvou vidas e apressou o fim da ditadura no Brasil.

Regimes fundamentalistas torturam as mulheres. Sua liberdade sexual, chamada de pecado, vira crime político. Atacadas em sua integridade física, moralmente coagidas, politicamente condenadas à morte, nada mais justo que se beneficiassem do direito de asilo.

A maneira canhestra como o asilo foi oferecido pelo presidente Lula não convenceu o companheiro Ahmadinejad. Ainda que com infinitas cautelas, o governo insistiu. Essa insistência poderá ser decisiva para salvar Sakinet. O que está em jogo, aos olhos de uma opinião pública indignada, não é só o regime iraniano. É também a atitude do governo brasileiro. Que lugar tem a defesa de direitos humanos neste governo em que alguns de seus membros mais influentes sofreram na carne a violência da repressão? Lavarão as mãos?

Aí reside a questão de fundo que o caso Sakinet ilustra: a dignidade das mulheres e o valor de uma vida humana, cuja defesa é jogada na conta da ingenuidade ou bom-mocismo versus *realpolitik*. O que é real, o que é política? Que importância tem uma mulher lapidada frente à razão de Estado? Prevalecendo esse suposto "realismo", nos alinharíamos com a barbárie.

No fim do século passado, em Viena, a Conferência Mundial sobre Direitos Humanos, da ONU, após ásperas controvérsias, concluiu: direitos das mulheres são direitos humanos. Quanta generosidade! O pleonasmo ilustra a resistência a aceitá-las como parte da humanidade.

Era um tempo de esperanças, quando conferências globais ensaiavam uma gestão planetária capaz de traduzir o então surpreendente fenômeno da globalização em consensos – difíceis mas essenciais – negociando um ponto de vista da humanidade.

Os direitos humanos, valores aceitos e respeitados por todos, acima das diferenças culturais, definiam nossa comum humanidade, tecida por delicados acordos, como os fios de uma renda, frágeis, mas que sustentam um tecido. Interrompida essa construção pela brutalidade do 11 de setembro e a truculenta resposta americana, com seu cortejo de Abu Ghraibs e Guantánamos, mergulhamos no simplista e regressivo choque de civilizações.

Há maneiras de enfrentá-lo: uma, estéril e perigosa, é silenciar sobre o que para nós é aberrante, chamando a isso tolerância. Outra, fértil, é abrir um campo argumentativo, onde chamamos de crime o que para nós é criminoso e lutamos para que seja internacionalmente condenado como tal.

Esses tempos de agonia, esperando o desfecho de tamanha covardia, reavivam o medo inscrito no destino de quem é mulher e, insone, se coloca na pele daquela que não sabe se viverá. Dura lição: a civilização é essa renda fina que com facilidade se rompe e vira pano de chão.

A cultura iraniana é também Shirin Ebadi, Prêmio Nobel da Paz, que desafia o obscurantismo. Quem, mundo afora, se insurge contra a execução de Sakinet sabe que, com ela, quem estaria sendo apedrejada é a própria Civilização. Uma renda tão fina...

Baile de máscaras

E já que é carnaval, é tempo de escolher máscaras. Oscar Wilde dizia que a máscara escolhida diz mais sobre alguém que qualquer autobiografia. Percebeu que as autobiografias não são mais que uma sucessão de máscaras que ilustram nossos muitos carnavais.

As máscaras seduzem pelo mistério que desafia a imaginação. Milenares, por quanto tempo ainda sobreviverão em tempos de Facebook, onde todos mostram a cara, instalando o reino do banal e uma suposta e duvidosa transparência, que tudo revela em tempo real? Se não aproxima, pelo menos embaralha gente que não se conhece e vai tropeçando nos passos uns dos outros.

Não será o Facebook um baile de máscaras invisíveis? Paradoxal, esse mundo novíssimo e intrigante, instrumento de revoluções libertárias e de enlouquecimento dos ditadores, convive com velhíssimos sentimentos: Pierrôs inconfessos perseguem, na rede, esquivas Colombinas.

A máscara de Colombina, que buscava encontrar sua calma dando a Arlequim o seu corpo e a Pierrô sua alma, caiu no ostracismo. Quem hoje assumiria o papel do apaixonado, que vivia só cantando e, por causa de uma Colombina, acabou chorando? Ninguém.

O paradigma amoroso em tempos de Facebook é o do Arlequim, seus losangos coloridos que evocam a astúcia de ser múltiplo, sua identidade flex, seu caráter inconstante e enganador, sumindo e reaparecendo onde menos se espera. Sem compromisso ou permanência, regido pelo instante, o mundo virtual tem uma natureza arlequinal. Faltam-lhe, entretanto, a elegância e a galanteria, gestos do Arlequim que foram ficando pelo caminho como confete pisoteado.

A trama virtual inscreve suas leis nas relações de carne e osso. O meio é a mensagem. Me beija que eu não sou Pierrô. Amores deletáveis.

Na concreção das ruas, os foliões também descartaram os emblemáticos heróis da Commedia dell'Arte. A máscara feminina mais vendida esse ano foi a de Dilma Rousseff. Ex-Colombinas transformadas em presidentes da República formam um insólito bloco, herdeiro das ruidosas passeatas feministas que, trinta anos atrás, instalaram um inesperado carnaval na ordem amorosa. De lá pra cá, o bloco esquentou. Haverá folia em Brasília já que, neste ano, o Dia Internacional da Mulher cai na terça-feira gorda. Fantasias, no sentido do desejo, nessa época sempre foram de praxe. Na quarta-feira de cinzas, volta às ruas, como sempre, o bloco Quem sustenta a casa sou eu.

Esse vem sempre no fim do desfile, sem esplendores nem adereços, envergando uma camiseta modesta e o indefectível blue jeans, empurra o carro alegórico do país emergente que chegou lá, faz uma força sobre-humana e, no entanto, ninguém aplaude. A concentração é nas filas dos ônibus, nas estações do metrô, na porta das fábricas e escritórios. Tornou-se imenso, incorporou uma importante ala da classe média e vai desfilar ao longo de todo o mandato da presidente, entoando o refrão do "Abre alas que eu quero passar".

Em todo o Brasil haverá milhões de máscaras de Dilma olhando para Dilma. Pode ser o sonho da popularidade ou o pesadelo de esbarrar em todo canto com o próprio rosto, em outro corpo, metáfora de milhões de vidas que, para bem governar, terá que assumir como suas. Entrar na pele das mulheres brasileiras assim como elas assumem o seu rosto. Nesse pesadelo não há porta de saída, é um eterno confrontar-se a si mesma, um olhar de mil olhos que nunca adormecem.

No teatro grego, as máscaras não eram apenas disfarces, eram caixas de ressonância para melhor fazer ouvir os sentimentos, tragédia ou comédia. As modestas máscaras de papel, que o mulherio pobre compra nos camelôs, não têm ressonância nenhuma, mas dizem alguma coisa que, até hoje, ninguém ouviu e caiu no vazio. Agora, elas esperam da presidente o papel de porta-estandarte.

O enredo que Dilma anuncia desde que envergou a faixa verde e amarela é o da erradicação da miséria extrema. Essa tem o rosto de uma mulher negra que leva pela mão seus muitos filhos. As pesquisas e estatísticas são taxativas. É o bloco do Lata d'água na cabeça, das que sobem o morro e não se cansam e pela mão levam a criança.

"Lata d'água na cabeça" foi a marchinha campeã de 1952, cantada por Marlene, então Rainha do Carnaval. Contava a história de Maria, que subia o morro, lutando pelo pão de cada dia, sonhando com a vida do asfalto que acaba onde o morro principia. É ela que, há quase sessenta anos, povoa as estatísticas da miséria extrema. Ou a Presidente tira o atraso e dissolve esse bloco ou perde o passo e deixa cair o estandarte.

Lata d'água na cabeça

Sessenta anos atrás, no carnaval do Rio, o povo cantava a falta d'água. Lá ia Maria que, "lata d'água na cabeça, sobe o morro e não se cansa, pela mão leva a criança", Maria que lutava pelo pão de cada dia e sonhava com a vida do asfalto que acaba onde o morro principia. Hoje, às voltas com a mesma lata d'água, não sei se ela sonha com a vida do asfalto já que, mais de meio século depois, no asfalto também falta água. Sensação de tempo circular, de eterno retorno. Pura sensação. Tudo mudou.

O carnaval chegando, à boca do povo voltam os versos carnavalescos que, na década de 50, contavam o que era o Rio de Janeiro, "cidade que me seduz, de dia falta água, de noite falta luz". A marchinha mereceu, na época, tradução para o inglês da grande poetisa Elizabeth Bishop, moradora do Rio, que estabeleceu com a cidade ambígua relação de amor e ódio, estarrecida com a alegria – ou a leviandade – com que os cariocas cantavam seus males.

Os cariocas mudaram. Mudou o humor. Cenhos franzidos, desgosto, olhares para o céu à cata de nuvens, ninguém está achando graça nesse inferno. Calor sufocante e uma irritação profunda e generalizada ensombrecem os tempos pré-carnavalescos. E abrem alas para quem quer engrossar e pôr na rua o bloco dos descontentes.

Nesse mais de meio século, o Brasil mudou muito e para melhor, a água encanada chegou a tantos lares que é mais difícil hoje aceitar quando a torneira seca. A população já não transforma em sambas seu desgosto. Quer saber o que está acontecendo e os riscos que corre. O ilusionismo das palavras não vivifica a terra crestada no fundo das represas.

Os governantes devem ao país uma informação cristalina sobre o que está se passando e um detalhamento das ações de resposta à crise que não deixem a sensação de que, de novo, há algo escondido. O problema é técnico, de difícil entendimento? Não nos subestimem, aprendemos depressa o que é crise hídrica e volume morto: falta d'água para milhões de brasileiros, para a indústria e agricultura. E a proximidade do fundo do poço.

A política de ocultação que precedeu as eleições impedindo as medidas preventivas necessárias, erro gravíssimo imputável a gregos e troianos, deu no que deu, agravamento do problema e desgaste da credibilidade de todos. Sem credibilidade vai ser difícil pedir ajuda à população para diminuir o consumo, dividir com ela as responsabilidades no enfrentamento da crise. Sem a certeza de que os governos estão dizendo, enfim, a verdade, não haverá mobilização nacional. E é certo que ela será incontornável.

O ministro de Minas e Energia apelou para Deus que, segundo ele, é brasileiro. Por pouco não cantou "Alá-lá-ô, ô ô ô, mande água pra ioiô, mande água pra iaiá". Ora, Alá, meu bom Alá, anda às voltas com os horrores e barbáries que se cometem em seu nome e o Deus que nos protege não é só brasileiro. Seu ministro mandachuva, São Pedro, manda chuva também para outros lugares. Brasileiros mesmo, somos nós e a conversa é conosco.

A crise, real e imediata, tem a virtude de ensinar a milhões de pessoas a responsabilidade pelo seu próprio futuro e a consciência de que viver, melhor ou pior é, em boa medida, o resultado de nossas próprias escolhas. As crises são educativas e uma oportunidade para mudança de comportamentos.

Começando pelo comportamento de quem nos governa. É imperativo o entendimento entre a presidente da República e os governadores dos estados atingidos, acima das querelas partidárias. Em tempos de politicalha minúscula e picuinhas, de irresponsabilidade máxima, seria um alívio a união nacional em torno do interesse público, esse que é sempre a última das preocupações da classe política. Melhor seria se, reconhecendo os imensos erros cometidos – mentiras eleitorais, falta de planejamento, incompetência na gestão e atraso tecnológico –, fossem os governantes capazes de unir forças para corrigi-los.

Resta o imponderável, a chuva. As florestas amputadas estão cobrando seu preço. A natureza tem história, uma história humana da natureza e ela sempre acaba por mostrar quem tem a última palavra. No Sul Maravilha brotam angústias nordestinas. O sertão vai virar mar e o mar virar sertão? E se chover pouco ou nada no fim do período de chuvas?

Não adianta mais cantar, como nos carnavais de outrora, "tomara que chova três dias sem parar". O cerne da questão é que não estamos, como poderia parecer, voltando ao passado. Estamos chegando ao futuro. Apertem os cintos para aterrissar na real. Água será um bem cada vez mais raro no mundo.

Pena de nós, não precisava

Brasileiros reagiram à eliminação da nossa equipe com maturidade que não esperávamos de nós mesmos. No sétimo dia de um luto discreto, cai o pano da Copa, abre-se o das eleições de outubro. O legado imaterial da bela festa que vivemos é ter posto em evidência que a sociedade brasileira mudou muito e para melhor, o que, não sendo um fenômeno claramente perceptível no dia a dia, já esboça o futuro do país.

Foi, sim, uma prova de fogo. Os brasileiros reagiram à eliminação da nossa equipe com maturidade que não esperávamos de nós mesmos, habituados que estamos a nos menosprezar. Onde choramos, qualquer um chorava. Dar a volta por cima que demos, no melhor estilo do mestre Vanzolini, quero ver quem dava. Equivocaram-se os que esperavam uma reação histérica frente à derrota, quebra-quebras e ranger de dentes. Em vez disso, houve lucidez face às nossas deficiências, aplausos, em campo, para o adversário que nos devastava e justificado orgulho de tudo mais que, na Copa, foi grande sucesso.

Houve tristeza; depressão, não. Nas esquinas virtuais, o debate sobre as causas do fracasso esquentou. A vitalidade das redes, que a sociedade brasileira vem usando a fundo, mostrou uma opinião pública que discute e argumenta, o que é bom para a democracia. Acrescente-se a explosão de humor cáustico que desdramatizou o que se esperava fosse um velório. Pena de nós, não precisava...

Os aplausos vão para o povo brasileiro – saravá, saudoso Ubaldo – que, em todos os níveis, tem muito mais competências do que admitem os que alimentam a baixa estima e os catastrofismos. O cartão vermelho vai para o padrão Fifa de corrupção. Entre as poucas prisões, a mais notória foi a de um parceiro privilegiado que, como um camelô fugindo do rapa, escapou pela porta dos empregados do Copacabana Palace quando a Polícia Federal sentiu cheiro de enxofre no negócio milionário da venda de ingressos. Cartão vermelho também para o superfaturamento dos estádios e para o desabamento de um viaduto mal construído que feriu e matou, crimes que terão que ser apurados.

A sociedade brasileira surpreende. Já tinha surpreendido com as manifestações pacíficas de junho de 2013, ao colocar claramente suas reivindicações e ao se retirar das ruas, dando prova de bom senso, para não se confundir com um punhado de mascarados saídos não se sabe de onde nem mandados por quem.

Os candidatos à Presidência da República vão se defrontar com essa sociedade de que mal suspeitam. Melhor do que imaginam, ela sabe o que quer e o que está em jogo. Se suspeitassem, não venderiam a alma em alianças tragicômicas em troca de um minuto a mais na televisão. Faço uma aposta ousada que vai contra o senso comum: marqueteiros não terão sucesso junto a uma população descrente das balelas que lhe contam nesse tempo de televisão tão cobiçado. Essa venda de almas e votos, ao contrário, tira votos pela indignação que a geleia geral provoca.

Há, no eleitorado, uma forte exigência de verdade que ainda não encontrou eco. Daí o voto órfão. Na última pesquisa Datafolha, somados os votos brancos, nulos e indecisos, um em cada quatro brasileiros não escolhe ninguém. É possível que essa mistura de desilusão e perplexidade venha a decidir o resultado das eleições.

A aposta na propaganda para conquistar esses votos pode sair pela culatra. Como assistir, no horário eleitoral, a bravatas que a vida real em tempo real desmente? Como não se irritar com essa espécie de making of que vem a público, onde se discutem as estratégias de convencimento que serão adotadas em campanhas milionárias?

Esta seria a campanha das campanhas se, desta vez, no jogo eleitoral, a mágica ilusionista do marketing perdesse para a vida real, para a lucidez da população sobre o que precisa para bem viver.

O eleitorado deixou de ser massa informe. Quanto mais se individualiza, mais se torna imprevisível, ganha em diversidade e complexidade. As malhas da "ciência" marqueteira terão problemas para pescar esse eleitorado nuançado, que vive às voltas com os infindáveis problemas de um cotidiano áspero e há muito perdeu a paciência com promessas. O teste do candidato será a credibilidade que se perde ou se ganha em não mais que um minuto no cara a cara com o eleitor. O voto que hoje é órfão e em outubro será decisivo só encontrará abrigo na sinceridade.

Derradeiro legado da Copa: aprendemos, com o descalabro de Felipão, a desconfiar das lideranças iluminadas e a confiar nas equipes bem treinadas e competentes, onde não há herói nem *condottière*, apenas cada um fazendo bem o que tem que fazer na posição em que joga no time. Não é isso o bom governo?

Louvando o que bem merece

Feliz Ano-Novo. Escolhi desejar aos leitores feliz Ano-Novo na pessoa de um artista brasileiro, cujo pai era paulista, o avô pernambucano, o seu bisavô mineiro, seu tataravô baiano e seu mestre soberano, Antônio Brasileiro. Feliz Ano-Novo, Chico Buarque de Holanda, porque, quando se fala de felicidade no Brasil, a palavra vem muitas vezes associada ao seu nome, à inigualável obra que você nos legou e que nos dá a certeza, como dizia meu amigo e mestre arlequinal Darcy Ribeiro, que havemos de amanhecer.

Quem duvidar vá ver o filme de Miguel Farias Jr. que conta a vida desse homem, a aventura que a Estação Primeira de Mangueira pôs em cena, anos atrás, no esplendor da avenida, o "Chico das Artes, boêmio, poeta Buarque, um gênio". Sairá do cinema com a alma leve de quem celebra um Ano-Novo com a certeza de que o Brasil há de dar certo e que, de certa forma, já deu quando produziu poetas, cantores e compositores entre os melhores do mundo, as canções que o povo todo canta, que eu começo e você termina porque são parte da nossa memória e patrimônio intangível. Chico é uma página luminosa do álbum de família do Brasil.

O que é preciso não esquecer, porque esse é o nosso maior capital, o que ninguém pode roubar ou calar. A ditadura militar tentou e não conseguiu. O trio de pitboys que o interpelou de maneira agressiva e desrespeitosa, na saída de um restaurante no Leblon, atualiza essa tentativa frustrada. Não mereceriam, na sua insignificância, uma única frase deste texto não fossem eles a encarnação odiosa do que não quero mais ver no Ano-Novo.

Desejo a todos – e trabalhemos para isso – que o ódio não abra suas asas mórbidas sobre nós. Que recuperemos a capacidade de aceitar as diferenças que marcam nossa cultura. Que da democracia se guarde o essencial, o dever de ter opinião e o direito de externá-la livremente. E a obrigação de respeitarmo-nos uns aos outros por mais que essas opiniões divirjam. Agressões e insultos são sintomas de intolerância, de apodrecimento político, da emergência de um espírito fascistoide.

Contra esse espírito malsão o país tem anticorpos. O Brasil é muito maior do que a Praça dos Três Poderes, palco dos podres poderes e seus canastrões ridículos, do que os bandos de pequenos fanáticos que, de um lado ou de outro, pouco importa sob que bandeira, tentam se impor pela violência. Não, a política comporta adversários mas não pode ter o poder de nos tornar inimigos. Brasília encobre com as modernas linhas dos palácios o que há de mais esclerosado no país.

Um mistério brasileiro é a coexistência de políticos execráveis com artistas excepcionais. Quem tem algo a propor sobre um futuro que nos possa reunir? O país está pedindo uma nova aquarela do Brasil que abra a cortina do futuro, passando em revista tudo de que possamos nos orgulhar, o que temos vontade de cantar e defender. "Louvando o que bem merece, deixando o ruim de lado."

É preciso repetir como um mantra que o Brasil não é essa política desavergonhada. Espero que possamos, no meio do turbilhão que estamos atravessando, guardar a lucidez sobre os nossos fundamentos culturais, bens mais valiosos do que o PIB.

A sociedade de mercado atribui um preço a todas as coisas e torna invisível o que não anuncia seu preço. O Brasil mestiço que, ainda marcado pelas sequelas da escravidão, com todas as suas abissais injustiças, tenta corrigir-se e não perde o orgulho de sua diversidade, foi a nossa admirável escola de tolerância à diferença. Mestiço não só na pele, também nas origens, nos sobrenomes, nas culturas que atravessaram os mares para aqui se tornarem brasileiros. Quando mundo afora as fronteiras se fecham ao estrangeiro, o melhor do Brasil pede a palavra e conta a história de uma brava gente que aprendeu a acolher, transformar quem era o outro no mesmo, um brasileiro.

Esse brasileiro que se reconhece nas canções de Chico Buarque, na voz de Maria Bethânia – e a fonte a cantar, chuá chuá, e a água a correr, chué chué – na alegria de viver, nos carnavais, nas multidões de todas as raças, todos de branco, fazendo à Rainha do Mar o primeiro pedido do Ano-Novo, enquanto lágrimas de ouro caem nas ondas. No barroco de Bia Lessa, no olhar de Sebastião Salgado, na nossa loucura posta em cena na avenida pela loucura beleza do Joãozinho Beija-Flor. O Brasil que celebra com carinho e respeito os cem anos da ilustre Cleonice Berardinelli.

É esse o país que nos irmana. Que todos os deuses do Brasil, neste ano, iluminem sua brava gente e nos livrem da peste da intolerância.

Reconstrução

Um amigo me diz que o país está acabando. Respondo que não, está recomeçando. Não vou morar em Portugal, como ameaçam fazer tantos desiludidos. Vou ficar no Brasil e espero ver o soerguimento deste país.

O pior já passou, o tempo da impostura, dos falsos heróis, quando o senador petista Delcídio Amaral, que já está preso, presidia a CPI do Mensalão. Quando o deputado petista André Vargas, que já cumpre pena de prisão por roubo, cerrava o punho "revolucionário", afrontando o ministro Joaquim Barbosa, expropriando, em flagrante desrespeito à memória do país, o gesto de resistência dos que lutaram contra a ditadura.

Uma quadrilha que ocupou o Estado está sendo desbaratada, e esse fato, em si mesmo, já é um recomeço. Os tempos duros que estamos vivendo, com a economia destruída, a Petrobras à beira do abismo, as empresas corroídas pela promiscuidade corrupta com o governo, o desemprego e a violência crescendo nas cidades, são o preço que pagamos por ter, uma maioria de brasileiros, acreditado durante anos que o Partido dos Trabalhadores, nascido de nobres ideais, não poderia abrigar uma quadrilha. Caiu a máscara, já não é possível negar essa evidência. O partido que defendia os interesses dos trabalhadores acabou por objetivamente voltar-se contra eles, destruindo a economia e fazendo milhões de desempregados, como resultado da corrupção em que mergulhou e da gestão irresponsável da política econômica.

O PT deixa uma legião de órfãos entre pessoas decentes que confiaram nele e foram ludibriadas.

Não podemos continuar sentindo como se a lama que se espalhou pelo país nos corresse nas veias. Para se reconstruir como nação, o Brasil precisa fazer o inventário de seus ativos que sobreviveram à debacle econômica e moral, voltar a acreditar em si mesmo, em sua sociedade, acreditar em suas instituições. Esses ativos existem e são valiosos.

Uma Justiça que funciona e pune lideranças do mundo político e empresarial é um ativo excepcional de que poucos países podem se orgulhar. Um tentacular sistema de corrupção que o PT, desde a era Lula, instalou como método de governo está sendo desmontado e deslegitimado pela Operação Lava-Jato. O Supremo Tribunal Federal tem confirmado, pela sequência de decisões contrárias às manobras de obstrução da Justiça, o respeito e a confiabilidade que já conquistara no julgamento do mensalão. O STF representa uma segurança contra o arbítrio do poder e do dinheiro.

Temos uma imprensa livre, competente e investigativa, que sempre se insurgiu contra as tentativas de implantação de um "controle social da mídia", nefasto desígnio de calar os jornalistas. A sociedade brasileira sabe muito bem se informar, debate exaustivamente as notícias que recebe e ainda as põe à prova de outras versões que as redes sociais, com a autonomia e diversidade que lhes são próprias, produzem e difundem.

O Brasil tem uma população honesta, esmagadoramente majoritária, que ganha o seu sustento com trabalho e busca um bem merecido horizonte de melhoria de vida. É ela que aponta a corrupção como o maior problema do país, antes da saúde, da educação e da violência, como revela a pesquisa Datafolha. Acerta em cheio, porque é a corrupção que rouba os recursos da saúde e da educação e que alimenta a violência.

Temos uma opinião pública alerta, que está cobrando o fim do escândalo que é um Eduardo Cunha estertorando na presidência da Câmara de Deputados. Que se mobilizou exigindo que o Senado autorizasse a prisão do líder do governo na Casa. Sem a corrente de opinião que se formou nas redes sociais e interpelou o Senado, talvez os senadores não tivessem, quanto mais não seja por autoproteção, ousado autorizar a prisão de um colega, quiçá de um cúmplice. A vitalidade da opinião pública não está deixando o Congresso fazer o que bem entende. A posição da sociedade será decisiva nos desdobramentos do pedido de impeachment da presidente Dilma.

No momento dramático que estamos atravessando, o mais determinante ativo do Brasil, presente em todas as pesquisas de opinião, é imaterial, é a vontade de virar essa página da nossa história. É a indignação, a revolta, um querer coletivo, que cresce a cada dia e que não vai parar. Nesse querer coletivo vai amadurecer e dele emergir uma nova geração de lideranças, cujo denominador comum é a consciência aguda do drama social brasileiro, o amor à liberdade e o respeito inegociável à democracia. Esse é o perfil dos que, apoiando-se em nossos ativos, empreenderão, na política e na sociedade, a reconstrução do país.

CALENDÁRIO FESTIVO

Ela podia tudo

Pode-se tudo aos dezoito anos. Só os mais velhos não sabem disso e, se não sabem, é porque já esqueceram. Ela, portanto, podia tudo. Podia sair de madrugada, enfrentar um trem de pesadelo, ser bolinada por vinte homens, brigar com quarenta, descer do trem e atravessar o mato a pé até chegar à perdida escola que, na franja rural da grande cidade, abrigava umas poucas crianças. Maltrapilhas, mal cerzidas, malnutridas, mal tudo.

Malparadas, pensava, essa criançada está malparada... Mas ia tocando porque ela podia tudo, podia até, tinha certeza, desasnar o garotinho albino que, mais uma vez, naquele dia, murmurava o lamento de cada dia: "saiu torto." Os olhos nos pés pra fora dos tamancos, vestia a derrota, empunhando o papel amassado onde o "N", de novo, aparecia invertido, imenso, como um raio atravessando a página.

Nenhum curso de pedagogia previra desespero tão profundo nos olhos de uma criança, nem prevenira desalento tão sombrio na alma de uma professora. Mas durava pouco. Recomeçavam e, um dia, como era fatal, o "N" encontrou seu caminho, talvez depois de olhar-se no espelho e foi-se dando uma justa medida. Entrou na linha e, seguindo seu destino, incorporou-se à palavra.

Discreta, a professora não cantou vitória, deu ao menino todos os méritos, alimentou-lhe a estima, fê-lo levantar os olhos e calçar os tamancos como se fora um verdadeiro par de sapatos. Não cantou vitória, mas alguma coisa dentro dela também subiu no salto alto.

Foi logo depois que sobreveio a história da jaca.

Por ali havia tantas jaqueiras, tão carregadas na primavera daqueles frutos pré-históricos que ninguém comia, tantos deles esborrachados no chão, sujando a rua, que ninguém mais prestava atenção àquelas frutas absurdas. Convivia-se com aquele cheiro adocicado, o cheiro da escola rural, e assim teria sido sempre, não fora aquele Dia dos Professores.

Como de hábito, fazia-se uma festa e lá vinham as crianças, cada uma com um presentinho, uma flor, um sabonete, uma foto de artista, umas balas de coco que alguém ainda sabia fazer, coisas simples, muito aquém da ambição do garotinho albino, muito aquém do amor infinito que queria ofertar, tudo muito pequeno face à sua gratidão tamanha, agora que não saía mais torto. Queria uma coisa grande!

Olhou numa revista, viu um piano, recortou com todo cuidado, ficou muito pequeno... Foi então que viu a jaca, uma jaca enorme, a maior do mundo, a nunca vista, do tamanho do seu amor. Embrulhou em jornal e lá se foi arrastando a finta maior que ele, equilibrada nos braços curtos, até depositá-la, cheio de si, nos joelhos da professora.

Pálida, ela pensou no trem, no empurra-empurra, nos homens que bolinavam. Quis desistir. No mato, olhou em volta, ia jogar fora. Não conseguiu. Enfrentou os desaforos de cabeça erguida, protegendo contra o peito, esmagada, a jaca de estimação.

No Dia dos Professores, aprendera a compaixão.

O condenado à vida

Passou a noite sozinho o condenado à morte. Sempre cercado de homens seduzidos por seus olhos e palavras, há muito não conhecia a solidão. Na cela de um condenado não há solidão maior, maior impotência, terror e desespero.

Pior, bem pior, quando se trata de um deus, de um filho de Deus, esperando inutilmente pelo socorro do pai, inexplicavelmente surdo aos seus apelos e cego ao seu calvário. Por que não há justiça, por que a força tem sempre razão, por que as traições são bem-sucedidas? Por que a vitória do mal? Por que um sujeito que lava as mãos, indiferente, é capaz de destruir tantos sonhos? Por que, por que me abandonaste?

Perguntas tão banais na existência humana, cujo eco atravessou os séculos, repetidas por tantos condenados, perguntas da noite atroz que precede à execução. Há dois mil anos, nos mais diversos cantos da terra, alguém se pergunta, face à morte, por que me abandonaste, olhos voltados para o vazio, à escuta do silêncio. Esse pai, esse mesmo pai, abandonou a todos, nenhum de seus filhos escapou, se é verdade que somos todos filhos de Deus.

A crueldade da cruz tampouco foi um privilégio desse homem. Nisto não lhe faltou companhia. Antes e depois, violência e tortura acompanharam os passos humanos, como uma sombra colada à nossa história. Nada de novo portanto, nada mais corriqueiro do que carregar a sua cruz e morrer nela, uma bela metáfora da via-crúcis de cada um.

O que será então que ressuscitou três dias depois, naquele domingo do ano zero, e o fez com tanta força que até hoje não morreu? O que será que os cristãos celebram, em volta da mesa? Essa história mal contada? Ou será que foi mal contada exatamente para não deixar morrer, não um homem, mas os seus sonhos?

É bem indigesta a imagem alimentada em toda a história da pintura, que bebeu no Novo Testamento, desse homem subindo aos céus, saído de uma tumba aberta, de onde o corpo desapareceu. Nem Giotto conseguiu ser convincente. Não, o que subiu aos céus foi um desejo, o desejo do belo mundo que nas catacumbas se tramava e que as botas sempre prontas a esmagar a alegria se incumbiram de pisotear. E quem faz subir aos céus esse desejo é a esperança de que ele não morra, de que ressuscite no imaginário de cada um, *per secula seculorum*. Que extraordinária e bem-sucedida metáfora! Não por acaso durou milênios e, aposto, de uma forma ou de outra, vai perdurar.

Quem deseja feliz Páscoa, deseja ao outro uma ressurreição. Deseja que o que morreu de cansaço ou de tédio ressuscite, que os desiludidos recuperem o ânimo, que os desesperados esperem uma vez mais pela última vez, que quem calou assovie, que os amargos tenham um súbito ímpeto de doçura, que os suicidas suspendam o gesto e os assassinos petrificados se arrependam.

Feliz Páscoa, responde o outro, o corpo invisível, o corpo dos desejos subindo aos céus, anunciando que um outro mundo existe porque é nele que moramos em sonhos, sem cruz, sem calvário, sem sangue, onde uns amam os outros, um pedaço de pão e um copo de vinho, amigos em volta, a fé no futuro, um projeto de vida e a certeza – ah, que terna certeza – de que um pai onipotente zela por nós e jamais nos abandonará. É isso o céu, não?

Quem inventou, não sei, correu de boca em boca, cada um contou de um jeito uma história semelhante. Eu conto à minha maneira e não é a primeira vez que ouço, vendo tombar um companheiro na luta por uma causa que estimamos justa, repetir que ele não morreu, que ficará para sempre na memória, ou na história, a versão moderna da ressurreição.

Eu também já fui apóstolo, também já escrevi evangelhos, ressuscitei deuses mortos. Aquele condenado à morte ficou, condenado à vida, a viver na aspiração humana, e sua lenda é das mais poderosas, porque se declarou imortal. E, não se enganem, imortal é o desejo de ser e fazer feliz. Que morre cada dia. Daí a força imbatível da ressurreição junto a nós, pobres-diabos, filhos de Deus.

Feliz Páscoa.

A roda da vida

Domingo é Dia dos Pais e vai ser um problema, confidenciou-me, na semana passada, ao pé do ouvido, uma aflitíssima colega de trabalho. Sua vida não é simples.

Seu marido tem dois filhos do primeiro casamento, e um com ela, que também tem outros dois de uma frustrada união. Os rapazes virão certamente almoçar, mas é impossível que não tragam com eles o atual namorado da mãe que, afinal, há muitos anos é também o pai deles.

Os filhos do primeiro casamento dela preferiram convidar o pai deles para esse mesmo almoço, onde haverá muita gente e boa comida, evitando assim a ida ao restaurante para comer a indefectível pizza oferecida por esse homem melancólico, que teima em convencê-los de que divide o apartamento com um amigo, como se eles ainda fossem crianças. Decidiram de uma vez por todas quebrar o silêncio e convidaram não só o pai mas o namorado do pai e os três filhos deste. Os quais, comovidos e felicíssimos, telefonaram anunciando que levarão o vinho.

O pai dela, separado da mãe, virá na certa. Logo, há que contar com os dois irmãos e suas famílias. Sem falar, é claro, nos meios-irmãos, filhos do segundo casamento do pai, com os quais sempre se entendeu às mil maravilhas. E, sem dúvida, convidará o atual marido de sua mãe, que ajudou a criá-la e a quem, no fundo, ama mais que ao próprio pai. E ainda, o tio velhinho e viúvo, que não há de ficar sozinho num dia desses, só porque não tem filhos.

Por isso vai ser um problema, você entende? Haverá lugares para todos? E quem senta à cabeceira? Há anos vem dizendo que as mesas têm que ser redondas! É esse o seu problema: não ter comprado ainda uma mesa redonda e ter se submetido ao mau gosto do marido, que insiste em guardar a mobília herdada da sogra. A maldita, a pesadíssima mesa de jacarandá, onde se sentava o sogro na cabeceira, naquele século em que cada um só tinha um pai e um sogro, ficando, é claro, uma cabeceira para cada qual.

O resto do dia ela me submeterá, além de menus variados, todas as formas possíveis de contentar a todos, de não ofender ninguém e distribuir as alegrias que sabe dar sem economias nem preconceitos. Já decidiu que seu almoço será como uma dessas rodas da vida que um artista popular inventou e esculpe em madeira, em que todos ligados a todos vão vivendo suas vidas em mandala.

Porque a roda da vida está rodando assim, com links inesperados, mas que remetem todos ao coração imenso – maior que a mesa de jacarandá – dessa mulher, cujo problema verdadeiro não é outro senão o de bem acolher todos os amores, todos os pais de sua vida, em um domingo de inverno em que todos serão bem-vindos e que, assim decidiu, será, para todos, diferente e melhor do que todos os outros.

A dama e o unicórnio

Ela não namorava ninguém quando, pela primeira vez, um olhar pegou de raspão. Na despedida, um beijo apressado, de gente que não se conhece, ficou enviesado, pendurado no canto da boca. Ali ficou uma semana, duas, as coisas acontecendo, o país indo aos diabos e o beijo ali, tatuado, insistente, indecente. Passava a mão na boca como já quase um tique. Nada. Fugiu para Paris assustada, andou no frio, olhou vitrines sem ver e sem comprar, por tudo os olhos se enchiam de lágrimas.

Decidiu cumprir um ritual antigo, embrenhou-se em ruelas amigas de outrora e visitou o museu de Cluny, que guarda a misteriosa tapeçaria medieval *La dame à la licorne*. Atravessando salas escuras refez o mesmo caminho que percorrera desde a juventude, para encontrar-se, uma vez mais, com a bela Dama, sua confidente de tantos anos, a Dama que aprisionara no espelho um unicórnio e, a ela, só a ela, então, confessou que também em sua vida passara alguém tão raro assim.

Tão irreal quanto ela mesma, tão improvável quanto inconfundível, já que, como todos sabem, os unicórnios são seres visíveis apenas para seus semelhantes. Só eles se reconhecem entre si. Perseguem-se então pelos campos celestes em louca alegria, atravessam mares, tocam a pele das ilhas, roçam as crinas, insuspeitos aos olhos humanos, guardando-se apenas uns para os outros. Os unicórnios não se enganam nunca.

Silenciosa na sua natureza tecida de fio de seda, a Dama ouviu a confissão da moça e nada ofereceu como conselho senão seu próprio exemplo, ela, ali desde o medievo, em mãos um espelho com que revela ao unicórnio sua esplêndida e sobrenatural beleza, a face nunca vista dele mesmo.

A moça agradeceu esse conselho sem palavras já que, há anos, comunicavam-se assim. Saiu à rua. Comprou um lindo espelho, mandou embrulhar para presente e desde então, sim, viu Paris com os olhos do outro, ou, como de olhos dados com outro, compartilhando cada traço de beleza, provando em sua boca cada gole de vinho, oferecendo-lhe vida e alegria na ponta dos dedos e sabendo-se irremediavelmente apaixonada.

Chegando ao hotel encontrou as flores que, como numa premonição, esperava.

De fato, os unicórnios se conhecem. Ligou correndo, o coração na boca, e no coração fome e sede, descompasso e desamparo.

– Daí, de tão longe... Por quê?
– Porque hoje é Dia dos Namorados.
– Eu sei, eu também lhe comprei um presente.

Olhou o embrulho esmerado e ficou muda, saboreando o momento, fazendo-o durar. E arriscou:

– Você vai me namorar? Você vem me namorar?

Risos, segredos revelados, e a adolescência invadiu o quarto com os poderes que conserva a vida inteira, abrindo à claridade portas de promessas, de um tempo desdobrável ao infinito. E fechou-as atrás de si, deixando do lado de fora tudo que os corações magoados conhecem, a procissão de espectros dos amores fracassados, as fotos sem lembranças, as canções esfarrapadas e malditas, solidão e queixas, frieza e agonia.

A adolescência, hoje, é a dona da casa, só traz consigo alegrias, arma no quarto parisiense uma rede imaginária, faz o mar bater nas pedras e é nesse balanço de marés e redes que se embala o sonho de uma vida nova, guardada inteira no namoro novo, esse de dois unicórnios que se cruzaram um dia e se declararam, tímidos, no Dia dos Namorados.

Criando laços

Quando todos se queixavam do inferno em que se transformara a cidade, o trânsito pesado, o barulho dos "jinglebéis" nas esquinas, o cansaço das compras, o dinheiro esquálido, menor do que a lista de presentes, na contramão das lamúrias ela esperava pelo Natal com alegria e a gravidade de quem pressente que um dia pensaria nesses momentos como os melhores de sua vida.

Porque a magia do Natal emergia do fundo da infância, com ressonâncias de união entre os que se querem bem, um desejo de paz que insiste em sobreviver, uma pausa em todas as dores e horrores, para abrir a casa aos que, naquela noite, pelos laços do sangue ou do amor, constituem uma família. Observava, atenta, crianças e velhos, numa convivência alegre, e pensava que deveria ser sempre assim, não fora o cotidiano destruidor de laços e criador de nós.

Mal ouvia os céticos, afirmando que a festa já não será senão um imenso festival de consumo. O seu Natal sobrevivia, intacto como um eco do passado, repetindo a mesma aspiração a uma felicidade possível, um mundo inocente de presentes, onde um Papai Noel metafórico ainda descia pela chaminé de sua casa imaginária e sentava-se ao seu lado para, juntos, contemplarem a árvore insólita, iluminando a noite com seus vaga-lumes ritmados.

Dando laços nos embrulhos, não se via estimulando o consumo, mas criando laços de família, amarrando a esperança de manter próximos e unidos os que chamava de seus. Era esse o mistério e a força do Natal: falar fundo à emoção mais ancestral, o desejo de pertencimento.

Ano-Novo

Cada dia que passa é uma gota de tempo que escorre de nossas vidas. Aqui estamos, vivos, e esta é a boa notícia. A outra, ainda melhor, amanhã ganharemos um Ano-Novo em folha.

Inútil tentar fugir do lugar-comum, das roupas brancas e dos sonhos coloridos, dos brindes de cerveja ou de champanhe. Somos gente normal e, como todo mundo, movidos a desejo, já que, afinal, sem ele, ninguém levanta da cama.

Amanhã é Ano-Novo e no espocar dos fogos, os pés na água, na areia ou no asfalto, de olhos fechados, humanos e frágeis como somos, silenciaremos algum pedido ao Deus do Novo Ano, escondendo no fundo do peito todo um projeto de vida.

É assim, sempre foi e sempre será, essa esperança que o Ano-Novo refunda ao mesmo tempo que assusta e assombra com o mistério do que vem por aí. Cada dia que passa tem em si esse mesmo mistério, é véspera de, quem sabe, luzes ou sombras. Mas se é assim, ninguém passa recibo e vai vivendo, sem prestar muita atenção, até que chega esse dia limiar que nos põe, inexoravelmente, cara a cara com o Tempo. Nesse dia, escorre um rio de nossas vidas que deságua no mar do que já passou. Feliz Ano-Novo, dizemos uns aos outros, sabendo muito bem que ignoramos tudo sobre o que para o outro é felicidade, o mais bem guardado segredo de cada um.

Nesse dia somos todos supersticiosos. Acreditamos que o ano que chega já vem escrito, um roteiro que ainda não lemos mas que alguém escreveu e que cumpriremos inexoravelmente como um destino. Olhamos interrogativos o amanhecer como se ele já soubesse tudo e não contasse nada. No Ano-Novo todos acreditamos no destino. Em plena festa animada alguém se esconde no banheiro para chorar com medo da vida. Outro aposta que este é o ano de ouro, em que tudo se resolverá. E, à meia-noite, todos têm razão. Em todas as festas, Deus e o Diabo desembarcam incógnitos.

No dia 31 de dezembro, o mundo inteiro é um feixe de nervos, uma corrente elétrica, plugada, porque não é só um tempo de promessa mas de balanço. Quem não se pergunta se o ano valeu a pena, se foi bem ou mal vivido, quem não conta os sucessos e as cicatrizes, chora as perdas irreparáveis? Quem não olha de esguelha, melancólico, as retrospectivas do ano que as televisões vão mostrando em clima de contagem regressiva?

É ao longo do dia que o balanço se impõe deixando a noite para as esperanças. Enquanto se compra a comida, arruma a mesa ou gela as bebidas, desfila o ano passado, um cortejo de fantasmas que também vêm à festa com o compromisso de saírem antes da meia-noite. Alguns, espertos, se escondem, nas dobras dos lençóis ou nos espelhinhos de bolsa e nos esperam de madrugada para lembrar que ainda vivem.

Foi-se um ano, é 31 de dezembro. Dia de votos e também eu quero fazê-los, a todos, porque, para além do tal destino que já está escrito, acredito mais no destino que se tece enquanto se vai tecendo. Tomara que no ano que vem, disponíveis à mudança, sejamos capazes de piscar o olho para a alegria, essa enjeitada no cotidiano, sempre tão ocupados estamos em ganhar dinheiro, poder, prestígio, tudo tão difícil, tão sofrido que, ao fim do dia ou do ano, percebemos que ela foi embora sem ninguém notar. Que se vá atrás da alegria para trazê-la de volta para casa e que se faça tudo para que não escape. Tudo, até mesmo mudar de vida com o desassombro de quem defende o único bem real da existência humana. Onde andará ela?

Costuma andar na companhia dos amigos, dos apaixonados, frequenta lugares ignorados, insólitos, onde nunca pisamos. Frequenta também lugares queridos, pessoas queridas que, por falta de tempo, paramos de visitar. Gosta de sol, de verde, de música, de mar e de amar. E do pão de cada dia, bem fresco, quente, saído naquela hora. É só uma pista, pois cada um sabe muito bem onde se esconde a sua alegria.

Desejo-lhes também, sempre, um pouco mais de liberdade, no imaginário e no real, até porque, é um segredo que lhes conto, sem ela a alegria não volta. Desejo, ainda, boas doses de arte e o sentimento cálido de que a vida tem sentido. Feliz Ano-Novo e a cada um a sua felicidade.

Este livro foi impresso na Editora JPA Ltda.,
Av. Brasil, 10.600 – Rio de Janeiro – RJ,
para a Editora Rocco Ltda.